我是台湾人
更是中国人

王炳忠 著

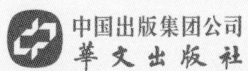
中国出版集团公司
华文出版社

图书在版编目（CIP）数据

我是台湾人 更是中国人 / 王炳忠著. —— 北京：华文出版社，2016.9
　　ISBN 978-7-5075-4598-2

　　Ⅰ．①我… Ⅱ．①王… Ⅲ．①回忆录－中国－当代 Ⅳ．①I251

中国版本图书馆CIP数据核字（2016）第216406号
著作权合同登记图字01-2016-6923

我是台湾人 更是中国人

策　划　人：	许芝会
责任编辑：	胡慧华　刘新颖
出版发行：	华文出版社
地　　　址：	北京市西城区广外大街305号8区2号楼
邮政编码：	100055
网　　　址：	http://www.hwcbs.com.cn
电　　　话：	发行部 010-58336262　编辑部 010-58336197
经　　　销：	新华书店
印　　　刷：	北京明恒达印务有限公司
开　　　本：	880×1230　1/32
印　　　张：	10.125
字　　　数：	240千字
版　　　次：	2016年9月第1版
印　　　次：	2016年9月第1次印刷
标准书号：	978-7-5075-4598-2
定　　　价：	38.00元

版权所有，侵权必究

父亲为我拍的童年照,时约 1989 年。

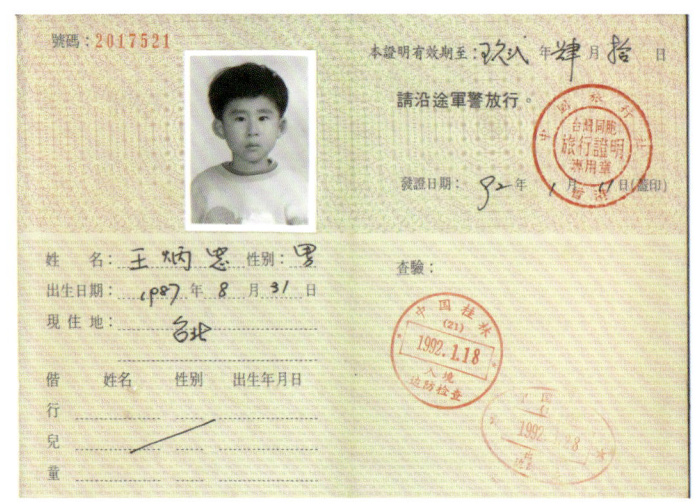

1992年，第一次到大陆时用的台胞证，就是一张薄薄的纸。

登上大陆的第一站，与家人在桂林留影，当时还不满五岁。

1993年6月,幼儿园毕业。两个月后,"新国民党连线"脱离国民党,成立"新党"。

2000年春节,与祖父母一起在台南老家过年。两年后,阿公、阿嬷相继过世。

2001年，初中二年级，在台北中正纪念堂。七年后，陈水扁卸任前夕，强行将"大中至正"改成"自由广场"，至今仍未恢复。

初中以全校第一名毕业，获时任台北市长的马英九颁发"市长奖"。

高中二年级,投身台湾大选后群众要求调查"319枪击案"真相的抗争集会,第一次在群众运动中演讲。

2004年,高中二年级,和时任台湾"立法委员"的洪秀柱合影。两天后,"319枪击案"爆发,陈水扁以些微差距"险胜"连宋配,连任台湾当局领导人。

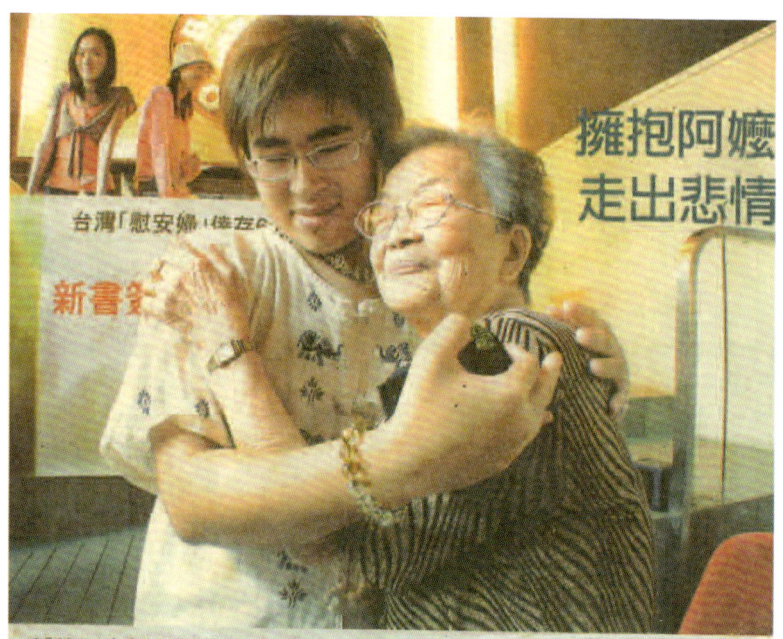

　　抗战胜利六十年，正是升大学前夕，和台籍"慰安妇"黄吴秀妹阿嬷相拥，一起赴日本交流协会抗议。七年后，这位爽朗的秀妹阿嬷离开人间，仍等不到日本政府一声道歉！

2005-2009，就读台湾大学外文系。

2009年大学毕业,暑假期间,在大陆展开近两个月的深度旅行。特别参访广州黄埔军校,见证国军、共军都是中国军的历史。

暑期大陆旅行在北京卢沟桥:卢沟桥的狮子,数也数不清;中国人的血泪,道也道不尽!

2012年9月,台北"人人保钓"大游行:右翼倭寇蠢蠢欲动,中华儿女保钓怒吼!

2013年1月,林飞帆、陈为廷借"反媒体垄断"之名,大搞反中民粹暴力,而我们就在现场反对民粹,看着他们第一次闯入"立法院"议场。一年后"太阳花"爆发,他们再闯进去,一占就占了快一个月。

2014年1月,马英九当局通过课纲微调修正案,"台独"势力排山倒海围攻"教育部",我立即成立"抗独史阵线",率领青年学生站上街头,力挺课纲必须修正,坚持"拨乱反正绝不妥协"。

　　2014年3月,"太阳花"运动爆发,学生以"反服贸"之名占领"立法院"。4月1日,我们也前进"立法院",要求与绑架议场的"学匪"出来辩论。

　　2014年台湾地方选举,第一次成为候选人,参选新北市议员。此时距离人生第一次参加政治集会,正好整整十年。(与郁慕明主席一起在造势大会。)

2015年9月3日，在北京出席纪念抗战胜利七十周年大阅兵。

笑骂由人，我就是我

目录

大陆版自序
给大陆同胞的真情告白 …………………………… 001

台湾版自序
十五年转眼瞬间 …………………………………… 011

推荐序（一）
今日火种　他日燎原 ……………………………… 017

推荐序（二）
屹立于"去中国化"教育中的台湾青年 ………… 021

辑一　【大纛烈烈　拂晓出击】

从那场大选谈起 …………………………………… 027
"卜正先生"的心愿 ……………………………… 031
二十年后的我 ……………………………………… 037
"日杂"金美龄 …………………………………… 044
历史不容抹灭 ……………………………………… 049

还子孙一个真正的历史 …………………………… 053

卜正的秘密别墅 ………………………………… 057

"台独"洗脑的历史教育 ……………………………… 060

青年"论政"以粗暴为乐？ …………………………… 064

以斗争抗霸凌，则霸凌亡！ …………………………… 069

我的"南风后宫" ………………………………… 072

福佬沙文主义 …………………………………… 075

扁朝马屁文化 …………………………………… 079

亲爱的同胞，我还在台湾"抗战" ……………………… 084

中华颂 …………………………………………… 089

党奸国贼李登辉 ………………………………… 094

民进党"在怎么野蛮" …………………………… 098

国民党精神错乱 ………………………………… 102

认贼作父的"台独" ……………………………… 108

尚待光复的台湾 ………………………………… 111

媒体带动民粹霸凌 ……………………………… 115

整肃异己的"本土化" ……………………………… 119

加上TAIWAN就独立了？ …………………………… 123

我的阿公阿嬷 …………………………………… 127

被扭曲的"二二八" ……………………………… 132

永远的邓丽君 …………………………………… 137

统一后的"新中国" ……………………………… 139

"台语"变"国语"？ ………………………………… 143

扒开"台独"的嘴脸 ………………………………… 147

"外省人太多"闹水灾？ …………………………… 151

考上建中 …………………………………………… 154

辑二 【讨独檄文】

两次"319"上阵斗"台独" ………………………… 159

梦的什刹海 ………………………………………… 168

从北京行看台湾青年学子 ………………………… 173

琼瑶剧与两岸关系 ………………………………… 185

台湾意识和左右统独 ……………………………… 191

破解台湾人的认同迷障 …………………………… 202

自信走出未来 ……………………………………… 212

统一不是水到渠成 ………………………………… 218

两次见到习总书记 ………………………………… 226

我要冲破"新戒严" ………………………………… 234

附录

台大座谈会纪实：王炳忠 VS 独派快问快答 ……… 239

我是台湾同胞，我在阅兵现场 …………………… 251

为何我出身本省家庭却从小认同中国 …………… 264

后记

风挚红旗冻不翻 ·················· 281

大事记 ·················· 286

大陆版自序

给大陆同胞的真情告白

1

亲爱的大陆同胞们,你们好,我是王炳忠!

同样的话,二十五年前出现在金门,只是最后的三个字不一样。1991年,台湾本岛已解除"戒严"三年余,然而靠近大陆的外岛金门,仍然处于军管状态,位处金门最北端的马山观测站,更被视为是"反共复国"的最前线。

就在这里,邓丽君缓缓地朝对岸播音:"亲爱的大陆同胞们,你们好,我是邓丽君!"那亲切柔美的声音,为历史留下了永恒的见证。

二十五年后的今天,金门已从杀戮战场变成和平之岛,台湾本岛更天天有大陆游客直航到来。我至今还忘不了,马英九刚刚上台时,我正准备从台大毕业,第一次在校园里碰到大陆来的同学,当时的心情真是想不到的惊喜和兴奋。

二十五年后的今天,两岸之间的各种往来,无疑是拉近了太多。然而,两岸之间的心灵距离,却是愈来愈远。"亲爱的大陆同胞"这几个字,从台湾各种媒体中消失,和那个台湾还要对大陆"动员戡乱"的年代，一起成为了历史。

面对这样的现况，我本想和你们轻松地话话家常，但又不得不写下我沉重的真情告白。

2

2014年9月，我随台湾多个主张和平统一的团体组成的参访团，第一次见到了习近平总书记。作为最年轻的团员，我很荣幸能当面向习总书记表达我的看法。我当时就说，记得2008年时，两岸刚刚实现三通，北京奥运也即将举行，当时真觉得两岸春暖花开，中华民族复兴在望。然而，"反华"势力也因此更加压制中国，制造各种问题来挑战中国。其中，东海、南海问题看似比台湾大，但说到底就是实力的较量；台湾问题看似较小，却背负了中华民族各种纠结的不幸历史，处理起来更加艰难。

当时，台湾才发生过所谓"太阳花反服贸"运动。自从马英九上台后，大陆媒体就尽可能只强调两岸关系的正面部分，也因此当"太阳花"爆发后，很多大陆民众都对台湾的突然转变感到错愕。事实上，自从2008年两岸三通后，"台独"势力就感受到两岸日益密切对他们造成的压力，并且很快借当时海协会会长陈云林来台访问之机，打着所谓"争取集会游行"的旗号，搞出了号称"野草莓"的学运。

此后，他们就不断以学运的形式扩大队伍，借由各种宣称民主、自由、人权的议题来包装"台独"，使陈水扁时代给人粗鲁、草根印象的"台独"运动，蜕变成看似先进、文明的流行符号。

2012年，马英九开始他第二任任期后，他们便先针对一向支持两岸和平发展的旺旺中时集团展开批斗，在各大校园掀起所谓

"反媒体垄断"的运动。之后，马英九终于在剩下最后两年任期之际，宣布要对过去民进党时代遗留的"去中国化"教科书进行修正，但此时"台独"团体已经累积了丰富的抗争经验，立即串联发起"反课纲微调"的又一波学运。最后，就在2014年3月，他们以"反服贸"的名义包围"立法院"，没想到竟成功地占领议场，一场被台湾媒体"英雄化"的"太阳花运动"，就这样在意外之中发生了。

因为"太阳花"，让大家开始重视两岸心灵距离愈来愈远的问题；也因为"太阳花"，确定了我出书的决心，更改变了我个人的命运。

"太阳花"爆发后，学生占领"立法院"、进攻"行政院"，但台湾媒体却一面倒地颂扬这些违法乱纪的暴力分子，批斗任何质疑学生的其他人士。顿时间，被骂到体无完肤的国民党竟鸦雀无声，许多国民党的政治人物都说不要得罪学生，甚至在电视政论节目上跟着骂国民党。

3

就在这样的恐怖气氛下，我和各界代表一起"前进'立法院'"。记得那天正是四月一日，学生占领"立法院"的第十四天，我们近两千人朝"立法院"前进，誓言揭穿他们"表面反服贸、实际搞'台独'"的谎言。我们的主张很简单，既然学生宣称占领议场是为了开人民议会，那我们也是人民，我们有权要求他们出来公开辩论。

结果才到离"立法院"还有一段距离的忠孝东路镇江街口，警察就把我们挡了下来。本来张牙舞爪的学生，全躲到了他们声称的"国家暴力"的警察后面,警察就这样成了给他们看家护院的私人保安,保护他们在议场里饮酒作乐。(后来这些警察又被学生包围、羞辱,变成我们到警察局前保护警察。)就在此时,一向擅于哗众取宠的民进党"立委"王世坚,突然就对我们喷洒喷雾剂,因而引发了第一波冲突。

后来,我站上了宣传车,呼吁大家先冷静下来,就地等待学生出来面对。大约四十分钟后,"太阳花"学生派出了三个代表来到现场,我们代表也上前要和他们对话,但他们却在不到一分钟后,便一言不发地掉头就走,完全显示出这些人的傲慢。

最后,我们决定在下班时间即将到来的五点钟解散,把道路还给台北市民。等到我一走下宣传车,就接到了东森新闻台"关键时刻"节目的电话,邀我上节目谈反对"太阳花"的理由。当时我早就清楚,台湾媒体的立场必然偏颇,但又想到如果我不上去发声,话语权就更加由他们单方面垄断。最终,我决定上节目正面迎战,料想不到的是,来宾在录影前就已经和主持人套好,就是要把我打成"威胁学生""打压民主"的反动派。另一位来宾朱学恒,更刻意不断把我的名字叫错成王伟忠(一位台湾资深综艺节目制作人),以此达到羞辱我的目的。

也许因为我不与他们妥协的强势态度,以及不愿屈从主流舆论的鲜明个性,一夜之间,我的画面竟反复地在各电视台播放。翌日凌晨,我便发现我的个人脸书(台湾普遍习惯用的社群网站),竟被网军恶意检举到封闭。我顿时更加肯定,这已不是一场意见辩论的竞争,而是敌我矛盾的斗争。接着,网络上开始出现各种丑化我的图文,甚至还冒用我的名字成立假的王炳忠脸书,充满了不堪入目的猥亵内容。

面对这种排山倒海的网络"霸凌",多数人的心理素质都难以应付，而这正是"台独"分子希望制造的绿色恐怖。然而，也许因为我从小个性就比较自主，加上父亲一直就是仗义的强硬派，我并未被这些小人的龌龊伎俩打倒，反而更加确认自己的人格操守经得起考验，否则若有什么重大问题，早就被他们掀出来大批特批。他们正是因为找不出我有什么缺陷，最后只能用"小丑化"、"谐星化"来污蔑我，而我一路走来光明磊落，接受任何的挑战与批评，但我也坚持我说话的权利，不容他们封锁我的发声管道。

4

经过那段时间一个接着一个政论节目的历练，从绿营老字号的民视、三立，再到成立没几年、以所谓"古今台外"这种反华言论著称的壹电视，我可说是无役不与，已经练就了百毒不侵。

其中印象最深的一次，就是上"太阳花"期间壹电视的现场直播节目，名称就叫"人民作主谁敢不服"，十足的民粹恫吓意味。可以想见，一旦上这个节目，持的是反对"太阳花"的立场，那就宛如上批斗台接受公审批斗，因此多数的国民党政客都避之惟恐不及。那时我因几天前才"前进立法院"，嗓子已经喊到哑掉，而当天的情况，竟是同台的所有来宾，加上主持人共六个围攻我一个。我一边反击他们，一边猛喝带在身边的热开水，坚持一两个小时。

经过这次情况最恶劣的战斗，他们"独派"的各种论调，我几乎算是无所不知了！

今天一些人看"太阳花"风波，只把重点放在台湾法治观念的败坏，但他们何以能如此无法无天，核心问题仍在于"台独"已成为台湾的"政治正确"。因此，占领"立法院"、进攻"行政院"

都无所谓，因为"革命无罪，造反有理"，谁敢不服？

尤值得注意的是，站在第一线对媒体发声的，已经从传统操着闽南语的"独派"老人，变成穿着时尚、操着"国语"乃至英语的年轻人，当中不乏还是1949年从大陆到台湾的外省人的第三代。蔡英文说，对这些年轻人而言，"台独"已经是他们的"天然成分"，许多大陆朋友也因此认为，这一世代的台湾年轻人，就是"天然独"的一代。

对我而言，与其说他们是"天然独"，倒不如精准地说，他们更多是对未来没有方向。从李登辉到陈水扁，掌握台湾政权整整二十年，早已完成方方面面的"去中国化"，影响遍及台湾的政治、教育、文化、学术、媒体……各个层面。等到马英九执政，又没有拨乱反正的决心和魄力，而在"去中国化"下受教育的一代已经长成，甚至还发展出"台独"似是而非的"台湾主体论述"。

因此，台湾的年轻人，绝大多数都对大陆有"异己"之感，就算是热衷两岸关系、对大陆同学友好的台湾青年，很多也只是把对方当成是对岸"中国"的朋友，而非自己的同胞。这些年来，由于台湾政客恶斗内耗，更造成人民茫然失措，大家痛苦不堪，然而政客不但没有自省，反倒巧妙地将一切痛苦归咎给"中国"，借此逃避人民的清算，自己继续到大陆赚钞票、在台湾骗选票！

5

我的这本书，正好反映了像我这样"解严后"世代的成长背景，在挥别闭锁的"戒严"时期后，又继续被"台独"一点一滴地洗我们脑，陷入另一种"去中""反中""仇中"的"新戒严"里。至于比我更年轻的台湾人，那些我的学弟、学妹们，则从更小就受到"去中国化"的毒害,因此才有民进党称,不须真正宣布"法理台独",只要维持"去中国化"教科书不变,台湾自然人人都是"台独"。

其实,我最早萌生出书的想法,还在"太阳花"之前。那是某个周末心血来潮,从房间里整理出昔日初中时的学校联络簿日记,当中记载了许多我已忘记的事,几乎都是对当时台湾政治事件的评论。朋友们看了这些日记,纷纷建议我应该集结出版,结果一拖再拖,一直拖到"太阳花"后,我正式走上从政之路,这本书才终于在台湾集结出版。

早在中学时代,我便发现我这样的台湾人,拥有的身份实在难能可贵,我既是没有历史包袱的年轻人,又是没有政治原罪的本省人,祖父母还是台南乡下的贫农。以我这样的身份,对推动两岸结束对立、促进国家和平统一不可说无益,因此,我的责任也更加重大。

"太阳花"之后,我这种责任感更加强烈,正如习近平总书记所言,不能让历史悲剧重演。今天台湾的认同错乱,是我们中华民族不幸历史的产物,要解决当然不容易。我认识很多和我有同样想法的台湾朋友,对今天台湾的情况失望,干脆选择离开台湾,到大陆或海外寻找更大的发展平台。很多微博上的大陆朋友,也经常劝我这样做,但历史造成的共业,不能再一代一代延续下去,我必须留在台湾,唤醒更多台湾人民找到正确的方向,同时更需要所有的中华儿女齐心团结,才能阻止那些处心积虑的反华势力分化我们。

所以我决定在大陆也出版这本书,让大陆同胞能更了解这些年台湾社会统独变化以及我与"台独"势力的斗争。第一部分《大纛烈烈 拂晓出击》,收录了我初中时代记录台湾政治乱象的手稿，以及现在我回顾过去的感想。当时正逢民进党的陈水扁刚刚上台，台湾第一次政党轮替，李登辉时代酝酿的"去中国化"开始由暗转明，校园里很快就弥漫"台独"的氛围。如今民进党重返执政，未来几年"台独"在台湾势必更加倡狂。

第二部分《讨独檄文》，则是我经过更多阅历思考后，对台湾国族认同错乱的根源所做的彻底思考，当中有许多的内容，是学者用艰涩的语言，反而未必能说得清的。在这一部分，我还回顾了2004年台湾大选前夕的"三一九枪击案"，我因此第一次走上街头抗争，并在群众面前演讲。后来升上大学后，我开始参与两岸交流活动，对大陆有更多了解，也更确立我的统一主张，直到"太阳花"爆发后，站上了对抗"台独"势力的风口浪尖。

最后的《附录》，收录我这几年接受媒体采访及对公众的演讲，包括我在台湾支持统一的心路历程，我对台湾前途的主张，以及我和"台独"青年的对辩内容。

6

现在我碰到比较关心两岸问题的大陆朋友，普遍存在两种人，皆反映出一定的隐忧。一种人接触台湾多了，反而开始同情"台独"，或被"台独"错误的观念影响而不自知。产生这种情况的原因，多半是因为"台独"已牢牢掌握关于台湾的话语权，使得一些大陆朋友本来只是想了解台湾的政治和历史，结果读到的都是"台独"生产的资料，误信那就是真实的台湾。尤其近年来"台独"成功地与西方民主、人权的观念结合，一旦对中国当前的情况有些不满，便很容易投射到对西方价值的向往，进而同情"台独"。

另一种人则是过于低估"台独"分裂的危害，认为反正两岸终归会统一，大陆的经济、军事实力都赢过台湾，时间久了自然就可以解决掉"台独"。这种想法其实就是坐等统一，而坐等统一最后有可能就是"坐视台独"。只有认真建立两岸统一的论述，才能真正从实力到思想都战胜"台独"，否则就算强行统一，台湾仍可能纷乱不断，随时被分裂主义势力挑拨，无法形成统一的意识形态。两岸统一之外，还有中华民族的伟大复兴，如果统一后的内部矛盾仍然无法有效控制，中华民族就无法真正实现复兴。

这本书的台湾版书名，叫作《你不知道的王炳忠：拢乎你看》，所谓"拢乎你看"是闽南语，意思是"都给你看"，因为台湾媒体呈现的我多半都只是表面，台湾读者一般很少看到我内心思想的部分，更不知道我从十三岁的少年时代，就自己开设个人网站评论政治，探讨台湾未来和整个中华民族的前途。

如今在大陆出版，有人建议可用《我是台湾人也是中国人》作为主标语，我立即表示应该改成《我是台湾人更是中国人》才更直截了当，符合我的个性。面对大陆读者，我和你们对应的身份当然是"台湾人"，但我们同样都是中国人。因为日本殖民和国共内战的历史悲剧，台湾人拥有和大陆人不同的政治经验，但我们有共同的母亲叫中国，我们都是中国人。

最后欢迎大家，通过微博多多和我交流。远在五年前我微博还没加V的时候，我就经常在微博上和大陆网友交换意见，一些特别谈得来的网友，都是在那段时期结识，有的后来还在大陆约出来见面。

至于一些微博网友经常评论，要我上台湾政论节目不要插话、要有风度，我知道你们是爱深责切，但也请你们理解，我并非那种经常上节目的"固定咖"（固定名嘴），每次受邀几乎都是像"太阳花""九三阅兵""习马会"这种国民党不敢辩护的议题。台湾的政论节目,都是早就预设立场,按照设计好的剧本走,当那些来宾信口雌黄、偷换概念,我若不及时插话驳斥,谣言就会继续蔓延,最后成真。面对这些谣言,尤其是涉及民族立场、历史真相大是大非的部分,我实在无法坐视不理,因为我是中国人,是一个有血性的中国男人!

　　未来几年,我面对的将是一场艰辛的斗争,不仅是对"台独"的斗争,更是对那些处心积虑的霸权主义者的斗争!还有那些无耻耍赖、蒙骗人民的政客和名嘴,看起来不足为惧,却不断打击我们的自尊和意志。偶尔午夜梦回时,我也难免有孤寂无力之感,但我仍对中华儿女充满信心,因为我们这个民族,从鸦片战争以来已经牺牲太多,而这条复兴之路就在眼前!

　　我何其有幸,不仅生在此一时代,而且还生在宝岛台湾。在这最后的斗争,我有责任呼引台湾的年轻人,和大陆青年一起走上正确的道路,请朋友们鼓励我、帮助我、支持我,一起赢得我们最后的胜利!一起迎接中华民族伟大复兴!

王炳忠
2016 年 3 月 8 日凌晨三时,台北

台湾版自序

十五年转眼瞬间

2000到2015，十五年光景。十五年，一个刚上初中的男生，长成了硕士毕业、而且还参选过的社会青年。

十五年，它的概念还不仅于此。1987到2002，同样也是十五年，台湾从解除戒严到政党轮替，民进党执政喊出"一边一国"；我则从呱呱坠地，到初中毕业考上建中。十五年，可以发生很多事。

但也因为事太多，十五年过去，人们只觉转眼瞬间，记不清琐碎细节。历史就是这样残酷，常说的成王败寇，无非也是这个道理。只问结果，不论过程，话说得无情，却难以反驳。

第一次悟出这句话，是在2008年5月20日晚上，台北西门町，黑漆漆的巷弄里。熟悉的身影出现眼前，我和友人同时认出她，那位总在景福门前挥舞旗帜的女士[①]。离此不远的"总统府"，马英九才刚就职，我想起早上冠盖云集的场面，再看着她孤独地愈走愈远。那一刻，我知道她与她热爱的国家，都注定会被遗忘。

即便如此，我仍不愿意放弃。少年时代，带着轻狂的冲劲，

[①] 从2004年到2008年，一直有不愿承认陈水扁执政"正当性"的民众，坚持轮班在景福门前摇旗表示抗议。

凭着对是非黑白的认知，直言自己相信的话。随着岁月递嬗，物换星移，怀抱的理想没变，只是多了几分世故，虽是与过去同样的坦率，却不再是不经意下的流露，而是冷静思考后选择的真诚。我清楚知道，自己做不到左右逢源、两面讨好，倒不如立场鲜明，"我就是我"。当然，与少时相比，收放之间还是有不同拿捏，偶尔回首过往，别有一番滋味在心头。

我一直认为，作为一个以自己是中国人为荣的台湾本省人，同时又是没有国共内战情结的"解严后"，这样的身份推动两岸和平统一，实在是难能可贵的"稀有动物"。这也许是种自傲，也可以说是坚持，因为每每想放弃时，总又觉得上天给我这样的出身，对这百余年来饱受苦难的中华民族，应该有某种历史使命才对。这种心境，就像2004年时，我在景福门前对一位中年父亲说的话一样。那时我们为了"三一九枪击案"的真相①，在滂沱大雨中摇旗呐喊，这位父亲告诉我，他的儿子跟我一样，也是建中学生，被他力劝别出来抗争，先好好把书读好，日后再报效国家。我听了这话，当下就回答他："历史不会重头。至少几十年后，我可以告诉我的子孙，在那段历史中，我尽了力。"

尽了力，便无愧于心。自己选择的路，自己承担，没有谁对不起谁。

2000年起写日记，并非我刻意为之，而是当时刚上龙山初中一年级，学校联络簿的规定。现在看来，这些日记正是一篇篇的少年政论，但当时并未察觉，且旁边还因为印有"心情画板"的

---

① 2004年3月19日下午，离台湾大选投票只剩最后几个小时，陈水扁却惊传在台南游街拜票时被"两颗子弹"袭击。此事件翻转了陈水扁原本处于弱势的选情，最终开票结果以0.2%左右的优势赢过泛蓝的连宋配。至于枪击案的真相则始终不明，至今仍未水落石出。

空白栏框，被我拿来用彩笔画上一幅幅的"讽刺漫画"来搭配。回想起来，记忆中最初的"政治"，应是小学四年级时，在朝会升旗时唱，却被老师误会是在吵闹，爸爸知道了此事，马上问她是不是"台独"，故意打压，我则听得糊里糊塗，不知"台独"是何物。到了小学五年级，那年正好碰上陈水扁寻求台北市长连任，老师先说要送月考第一名者一顶扁帽，后又改口怕敏感送其他东西，我则还是懵懵懂懂，不晓得扁帽是什么，为什么敏感。

直到1999年9月，我升上初中，"台湾"大选激烈开打。我陪爸爸看新闻，看李敖的节目，突然，对台湾的蓝绿统独，一夕之间豁然开朗，就这样"政治启蒙"，开窍了。半年后，2000年3月18日，陈水扁当选"总统"，台湾第一次政党轮替。从此以后，社会上开始一股"推翻中国"的风潮，一直蔓延到校园里来。教"认识台湾：社会篇"的老师在课堂上告诉我们，大家可以"公投决定国号"，如果不喜欢"中华民国"，改成"台湾共和国"也无妨。教语文课的老师说，"国语"是中国北京话，现在"台语"（闽南语）才流行，哪天就把"国语"换成"台语"，大家都得改学"台语"了。她还特别点我这"热爱政治"的学生辩论，说就算阿扁宣布"台独"，大陆也不会像我讲的一定攻台，因为台湾地理位置"极其重要"，美国、日本一定会阻止。更有一回，上到周敦颐的"爱莲说"，这位语文老师甚至造了个句子，说是"陈水扁出身三级贫户，能够当上台湾的'总统'，真是出污泥而不染。"我回家把这句子告诉妈妈，妈妈倒是反应得快："这句子实在不通，三级贫户难道就是污泥吗？"

那段时光的怪状，便成为我日记的题材。人们常说"凡走过必留下痕迹"，但如没人记录，又怎么能保留下来？我的中学日记，既封存了我的成长岁月，更见证了一段震荡的历史。从阿扁当选、

"三一九"、红衫军到马英九执政,不分蓝绿的台湾人民,都经历了梦想幻灭的痛苦过程,尤其是1970年代出生的一代,失落感更是强烈。他们的中学到大学,正是台湾政治狂飙的年代,在1994年那场激烈的台北市长选举中,他们无论是支持赵少康,还是陈水扁,而今迈入中年,都不免惊觉年轻时疯狂追求的"政治",猛回头竟皆成泡影。

那么,像我这样的1980年出生的一代呢?

今天的80后,大学、硕士毕了业,没钱买房子,找不到出路。于是我们天天骂,骂政府,骂社会,骂父母那代人占着机会不走,也骂让那代人富起来的两蒋威权。台湾刚刚"解严"的时候,人们也是这样天天骂,成天想着打垮旧有的体制,于是阿扁从"立委"、市长一路当上"总统",直到这段神话被子弹与钞票射穿。这样残酷的事实,却被人们很快地遗忘,大家没对这段神话做太多的反省,更没细数他对台湾造成的伤害。我们这批新的年轻人,就像当年的年轻人一样继续骂,只是我们拥有的筹码远不如他们,如今将被打垮的,不再是旧体制,而是我们自己的未来。

如要说我当年的那些日记,对今天能有什么启示,那便是记录了当年的乱象,供今天的我们思考:情况改善了没有?为什么不能改善?问题的根源在哪里?有没有改善的可能?

如果我们不能好好地为过去算一笔帐,那再怎么骂也碰不到症结,只是陷入另一个恶性循环,周而复始,一代又一代内耗下去。

十五年转眼瞬间,大陆已翻天覆地。1992年,第一次踏上大陆,那时我才五岁不到,走在从未见过的冰天雪地,直问妈妈这是哪里。妈妈起初不说,后来受不了我连番逼问,突然蹦了句:"别乱问,小心'共匪'把你抓走。"于是,我对那片土地最初的印象,便是"共匪"二字。等到进入小学后,想拿那儿作课堂作文的题材，便又问老师怎么称呼，老师才告以"大陆"。几年后的1999年，偶然从民视新闻中，第一次听到主播称那里为"中国"，为了这件事，我还特别打电话给民视，告诉他们："中国，包含台湾与大陆，怎可独称大陆为中国！"那时候，我还不懂得什么政治论述，只是根据当时还没被"去中国化"的课本，说出我认为正确的话。

2001年7月13日晚上，正值暑假期间，那时台湾的电视还收得到大陆央视四套(CCTV4)频道，我和全球亿万中国人一起，看着国际奥委会宣布由北京夺得2008年奥运的主办权。那天晚上，央视在屏幕上打出的"我们赢了"四个大字，至今仍令我难忘。我永远记得，当时的心情，就和无数的大陆朋友一样高兴。当然，在那个时候，我也同时发现，在我身边的台湾人，似乎并没有和我一样的感受。七年后，我已从大学毕业考上硕士，有幸亲访北京奥运的现场。看着巨大的鸟巢和水立方，找不回1992年初访北京的记忆，更见不到曾经的烽火与硝烟。

在奥运期间，因为两岸青年交流，结识了与我一同主持相关活动的北京四中资优生。两个月后，他们竟就来了台湾。其中一天晚上，台北飓风来袭，我和他就坐在会馆地下室的交谊厅里，外头风雨大作，里面一片寂静。他拿起一罐台湾啤酒，一面对着我说，来台湾的强烈感受，连到美国都没有过……不知道太多东西。我看着眼前这个资优生，语重心长地告诉他："想想过去多少人，就这么一湾浅浅的海峡，一辈子就是跨不去。你在不到20的年纪，就能到美国、来台湾，说明大陆是在进步，要惜福。"

正如我第一次到北京什刹海，在那依着湖边杨柳的小酒吧里，听台上歌者的演出听得入神，听得陶醉，听得竟流下泪来。二十出头的大陆青年，不知道他们从何而来，亦不知往何处去，只晓得他们弹着吉他，唱的是20世纪80、90年代台湾的流行歌曲。

一旁的台湾友人见我流泪，不知我是为什么，只依稀听我说是为歌者哭，便不断地说他们过得很好，要我不必难过。又有谁能体会，我的流泪并非难过，而是触景而生的一种欣慰？我嗅到了20世纪80年代理想主义的气息，又想起这苦难的国家，从八国联军到北京奥运，这条革命之路可是走完了！过去的路以血铺成，眼前的青年则在歌声里逐梦。

十五年前，我的电脑刚连上网，因为自己制作网页发表政论，成为班上唯一和大陆人在网上接触的学生。五年前，开始在大学校园里遇见来台交换的大陆同学，便希望和他们都能认识。如今陆生已变得到处可见。但随着彼此接触愈趋频繁，两岸之间的异己之感反而升高，海峡两岸中国人的距离，似接近却又遥远。

十五年转眼瞬间，我的人生眼看就要过去两个十五年。两年前，其实就已萌生将年少时的日记、杂文集结出版的念头，这篇自序也就这样一改再改，改到学生占领了"立法院"议场，我前进"立法院"要求辩论，以及后来被媒体高度关注而"爆红"，全都在意料之外。

十五年了，在那逝去的时光里，不敢说做了什么，但至少称得上无愧于心。未来的十五年，外在局势将如何发展，谁也说不准，唯一可预知的是，那将是一个我们必须自己作主的时代，一个我们这代的中华儿女，必须自己掌握的未来。

王炳忠

2015年9月29日凌晨零时，台北

推荐序（一）

今日火种　他日燎原

郁慕明（新党主席）

当我接过炳忠送上的书稿，内心最大的感受就是惊讶，当中大部分是他写在初中联络簿的日记、周记，还有一些他少年时期的作文及政治评论，都是当年完整的原样保留下来。且不说会将自己中学手稿收藏下来的，本就没有几人；放眼如今的年轻一代，谁又会在平时留下这样的记录呢？

20 世纪的中国，写日记最有名的就是蒋介石先生，他天天坚持写日记，从 1915 年写到 1972 年无法执笔为止（1975 年辞世），一共写了五十七年。当他笔耕不辍之时，是否已经料到，自己正在为历史留记录？我们实在不得而知。而如今我看炳忠的日记，竟同样也有一种读过历史之感。

炳忠于 1987 年出生，正是台湾"解严"后的一代。到了 2000 年台湾第一次政党轮替，民进党上台，正是他写这些日记的时代背景。那时"去中国化"的风潮，已经在校园里从蔓延到肆虐，因而激发了少年炳忠用文字与之对抗。

回想 1993 年，我因察觉李登辉走媚日、"台独"的路线，因而和其他"新国民党连线"成员脱离国民党、成立新党①，那时炳忠才仅仅六岁。读他的日记，不免也令我们这代人深思，台湾政治几十年来风云变幻，最后究竟为下一代留下了什么？

我对炳忠的日记感到惊讶，因为他不只记录了自己所思所想，而且记的都是对"国家路线"、政治风气的批判。时下台湾年轻人几乎不写日记，最多就是透过脸书发文，而我自己从四年前开始用脸书，发现上头真正的文章也不多，绝大部分都是些生活琐事，或者就只是一些照片。炳忠因为当时学校联络簿的要求，意外在那些年写了这么多政论文章，想必是他本人当初意想不到的。

而更让我从惊讶进化为惊喜的是，今天炳忠会考虑将当年的日记出版成书，正说明他当初的记录，在十五年后的如今仍能有所价值，而原因便是他当年坚持的道路，到如今依然延续未已。这条道路代表的，首先是他信仰的理念没有改变，而且还从主张进化为行动；其次则是他现在从事的生涯，竟能与当年日记中呈现的思想如此契合，正如炳忠经常对媒体说的，自己十三岁便开始"从政"了。对多数人而言，年少时写下的志愿，后来实践履行的寥寥可数，炳忠能有异于常人的机缘，期盼他能格外珍惜，拨乱反正，绝不妥协！

十五年时光过去，许多当年炳忠日记谈的问题，如慰安妇史实、媒体民粹化、国家认同问题……等等，几乎不但继续在吵，

---

① 1987年台湾"解严"后，国民党也面临转型，一批国民党内的青壮派精英成立"新国民党连线"，成为推动改革的国民党次级团体，当中也包括如今的国民党主席洪秀柱。由于"新国民党连线"直指时任国民党主席的李登辉走"台独"路线，因而成为李登辉的眼中钉、肉中刺，甚至勾结党外"独派"势力，在"新国民党连线"南下高雄演讲时发动暴力攻击。"新国民党连线"有鉴于此，乃于1993年宣布脱离国民党、另创"新党"，高举"反台独，反黑金，反特权"的大旗，迅速在全台湾掀起热潮。

而且更加恶化。炳忠在此情此景下出书，除了和自己对话，更是和现在的青年对话。他在每一篇昔日旧作的手稿前，都另外写了他今时今日的批注，当中除了交代当时写作的背景、如今回顾后的体会，更是与昔日的自己对话，内容里有不变的坚持，也有历练过后的反省。同时借由这本书，还要激励比他更年轻的一代深思，趁着青春年华，能为自己留下什么？

2005年是抗战胜利暨台湾光复六十周年，那年的台湾光复节，新党刚刚结束访问大陆的"和平之旅"不久，我们在凯达格兰大道，举办庆祝光复节的大会。当时我们不只期许光复再光复，希望国民党能重返执政，而且更冀望能团结台湾内部的共识，和大陆平等协商，追求和平统一的终极目标。我常说，两岸关系应走的方向，可以用下面十五个字形容，那就是"和平是基础，发展是过程，统一是目标"。我更衷心地期盼，两岸之间能够努力回归历史真相，尊重事实，共圆中国梦。

无奈一晃眼十年过后，台湾的年轻人已全面中了"去中国化"的毒害，网络上无时无刻不充斥着对"中国"的咒骂，而我们依然在光复节这一天，在凯达格兰大道前举办大会庆祝。我看着炳忠他们这些年轻人，还有比他更小的大学生、高中生轮番上台，说出他们不愿被"台独"欺骗、绑架的心声，就像是一颗颗火种正在绽放，继续点燃前人为振兴中华奋斗的光荣历史！

我从四年前就不断和炳忠这些我身边的年轻人说，台湾这样空转虚耗，势必会爆发一场革命，到时就是年轻人的时代，能够清楚掌握时代方向的人必会成功。如今台湾青年果然充满了革命的狂飙情绪，但多数人都将愤怒与失望投射到同样虚幻的"台独"。在这样诡谲的氛围中，炳忠和他的战友们，以"燎原"自期他们的理想能够壮大，而我则鼓励他们，今日每个人都是火种，他日必能星火燎原。

　　我和炳忠相处多年，见证了他的成长，如今欣闻他出版人生第一本书，乐见其传承吾辈使命，故欣然为序，寄予我的勉励及祝福。

推荐序（二）

屹立于"去中国化"教育中的台湾青年

张麟征（台湾大学政治系荣誉教授）

当郝柏村的孙女都搞不清自己是中国人还是台湾人①，当大多数年轻人都认为自己是台湾人、不是中国人，当"台独"教育火红，"仇中""反中"蔚为时尚之时，王炳忠这样一个本省籍青年，却在他的中学时期，就有着超龄的政治意识，完全不受"去中国化"教育的影响，有着强烈的中国认同，这不能不说是个异数。

看炳忠的初中日记、周记，也许文字与内容还带有青涩味道，但已令人惊艳。很难想像这个年纪的小孩，怎么会这样早熟，怎么会对一些政治事件有这么强烈深刻的意见，怎么敢那么坦率地直指师长的缺失。也许他的叛逆期来得早，但他的叛逆不是一般青少年针对父母师长的管教，而是针对时事的不吐不快，这就值得另眼相看。

台湾分离主义的高涨，是经过精心策划的。从李登辉时代的

---

① 郝柏村，台湾前"行政院长"，陆军退役上将，现年已九十七岁，是坚定反对"台独"的外省深蓝代表。20 世纪 90 年代初期，他被掌权的李登辉打为国民党的"非主流派"。他的儿子郝龙斌曾为新党立委，后来又由国民党推荐当选两任的台北市长。近年来郝柏村主要专研抗战历史及蒋介石日记，并出版多部相关专著。

"认识台湾",到陈水扁时期的"同心圆史观",二十年的铺陈推动,扎根牢固。马英九上台时,挟其当时的高人气与民意支持度,国民党在"立院"四分之三的多数议席,本可以轻易地拨乱反正,但马英九却选择萧规曹随,巩固了"去中国化"教育。直到2015年,马政府才想到要对中学历史教材做一些微调,期与史实相符,却引起青年学子强力的"反课纲微调"行动,证明"去中国化"教育已经难以撼动。即使微调成功,蔡英文执政之后,还是会恢复"台独"史观。

台湾"去中国化"教育铺天盖地,受影响的岂止这几代人?馀毒要除,情况会很困难。难怪蔡英文会说"'台独党纲'是民进党创党时期所揭示的目标,也是这一代民进党人及台湾人民的追求与理想……已经变成年轻世代的天然成分。"蔡英文当然不会放弃"台独党纲"与"台独"政策,她在两岸关系上所主张的"维持现状""概括承受",不过都是骗选票的选举语言。

相对于绿营对分离主义的信心满满与积极作为,国民党对自己党的理念价值却日渐抽离疏远,讳言统一,不敢说自己是中国人。在李登辉的操作下,党内开始有了"本土与非本土""主流与非主流"之争,力量相互抵消,党员不断出走。即使李登辉被赶出国民党,他的余孽至今尚存,犹自翻云覆雨,不断地分割国民党,换柱(洪秀柱)闹剧、尊王(王金平)丑态仍在持续上演[①]。

当台湾分离主义气势高涨时,媒体在利益取向的考量下,不

[①] "换柱闹剧"指的是洪秀柱本已通过国民党党内初选,成为国民党提名的2016年台湾大选参选人,但国民党各派却通过各种权谋运作,强行召开临时全代会换掉洪秀柱。"尊王丑态"则指王金平本已被证明与民进党"立法院"党鞭柯建铭勾结,遭到时任党主席的马英九按程序开除党籍,但他却能通过法律诉讼,继续保住国民党党籍,甚至获得国民党提名为2016年大选"不分区立委"名单的第一名。

再能扮演公正的第四权,明辨是非,针砭时政。相反的,他们反而成为哗众取宠、推倒公义的帮手。在台湾这样一个积非成是、众口铄金的地方,社会质变速度惊人,不要说莘莘学子难以不受影响,就是社会阅历丰富的人又有几个敢不惧社会氛围,挺身直言,捍卫与分离主义不同的价值观与理念呢?

2016年大选的结果,民进党不仅取得执政大位,甚至在"立法院"都掌握了多数,"台独"的气焰无疑将更高涨。当"台湾不独(不宣布法理台独)而独(成为事实台独)","中华民国"被彻底掏空;当中国变成外国,我们这些自认为中国人的人,在台湾不就成了外国人?我们是否也会像陆配、陆生一样,被差别待遇?或是被恩赐为"新台湾人"?要对"台独"政权的宽大为怀,感激涕零?我们能够忍受这样违背民族大义,这样没有尊严的生活现实吗?

从台湾政治发展的趋势与现状,回头再来看王炳忠,从小,在他的同侪中,他就是一个对政治议题极度敏感,众人皆醉我独醒的人。成熟后的王炳忠,回顾青涩少年时代留下的心路轨迹,放眼目前台湾政局的每况愈下,忧心年轻人在认同问题上的自我异化,担忧两岸情势日蹙,有害台湾发展、中国崛起,这些因素促使他目前积极参与许多政治社会活动。他在所谓的"太阳花学运"中,挺身与违法学生对呛;时下的他常参与电视谈话性节目,舌战绿营群独;统派活动中少不了他的身影,选举他也不会缺席。炳忠积极投身这些活动,证明他坐言起行,足当青少年的楷模。

炳忠欲将其少年时期的日记及近年来政治思考出版,为个人的成长留下足迹,为当下的作为留个见证,证明他的成长是一路走来始终如一。台湾情,中国心,一体两面,相辅相成,毫不矛盾。祝福他献身中国统一的鸿鹄之志有志竟成。

辑一

【大纛烈烈　拂晓出击】

从那场大选谈起

1999年9月,我进入龙山初中(台湾称"国中")就读一年级。此前,在李登辉的主导下,已通过"修宪"改变台湾地区领导人产生的方式,从经由"国民大会"间接选举,改成"自由地区"(即台湾地区)的人民直接选举,任期改为四年。1996年,李登辉挟着高人气,当选首届直选出来的领导人。因此到了1999下半年,新一届的台湾大选的人选也开始浮现。

当时新闻最热的话题,就是曾经"情同父子"的李登辉和宋楚瑜,为了选举正式决裂。在李登辉的操盘下,推出连战而非宋楚瑜代表国民党参选,声势如日中天的台湾省长宋楚瑜,决定自己以无党籍身分投入选举。那一年的台湾大选,最后共出现了宋楚瑜、连战、李敖、许信良、陈水扁五组参选人,但所有媒体的焦点,则都集中在可能胜选的连、宋、陈三人身上。

那时,反李登辉的民众大多支持宋楚瑜,宋楚瑜因而成为反李登辉势力寄望的"救世主"。(后来宋楚瑜又与李登辉和解,则是后话。)然而,国民党却在选前最后关头,请出了形象一向非常好的台北市长马英九喊话,呼吁不希望陈水扁当选的民众"弃宋保连",集中选票投给国民党提名的连战。

最后开票的结果，证明了是扁宋对决，连战的得票还远远落在后头，国民党分裂，陈水扁渔翁得利，这激怒了大批反李登辉的民众包围国民党中央党部，要求李登辉辞去国民党主席以对败选负责。台北市长马英九到场安抚民众，却被愤怒的民众砸了一身鸡蛋，市政府的新闻处长、马英九最亲密的心腹金溥聪立刻挺身护驾，留下了经典的画面。

很多人问，如果那次的大选结果是由宋楚瑜当选，台湾的未来是否会大大不同？但历史无法重头，也无从验证。

对我来说，那场大选更大的意义，是启发了我的政治意识。当时代表新党参选的李敖，直接提出"一国两制"的政见，认为这是邓小平为他的同学蒋经国量身订做的安排，台湾人可以得到最多利益，给了我相当大的震撼。记得李敖还在电视上开了一个叫作"挑战李敖"的节目（后来李敖说观众太笨，没资格挑战他，又改名"李敖挑战"），把台湾政治、两岸关系分析得非常透彻。我和爸爸天天一起看李敖的节目，有时也互相辩论对李敖言论的看法，竟就这样从一个不谙政治的孩子，慢慢对复杂的蓝绿统独开了窍。

一年后，我成立个人网站定期发布时论，并且在语文课要求的作文、公民课要求的剪报作业里，认真地写下我对时局的认识批判及政治抱负。此外，我还在每天学校的"联络簿"里，留下了一篇篇的少年政论。按台湾中学的要求，"联络簿"必须载明每天的小考成绩及回家作业，写完后再给家长过目签章，老师如果有什么要和家长联络的事，也可以直接在上头留言。当时，我就读的龙山初中还规定，每天必须在联络上写一篇简单的日记，并附有"心情画板"一栏供学生挥洒涂鸦。

这一多数学生眼中的苦差事，却成了我天天发表议论的园地，当中最主要的内容，就是对当时台湾政治的评论，而一旁的"心情画板"，往往也是关于政治的讽刺图文。有次各班联络簿送训导处抽查，训导主任看到我批评她的日记，反倒对我能将联络簿写得这样精彩惊叹不已，特别表扬我如此认真的态度。

我读初中的那些年，正是台湾第一次政党轮替，民进党刚刚执政的岁月。处在台北市相对"草根味"的老社区艋舺，龙山初中的校园很早就掀起"去中国化"的风潮，一些教公民、语文的老师，都在课堂中有意无意地灌输"台独"的观念。整个社会的舆论、新闻报道，也逐渐形成一种服膺于民进党意识形态的"政治正确"。

2001年，以李登辉为精神领袖的"台湾团结联盟"成立，被国民党开除的李登辉，祭出比民进党更"独"的诉求来打击国民党、制衡陈水扁，巩固自己的政治地位。从那时起，媒体开始习惯以"泛绿""泛蓝"区分台湾的政治光谱，把民进党和"台湾团结联盟"称为"泛绿"，其他的主要政党——国民党、亲民党、新党，则被称之为"泛蓝"。

四年后，陈水扁依靠两颗子弹又一次地当选，"泛蓝"三党先后访问大陆，开启了两岸交流的新时代。

当时才十三四岁的我，就是在这样思想震荡的时空下，写下一篇篇对政治的观察和评论。记得我当时最大的质疑就是：李登辉这样一个靠国民党奶水养大的政客，过去在"党外"反抗国民党威权时，他身处国民党权贵圈内远离忧患；后来民进党宣称要反对国民党的"黑金"，而"黑金"则根本就是在他领导国民党后大量丛生。然而，他却能在卸任"总统"后摇身一变，成为民进党和"台独"分子尊崇的"台湾之父"，这到底是怎样的是非？

今天重新回顾当年我写的内容，十几年过去了，很多事早已记不得,媒体也不再提起。但细细思索,仍有许多值得省思的地方。初中时的我,对某些事情提出的看法,不少是今天的我都自叹弗如的。因为随着年岁的增长,顾虑的层面变多,反而失去年少时一针见血、直截了当的畅快淋漓,而今回头再看,才惊觉很多事情本是那样单纯,许多大是大非的问题,竟被政客硬拗成似是而非,加上媒体配合演出,最后就让整个台湾虚耗在一堆假议题里。

"卜正先生"的心愿

"卜正先生传"本是语文课的一篇课堂作业,写于2000年3月,正是陈水扁刚刚当选台湾领导人后的日子。当时因为正上到课本里陶渊明的《五柳先生传》,老师便要我们也替自己起个号,仿效陶渊明写篇自传。记得那时刚刚习惯上网,为了在网络世界有个"昵称",便请爸爸帮我起个别号,同时可作为我写小说的笔名。爸爸想了"卜正"二字,寓意是选择正确的道路,并进一步导人为正,因此我便以"卜正先生传"作这篇文章的题目,后来成立个人网站,也就叫作"卜正的秘密别墅"。

文中提及我对戏剧及历史的兴趣,一部分是天生,一部分则与我爸爸有深厚关联。五六岁时,没人特别引导,我就爱看每个星期六在中视播出的国剧(也就是京剧,也称为"平剧"),后来甚至还在幼稚园的儿童节庆祝会上粉墨登场。至于生平第一部看的八点档连续剧,则是小学一年级台视的《唐太宗李世民》,后来回想,20世纪90年代台湾这些以中国历史典故为题材的电视剧,无形中也形塑了我对大中华的认同,等到比我再小的世代,台湾这类题材的戏剧、影视剧锐减,他们的记忆及认同便与我大不相同了。

志氣不凡，鴻鵠之才也。

13. 收束過早
14. 意猶未盡
15. 立意尚佳
16. 注意修辭
17. 標點欠妥
18. 錯字訂正
19. 大致平順
20. 較前進步
21. 詞宜簡練
22. 文不切題
23. 缺乏內容
24. 字欠工整
25. 不見用心

讀書《李敖全集》、《慈禧大傳》、西格雷夫之作《宋家王朝》、許漢著《宋美齡》、《我夫尹清楓》、一九三七南京浩劫、《蔣孝勇的真實聲音》等。常和父親皇泡茶皇談各方面包括歷史文化、政治現局、諸事義憤、國共內戰，以及他當兵於海軍陸戰隊的與中共打隱形戰……等。沒當年僅國一便狹義成之中華復興黨的經過，最喜歡的書是沈京法源寺，最愛看的電影是「末代皇朝」，最熱愛的是中華文化（排斥所謂本土思想），故事自有獨特的判斷，有主見，不喜外人干預，這是卜正的性格。目前其是

崇拜民國二十四年次的李敖大師，並致力於寫「慈禧正傳」、「瓊妮格格」、「時代」等小說的工作。過年期間，在臺南祖父、母前以閩南語漢力倡導「乎咱臺獨」並於高親戚前汲汲「卜正」為之怡然愉快，可說是梁啟超之「心上一塊石頭落了地」也。

某晚，並以電話和李振綱之母的「阿扁思想」雄辯。

如今，卜正先生最大的志願，便是日後首上中國大陸的領導人、或為政治家、歷史家、文學家，並熱讀法律。期望能早日往中國大陸紫禁城再度參觀（以前去時太小），南京紫金山之中山陵寢、故蔣中正先生之故鄉浙江奉化，及「上有天堂，下有蘇杭」之西湖再遊。殷切期望中國能速統了為世界強國之最。

卜正先生傳

一年十班　王炳忠

三月十五日

90

作文評語
1. 清新活潑
2. 深切題意
3. 詞達筆順
4. 妙語如珠
5. 內容充實
6. 章法井然
7. 文字優美
8. 敘述生動
9. 簡潔明暢
10. 見解超卓
11. 風格獨創
12. 立論正確

中國的美麗之島是臺灣，臺灣的不夜之都是臺北，臺北的古色之區是萬華。在萬華有個罕見奇才——卜正先生，其祖先於唐山過臺灣時來自福建同安（閩南泉州），父親從臺南佳里頂廊里北上打拚找工作維持家計，母親則本居於艋舺。

丁卯年出世的卜正先生，本名王炳忠。——這名兒是李府王爺起的。因總是會擇正避邪；——更進一步說，可謂導人向正，所以取筆名如此。其人幼稚園時便有戲劇天才，首在兒童節於眾人前表演平劇。——與李敖似同。小學一年級就看了王梵蟬主演的臺視歷史連續劇「唐太宗李世民」而愛上我國歷史。三年級便熟詳觀世音菩薩普門品及地藏菩薩本願經之理，並知父親交教中了解真正道、佛教，主張「萬教同宗、道為本」。四年級始念佛衣觀音神咒至今。五年級更常輕入龍山寺年神。六年級始讀「天道鈎沉」研究一貫道。初中一年級至圖書館借閱「清帝傳奇」「清宮之謎」各十二冊，埋入故宮懸謎探究。並潛讀父親藏書《蔣先生奮鬥血淚史》和祖母鄭氏經查證有蓋房血緣之親的鄭成功傳記……等，更從祖藏書《三民主義統一中國之路》……圖妈妈虽是高职毕业的寻常主妇，但却很早就发现我的文史天分，从小便替我留意寒暑假的各种写作班、戏剧营，并且定期按照编号，替我从图书馆借来一本又一本的《陈姊姊讲历史故事》。读这些故事，让我很自然地就将"盘古开天""女娲造人"这些神话，视为自己民族的根源。当时台湾流行给小朋友听的床边故事书"汉声小百科"，还自许为"第一套中国人编给中国孩子看的儿童科学读物"。

遗憾的是，我童年时熟悉的这些故事，今天却被"八田与一建嘉南大圳"的所谓"台湾历史"取代。表面上看，是让小朋友更多熟悉台湾本土的人事物，但八田与一乃是日本殖民台湾时期的日本工程师，这样一个帮助殖民者方便剥削殖民地的日本人，经过故事书的美化，竟成为小朋友们认知的台湾"先贤"了！

到了初中一年级，我无意间看到电视播出香港电影《宋家皇朝》。这部以宋霭龄、宋庆龄、宋美龄三姐妹为主题的片子，触发了我对中国近代史的浓厚感情，尤其是片中三姐妹在抗战时的重庆聚首，彼此相问："爸爸要我们找的新中国，我们可是找到了？"这句话，一直在我的心里回荡。

也因为这部片子，让我首次知道孙中山的夫人支持中共，甚至在过世前加入中国共产党。在台湾的"反共教育"下，不仅从未提及孙中山及宋庆龄对社会主义的同情，而且更直接将"爱国"与"反共"划上等号。因此，我根本无从想像，绝对代表爱国的"国父"，怎么会和"共产党"有关系？历史课本中仅一句话带过的"清党"，经由电影将血腥镇压的场面呈现出来，更对我造成很大的冲击。

九年后，我在大学毕业的暑假，只身一人到大陆旅游两个月。当我走在南京雨花台的"烈士陵园"中，看着许多不到二十岁的少年，因为相信社会主义才能救中国，而死在国民党"清党"的枪下。他们跟我一样，都是年纪轻轻，就对我们苦难的中华民族充满责任感。你能说他们不是"爱国"吗？或者，可以说他们正是为"爱国"而死啊！

我感叹，因为国共内战，竟使得同胞相残，骨肉分离。我期许，重新团结全世界的中华儿女，促成21世纪统一的、伟大的新中国。

2000年台湾大选，影响台湾命运甚巨，也开启了我关心政治之路。那年春节回台南老家，亲戚们全围着电视谈选举，我和爸爸一起用闽南语，和支持"台独"的阿公（祖父）争辩，并力劝阿嬷（祖母）要投给宋楚瑜。后来得知，一心希望台南子弟阿扁当选的阿公，竟因连战到了村里庙会，和他握了手，为了"还人情"投给了连战。阿嬷则因为爱孙，听我的话投给了宋楚瑜。

阿公说，宋楚瑜能经常下乡关心建设，还亲自挽起袖子清理水沟，确实与传统国民党的权贵不同，但他是来自大陆的外省人，不是台湾人，他这张票投不下去。至于在西安出生的连战，虽然母亲是东北人，但父亲则是台湾人，所以他还能接受这个有半个台湾人血统的"半山人"。从他的话，可以看出民进党如何将阶级的矛盾，巧妙地导向省籍的冲突，再利用这种制造出来的"省籍情结"，最后成功地分化族群，催动对自己有利的选举动员。

2000年3月17日晚上，正是选前的最后一夜，我和爸爸紧盯着宋楚瑜的造势大会转播，班上同学妈妈却忽然打电话来替阿扁拉票，还对我说："支持阿扁，你选优良学生就一定能上。"我当时和她就在电话里争论起来，爸爸后来也加入战局。记得最后我丢下一句话："就算选不上优良学生，我也绝不出卖我的理念。"随即挂了电话。

记得当时写的这篇作文，最后一段有我对自己未来的期许，当时我写下的，除了"攻读法律"这项愿望没实现外，造访北京故宫、南京中山陵、奉化老蒋故乡的心愿，后来都一一成真，这些在当时都还是遥不可及的梦想。如此看来，另外还有的两个心愿——"中国统一"及"当上未来大中华的领导人"，谁又敢说在我此生不可能实现呢？

二十年后的我

"今天是21世纪的第一天,希望我的梦想,就像台北上空施放的烟火那样,多么灿烂,多么迷人!" 2001年元旦,我在语文课要求的作文作业结尾,写下这么一句话。

犹记前一天深夜,透过大陆央视四套的转播,同时看到了台北"总统府"及北京中华世纪坛前的庆祝晚会。那时,台湾还能通过有线电视看到大陆央视四套(CCTV4)的频道,寒冷的夜里,十二点跨年的那一刻,两边的会场同时烟花绽放,我激动地将这一幕铭记心坎,对自己说:"21世纪是中国人的世纪,我何其有幸,见证了这一划时代的瞬间!"

现在想起来,央视四套让我印象深刻的节目还不少。2000年暑假,北京成功申办奥运,我当时就在电视荧幕前,看着央视四套打出我至今难忘的"我们赢了"四个大字。那场庆祝晚会上,除了大陆民众,还有香港、澳门及台湾的观众打电话进去表达兴奋之情,让我第一次感受到"两岸一家亲"。此后,我便时不时会转到央视四套看一看,记得其中一个叫"天涯共此时"的节目,正好做了一个为台湾老兵寻找大陆亲人的计划,让我看了不禁热泪盈眶。

还有就是春节联欢晚会。记得是 2002 年马年，我在台南老家一边过年，一边看央视春晚和各大城市同步连线，第一次让我有普天同欢之感。我还特别注意到，动力火车、张信哲、赵自强等台湾艺人，都在春晚的舞台上大放光彩。当时我还想，大家都说我普通话讲得标准，有朝一日一定也要登台主持春晚。

可惜后来没过几年，陈水扁因为内政表现差强人意，只好更加诉诸"台独"意识形态来稳固政权，方方面面的"去中国化"愈演愈烈，央视四套也就在这样背景下被禁止在台湾播放，直到今天都没有恢复。但有趣的是，民间一点也不排斥来自大陆的影视节目，目前《后宫甄嬛传》《琅琊榜》在台湾掀起热门话题，"中国好声音"这样的选秀节目也广受欢迎。甚至在除夕夜，也出现有台湾的电视台用"新闻报道"的名义插播央视春晚，反而台湾自己制播的综艺节目，只剩下粗制滥造的闹剧了。

2001 年元旦这天，我为语文老师指定的"二十年后的我"这篇命题作文，许下了"传播新知的电视台董事长"这样的自我期许，因为我很早就察觉，台湾的政治受电视媒体影响很深，而我也长期关注各台的政论节目。

起初，台湾的政论节目还不至于蓝绿立场鲜明，后来被视为偏蓝的 TVBS "2100 全民开讲"（台湾电视政论节目的鼻祖，1993 年开播，2013 年停播），20 世纪 90 年代其实是站在批判执政的国民党立场，给予后来执政的民进党很多的发声机会。知名媒体人陈文茜，当时担任民进党文宣部主任，就是因为经常上"2100 全民开讲"代表民进党，成为家喻户晓的人物，而她也成功利用电视媒体，将民进党"悲情""草根"的形象，转变成"欢乐""时尚"的面貌。陈水扁和谢长廷，也是靠上 TVBS，奠定了政治明星的地位。

本来台湾政论节目邀请的来宾，都是各党代表皆有，且包含相关议题的专家学者。但随着陈水扁愈来愈操弄族群对立，甚至利用"中国"与"台湾"的二元对立巩固自己的政治基础，台湾社会的蓝绿撕裂到2004年大选达到顶峰，批判陈水扁的"2100全民开讲"，被民进党点名不希望党员参加。后来邱毅更在"2100全民开讲"中每日一爆，独家揭发陈水扁弊案，打响了"反扁家贪腐"的第一枪。

同一时间，汪笨湖主持的"台湾心声"则颜色鲜明地天天煽动仇中情绪。从此，台湾各台的政论节目变成壁垒分明，各台从主持人到来宾都是"清一色"的同一阵营。当然，在这种环境需求下，也就出现过去没有的职业"名嘴"现象。作为职业"名嘴"，必须有本事一天三餐跑不同的电视台，按照不同节目的剧本"演出"，演技高强的就有机会签约成为"固定咖"（固定成员）。

职业"名嘴"反正只是按剧本演出，领域自然从政治、娱乐、历史、军事、外星人……无所不包。因此，也就发生了名嘴黄光芹在东森"关键时刻"中，竟然把网络虚构人物"龙保罗"当成史料说的"闹剧"。黄光芹事后不讳言地说，自己只是照制作单位给的剧本念，是真是假应由制作单位负责。

还有一种高级名嘴，则是顶着"资深媒体人"之名胡乱指控，沦为特定人士雇用来"放话"的工具。此种类型最经典的当属周玉蔻，当初直指郭台铭是捐台币三亿元政治献金给连胜文的"三亿男"，后来眼看官司败诉，又在节目上哭喊要郭台铭"像个男人"、"不要与女人为难"，宛如楚楚可怜的弃妇。然而，周玉蔻耍起泼来，可是丝毫不逊色，2015年习近平和马英九在新加坡见面后，台湾方面和大陆方面分别召开记者招待会，两场记者会上，都可看见她用特有的尖嗓嘶吼"我是周玉蔻，我要问问题……"的闹场身影。

作文評語

1. 清新活潑
2. 深切題意
3. 詞達筆順
4. 妙語如珠
5. 內容充實
6. 章法井然
7. 文字優美
8. 敘述生動
9. 簡潔明暢
10. 見解超卓
11. 風格獨創
12. 立論正確
13. 收束過早
14. 意猶未盡
15. 立意尚佳
16. 注意修辭
17. 標點欠妥
18. 錯字訂正
19. 大致平順
20. 較前進步
21. 詞宜簡鍊
22. 文不切題
23. 缺乏內容
24. 字欠工整
25. 不見用心

「淬和即時開播」也是不可缺失的。一個國家的進步於否，見全在人民對政治的關心程度。對一日的國家大事，淬和電視台基於保障百分百的言論自由，開放全國民眾大call in，並邀請各政黨代表出席，再次證明淬和電視台在政治報導上絕對是公正、客觀。

介紹中國各地的山水民情，也是每週淬和工作伙伴的任務之一。包括東北的瀋陽文化故宮北京、龍蟠虎踞的南京、歷史古城西安……等，格外有股懷舊尋根的味道，而這也正是二十一世紀特殊的傳統美。

說了這麼多淬和電視台的特色，我們也必須回到現實了。今天是二十一世紀的第一天，希望我的夢想，能像節慶假日施放的煙火那樣，多麼燦爛，多麼迷人！

志向宏大不俗，並能認清理想成

二年十班 21號 王炳忠

得分 90

傳播新知的電視台董事長——二十年後的我

「祥和電視台開播囉！」一個屬於全球華人的綜合電視台，就在萬人殷切的期盼下正式成立——這一刻，我二十年前的夢想終在星光璀璨的夜空下實現了。

我打算開闢兩個頻道，分別是祥和電視台及新聞台。祥和電視台的宗旨，是要發揚中華民族五千年來的超人文化，並藉著電視媒體的優質報導使得傳統精神得以傳承，現代科技得以繁榮。

早上的「祥和晨間新聞」及「祥和 morning call」，可以說是為新的一天開創了新氣象。「快譯新聞」更是用國際語言向國外人士道早。「祥和午間新聞」及「午間一點新聞」，則著重「政治新聞最快報導」；到了晚上，上班族下班回家，邊吃飯邊收看祥和新聞，豈就不是人生一大享受？！

晚上八點鐘，祥和優質戲劇登場，都是我的小說作品……。另外也引進大陸中央電視台的「雍正王朝」、「宋家三姊妹」、「大明宮詞」、「戊戌風雲」等，充分展現華人經典名劇。

身为独子的我，似乎天生就对媒体很有兴趣。我从小不爱看漫画，也不打电玩，而是借由自导自演作为娱乐，自己分饰多角，并且同步构思剧本。上初中后，又多了新的项目，就是自己扮起主播，不用新闻稿，直接报起当天记忆里的新闻。当时的我便发现，台湾的政治深受电视新闻及政论节目影响，每天媒体下的标题，直接就引导了民意。

那时网络影响力还不如现在，电视看起来仍是主要媒体，因此我便开始幻想自己是电视台的总设计师，为我心目中的"祥和电视台"规划节目安排。我希望"祥和电视台"的收视群是整个大中华，必须有对中华民族命运的关怀。因此，我认为"祥和电视台"要有大中华新闻，并且引进大陆的电视节目。此外，还得私心地制作以我创作的小说改编的电视剧。现在看来，当时我的这些构想，最接近于现实中的凤凰电视台。

早在2004年时，民进党就曾利用貌似中立的所谓"阅听人联盟"，行斗争偏蓝媒体之实。八年后，"台独阵营"又披着"言论自由"的外衣，以所谓公民团体、学生运动的形式发起"反媒体垄断"，斗争支持两岸和平发展的旺旺中时集团。绿营始终对媒体相当敏感，擅长掌握话语权以利政治斗争。讲起来堂而皇之的民主自由，实际上是党同伐异的民粹法西斯。政论家黄智贤小姐在2004年台湾大选后出版的《战栗的未来》一书，清楚地看破此种操作，而我初中便对政论节目生态格外注意，似也捕捉了部分端倪。

在此也特别告知大陆读者，在台北市24小时营业的诚品书店，一直是大陆游客到台湾旅游的热门景点，但要谨慎的是，诚品书店有其特定立场，在政治、历史等人文科学书区，主要显眼处陈列的都是"台独""反共"等媚外仇中的书籍。很多大陆朋友想买些书了解台湾的政治和历史，结果不知不觉就被误导了。黄智贤小姐这本《战栗的未来》，虽然不是学术专著，却用非常简单的话将蓝绿统独的纠葛，以及"台独"势力最常炒作的"二二八""白色恐怖""省籍冲突"等议题分析得相当透彻，值得大家作为认识台湾政治的基础读物，以免一入门就被"台独"洗脑了。

"日杂"金美龄

"汉奸""不要脸",初中二年级的我,在日记中用这些词痛骂许文龙、金美龄。

尤其是金美龄,这个完完全全的日本军国主义走狗。套上现在大陆网友流行的用语,她就是一个"日杂"!

许文龙和金美龄这两人,一个是"总统府资政",一个是"国策顾问",因为《台湾论》风波,才让大家注意到,原来阿扁聘任的"大老"是这些货色。四年后,阿扁靠两颗子弹惊险连任,不仅续聘金美龄,甚至还将她从无给职升为有给职,每个月从她声称不承认的"中华民国"国库,支给这位"国策顾问"将近台币20万元(人民币约4万元)报酬。

2001年,一向支持军国主义的日本右翼漫画家小林善纪,出了一本名为《台湾论》的漫画书。在这本书中,盛赞李登辉是日本"大和魂"在台湾延续的代表,并引述李登辉和台湾奇美集团创办人许文龙的话,称慰安妇是自愿的。

这样严重践踏台湾人尊严的言论传开后,舆论开始攻击李登辉和许文龙污蔑自己的同胞。就在此时,一位叫金美龄的白发老太婆,特地从居住地日本飞来台湾,为的就是要声援李登辉、许

日記

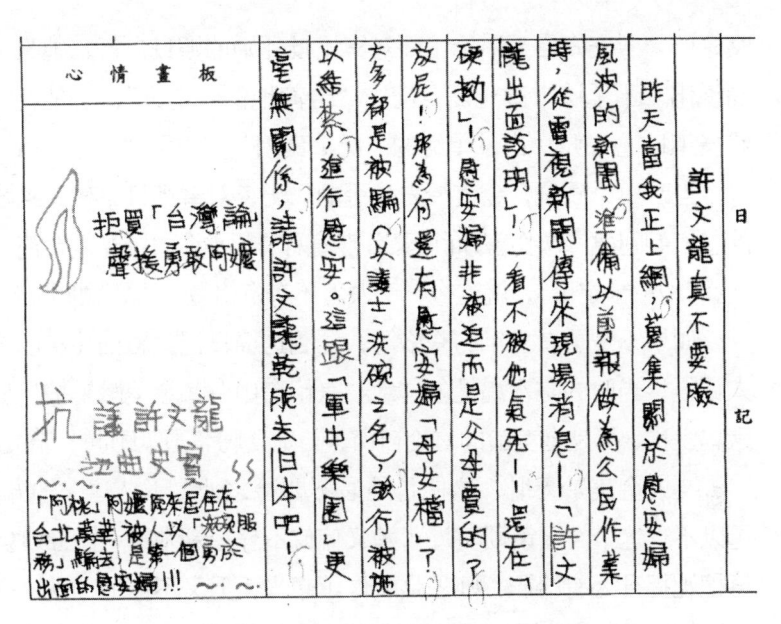

許文龍真不要臉

昨天當我正上網，蒐集關於慰安婦風波的新聞，準備以剪報做為公民作業時，從電視新聞傳來現場有息—「許文龍出面說明」！一看不被他氣死—！是在硬拗！慰安婦非被迫而是父母賣的？放屁！那為何還有慰安婦「母女檔」？大多都是被騙（以護士、洗碗之名）敢行被施以結紮，進行慰安。這跟「軍中樂園」更毫無關係，請許文龍乾脆滾去日本吧！

心情畫板
拒買「台灣論」
聲援勇敢阿嬤
抗議許文龍 扭曲史實
「阿桃」阿嬤阿來居住在台北萬華被人以「浴室服務」騙去，是第一個勇於出面的慰安婦！！！

二〇〇一年二月廿六日，初中二年級，联络簿日记

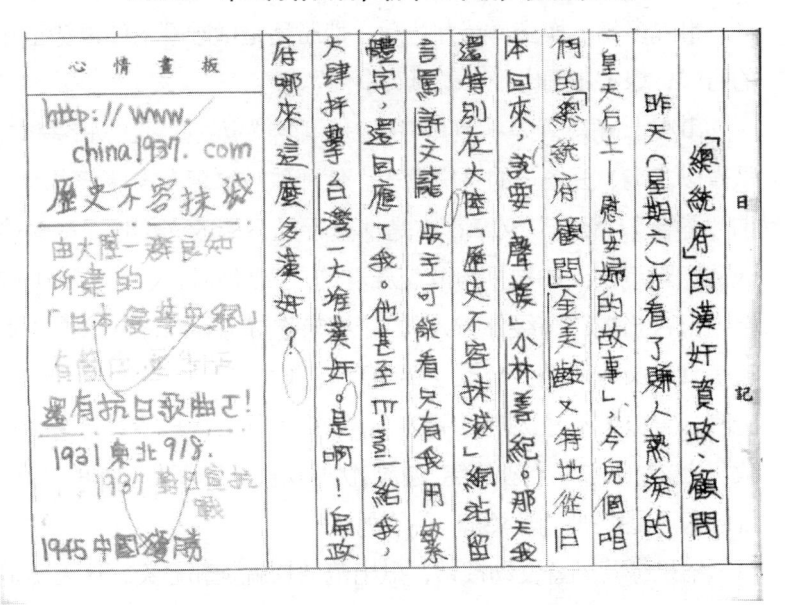

日記

「總統府」的漢奸賣政、顧問

昨天（星期六）才看了賺人熱淚的「皇天后土—慰安婦的故事」，今兒個咱們的「總統府」顧問金美齡又特地從日本回來，教要「聲援」小林善紀。那天我還特別在大陸「歷史不容抹滅」網站留言寫罵許文龍，版主可能看只有我用繁體字，還回應了我。他甚至E-mail給我，大肆抨擊台灣一大堆漢奸。是啊！偏政府哪來這麼多漢女？

心情畫板
http://www.china1937.com
歷史不容抹滅
由大陸一群良知所建的
「日本侵華史綱」
自簡二三起
還有抗日歌曲了！
1931 東北918.
1937 對日宣戰
1945 中國瀋陽

二〇〇一年三月二日，初中二年級，联络簿日记

文龙的"慰安妇自愿"论。面对舆论批评她的媚日言行,她又进而说出"不承认中国光复台湾"、"台湾地位未定论",于是就如我当年日记上所写:"从单纯的'历史真相'变成了'统独之争'。"

当时舆论质疑,金美龄先是歪曲历史,对曾遭日军残忍蹂躏的慰安妇阿嬷二次伤害,而后又公然宣称"不承认中国光复台湾"、"台湾地位未定论",就这么一个人怎还有资格做"国策顾问"?

如果不是重看当年的联络簿,翻到这篇日记,恐怕几乎已没人记得,当时的陈水扁是怎样拿"言论自由"替金美龄辩护!陈水扁辩称,那是金美龄的言论自由,与她受聘"国策顾问"无关。

要说金美龄无耻,这便是她最不要脸之处,不认这个地方,可以不当这个"国策顾问",可她又偏偏不辞,等到阿扁连任成功,再把她提升为有给职,她先是装作不想当,后又不拒绝,就这样一边住她的日本,歌颂"殖民母国",一边继续拿台湾人的钱。

事隔多年,换到马英九执政,那时还是他刚刚上任声势正旺的时候,绿营却闹出了"郭冠英事件"。

事实上,郭冠英从头到尾,用的是笔名"范兰钦"在网络写文,从没以本名、公务员的身份发表。他那些被绿营人肉搜索出的所谓"辱台""叛国"文章,本是他基于私下的散文创作,冷嘲热讽的幽默笔法。如被批为分裂族群的"高级外省人",实为他取笑自己被当成"高级外省人",却从未吃过圆环蚵仔煎这样的本省美食;又有所谓"台巴子要专政",则是点出台湾一边要大陆让利,一边又不愿认同两岸一中,如此大陆最终只能对台湾"专政"。这是他面对"台独违宪"逆流,忧国忧民而以笔名创作的杂文,说起来还是维护"国家统一"的观念。

结果绿营刻意发动搜索,揪出范兰钦就是郭冠英,这无疑是恢复"戒严"时代的思想检查,不折不扣的言论自由迫害。然而,

2001年3月10日 星期六 第三週

一、成就：本週至少找一件事來肯定自己。

作文成績95分！

二、心情：本週最快樂的一件事。

學校升旗典禮。

三、感謝：本週至少一次提醒自己有多幸運。

明天可以看「戊戌風雲」了！

四、讚美：本週讓我們至少一次為生命喝采。

第一次段考考得好。

五、祝福：本週最期待的一件事或想祝福的一個人。

放春假。

本週反省

言論自由及國格尊嚴

台灣論風波越演越烈，竟從單純的「歷史真相」變成了「統獨之爭」。國策顧問金美齡一句「不承認『中華民國』」，再度掀起風波。

陳水扁卻要捍衛他們的「言論自由」，但是身為婦的人權豈不重要嗎？何況金美齡身為公務人員，依法要對「中華民國」效忠！要不她可以辭職呀！

這些「台獨」分子真的煩愛台灣嗎？如果動武，金可逃往日本！這後天看新聞，扣應節目，一些頭腦不清的姿要趕「中國豬」走，中國人賤，他們就不是中國人嗎？

社会对他却是不分朝野地批斗,"新闻局"很快就将他免职,而后"公惩会"又将他撤职三年。撤职三年后,没有单位愿意启用他,最后好不容易得到台湾省政府录取任用,等到届龄依法退休,竟又被刁难不给他退休金。这,就是台湾所谓的"言论自由"。

2005年,许文龙发表声明,认同两岸同属一个中国,支持大陆颁布《反分裂国家法》。不知该说他是迷途知返,还是见风转舵?

至于金美龄,则在2008年马英九当选后,便宣布"不再做台湾人"、"台湾已不再可爱",挥挥衣袖归化日本国籍。然而,2011年日本大地震,她又悄悄飞回台湾暂居。最近一次在台湾媒体上出现,则是2015年蔡英文访问日本,她在旅日"台侨"的行列中欢迎蔡英文。

只能说,许文龙和金美龄这两个"台湾人",真是比谁还要现实,他们从不亏待自己,也都一起背叛了他们所谓的"台独"。

历史不容抹灭

是啊！历史不容抹灭。然而悲哀的是，在台湾，竟有一群人为了现实条件下做不到的台独大梦，不惜扭曲史实，甚至践踏自己台湾的苦难同胞。

2001年2月，陈水扁当选"总统"还不到一年，他那就职时高呼的"台湾站起来"仍言犹在耳，一本日本右翼分子小林善纪著作的漫画《台湾论》，便狠狠地把台湾的尊严踩在脚底。书中不仅美化、颂扬日本对台的殖民统治，更宣称"在台湾找到失落的日本精神"，而支撑他这狂言的，正是日据时代跻身"皇民化阶级"的李登辉、许文龙之流。

书中引用许文龙之语，说惨遭日军蹂躏的台湾慰安妇阿嬷"皆是自愿的"。当时，许文龙正是陈水扁聘任的"总统府资政"。之后，面临慰安妇阿嬷及民间正义之士的抗议，竟还跳出"总统府国策顾问"金美龄，特地从日本赶回台湾声援小林善纪及许文龙，人们这才发现，我们所谓的总统府"资政"、"国策顾问"，原来是这样拥护日本军国主义。

其实，在这场"台湾论风波"中，真正羞辱台湾的，还不是小林善纪的《台湾论》，而是台湾人自己。所谓"慰安妇是自愿"

2001年3月，台籍"慰安妇"黄阿桃、郑宝珠两位阿嬷，在国、亲、新三党组成的在野联盟立委陪伴下，勇敢地在"立法院"召开记者会，控诉许文龙的"自愿说"严重污辱她们的人格，并当面向时任"行政院长"的张俊雄提出抗议。

日記

心情畫板

歷史不容抹滅

這幾日喧騰一時的「台灣論」漫畫，是由日本小林善紀所著，其中揭露許多李登輝及許文龍的日本情結，但最讓人憤慨的，竟是身為總統資政的許文龍，竟說出慰安婦乃「出自自願」「為出人頭地」的善來。此話出自日本右派分子之口已天怒人怨，許文龍身為台灣人，如此踐踏同胞更叫人情何以堪，豬狗不如。

- 眼看慰安婦在歷史的夾縫下生存，身為資政的許文龍何以如此踐踏？
- 陳總統有責任處理向大家道歉。
- 政府為「劫後阿嬤」討回公道。
- 台灣方能真正站起來！

著「劫後阿嬤」出面，令人一股鼻酸。

二〇〇一年二月廿三日，初中二年级，联络簿日记的争议，本来根本不该是争议，而是整个台湾应该一致对外严加痛斥的。然而事发之后，"总统"陈水扁以"言论自由"替许文龙、金美龄说话，身为女性的"副总统"吕秀莲同样替这些台湾人败类开脱，更令我心痛的一幕，是号称"台独理论大师"的民进党"立委"林浊水，在政论节目上竟能巧舌如簧，替小林善纪、许文龙、金美龄一干人等辩护，甚至暗指慰安妇可能是自愿的。

这一幕，让我当时就看清"台独"的真面目，他们所谓的"当家作主"，就是这样对日本奴颜卑膝，欺负自己台湾人的阿嬷。试问：我们要这种独立何用？台湾人何来尊严？这次风波让我看清了"台独"的真面目，"台独"不但不成大器，甚至没有一点道德心，然而即使是如此不正义、反人类，理应被视作"全民公敌"的言论，当时真正挺身而出的民众却屈指可数，人民对此没有感觉，甚至还认为这事存在争议，还可以再研究、讨论，显见台湾社会完全没有大是大非。

慰安妇阿嬷们，只为等日本政府一句道歉，等了大半辈子，好不容易勇敢地说出封锁已久的秘密，得不到日本政府的认错，还要被自己台湾人摧残，直到抱着遗憾走到人生尽头。那些"台独"分子，个个雄辩滔滔，掌握了政界、学界、新闻界方方面面的话语权，却不愿意替可怜的阿嬷们说一句话。

历史不容抹灭，但当他们继续无耻地编造谎言，真正的历史就必被抹灭。今天多数台湾人，甚至包括不少观察台湾的大陆、港澳、外国朋友，都相信老一辈本省人对日本殖民多所眷恋，甚至自认这样才是"真正了解台湾"。然而，这是因为李登辉、金美龄、许文龙这些在日据时代享受高等教育、占据优越地位的"皇民化阶级"，这些自愿撤除祖先牌位、改拜天照大神、改从日本姓名的"次级日本人"（对日本而言，这只是低贱的殖民地人民沐浴皇恩，开始皇民化运动的第一步，还得要经过长时间的"皇民化"，才能有资格成为真正的日本皇民），垄断了代表"本省人"、"台湾人"的话语权。那些被日军欺凌的慰安妇阿嬷，还有如我祖父母那样在日据时代被压迫的台南贫农，根本无法在公众平台发声。

历史不容抹灭，但当谎言一直占据主流，一般人又如何知道真相？即便知道史实，还得要有勇气与主流争辩，才能保住真正的历史。今日我有幸身为"有知"之士，定要担起责任唤醒"无知"之人，如此才是有骨气的台湾人，为慰安妇阿嬷们争回尊严。

还子孙一个真正的历史

2001年2月,日本右翼漫画家小林善纪的《台湾论》,严重践踏台湾人的尊严,当时已形成的国、亲、新三党在野联盟的"立委",在"立法院"为仍健在的慰安妇阿嬷召开公听会,还子孙一个真正的历史。

2014年2月,我已是硕士毕业的社会青年,和几个高中生一起到"教育部"前,为了对抗"台独"阵营编造出的"殖民化"课纲,又一次疾呼"还子孙一个真正的历史"。

2015年2月,新科台北市长柯文哲,对着美国《外交政策》期刊记者说出"被殖民愈久愈高级"之语。8月,"台独"学生反对马当局将关于慰安妇的历史陈述修正为"被迫",竟然面对媒体镜头,说出"日本人如果知道,会不会不高兴,会不会觉得不公平",不仅匪夷所思,更令人发指!

整整十五年了,还子孙一个真正的历史,在台湾竟是如此困难。

自李登辉执政后期起,先是制定《认识台湾》教科书,而后到陈水扁时代,开始全面采用杜正胜的"同心圆理论"编写"台独"史观的课本。这整套教科书政策的思维,便是以"本土化"、"爱

2001年二月24日 星期六 第一週

一、成就：本週至少找一件事來肯定自己。
到市之圖書館借了「李登輝執政十二年」一書。

二、心情：本週最快樂的一件事。
又可以上歷史課了。

三、感謝：本週至少一次提醒自己有多幸運。
返校時在學校撿到五元。

四、讚美：本週讓我們至少一次為生命喝采。
過年過得很愉快！

五、祝福：本週最期待的一件事或想祝福的一個人。
「政府」為慰安婦討回公道。

本週反省

還我炎黃子孫一個真正的歷史

「台灣論」風波，不但讓大家重視慰安婦，更激起了不少人的愛國心。而李勝及王清峰律師的呼籲的「還原歷史」也被搬上立法院。

李登輝主政時完成的「認識台灣——歷史篇」，不但肯定日本殖民大力讚揚，甚至不編寫「慰安婦」及「軍伕」的史實。李登輝真的是「世界僅有的推小泉殖民」「總統」。我支持黃啟方等「立委」的說法，未來應將慰安婦編入教科書，並在南京大屠殺紀念日（吧）及台灣光復節，於各校播放日本侵華紀錄片。還我炎黃子孫一個真正的歷史！

師章 長章

二○○一年二月廿四日，初中二年級，聯絡簿周記台湾"之名，实际上对学生进行"去中国化"的思想改造。显然，这种思维当然有强烈的政治目的，那便是推动"台独"。

支持这套教科书政策的人，总爱以"史观多元"这一似是而非的理由自我辩护，但作为贯彻国民教育用途的教科书，再怎么"多元"，也应有国家基本的定位。在民主国家，国家定位必须根据宪法，由李登辉主导、民进党亦参与修订的"宪法"增修条文，明明写着"为因应国家统一前之需要"，将两岸定位为"大陆地区"及"自由地区"，然而李、扁"去中国化"下制定的教科书，却教育学生两岸是"一中一台""一边一国"的"违宪"观念。

"台独"自称民主，却跳过"宪法"直接对教科书动手脚，声称"不必真正'制宪'法理'台独'，只要教科书继续去'中国化'，'台独'自然达成"，此乃不折不扣的民粹独裁。

即便不讲法理，就论"真正的历史"，台湾历史亦绝不可能"去中国化"。杜正胜所谓"同心圆史观"，强调以台湾为中心看历史，荷兰、西班牙、郑成功、清朝、日本、中华民国皆是"外来政权"，但"台湾"本身只是没有生命、没有思想的岛屿，真正创造历史的是生活在岛屿上的"人"。如此，则台湾社会几百年来一直是以中华文化为主体，台湾民间的岁时节庆、寺庙里的雕梁画栋都在说明这点，所谓的正港"台湾人"、"台湾话"，无非就是占台湾人口比例最高的闽南后裔。

日据末期推行"皇民化运动"，但中华文化在台湾民间根深蒂固，且改日本姓氏还需要殖民政府复杂的审核手续"恩准"，真正接受"皇民化"的只有百分之二，像李登辉、金美龄、李远哲、柯文哲这些拥有日本性的家庭，根本不是台湾人的主流。

可悲的是，这些少数的"皇民化"台湾人，却掌握了台湾史的话语权，又为了迎合日本、对抗中国的政治目的，出卖自己台湾人慰安妇阿嬷。

过去国民党不重视台湾史，而这些"台独"分子却是制造出一堆假的台湾史，掩盖日本对台湾的压榨剥削，甚而美化日本殖民统治。最后，竟连马英九当局在课纲中补充"慰安妇是被迫的"，他们也要反对，说马英九当局"去台湾化"，"反课纲"的高中生居然还大言不惭地说"日本人知道后，会不会不高兴"这种话。

2015年底，韩国和日本就慰安妇赔偿问题展开谈判，资助"台独"学生"反课纲"的民进党主席蔡英文，此时竟又换上为慰安妇阿嬷争取权益的面貌，还义正词严地要马当局积极与日本交涉。她难道不知道，马英九关心慰安妇议题已超过二十年，而她却鼓动学生主张慰安妇是否被迫还有争议，帮着日本人欺负阿嬷吗？

因此，就在2015年的最后一天，我和邱毅、唐慧琳、侯汉廷等新党"不分区"立委候选人，在郁慕明主席的带领下到"教育部"前抗议，要求"教育部"说明，为何至今无法将"慰安妇是被迫的"史实列入课纲。无奈的是，一个月后，民进党赢得大选，"教育部"也就宣称，一切课纲争议都继续交给专家讨论，最后要等蔡英文政府上台才会定案。

也就是说，慰安妇是不是被迫的，这件事在台湾仍被视为存在争议。试问：如果台湾人自己的立场都如此混乱，那还怎么与日本交涉？怎么要求日本正式道歉、赔偿？

面对这帮邪魔歪道，只有正面迎战，别无他法，必须始终不断地将真正的历史说下去，直到拨云见日，重见光明。

卜正的秘密别墅

为纪念国军对日八年抗战胜利，9月3日在台湾一直就是"军人节"，然而随着这些年台湾"去中国化"，抗战历史也被当成是他们"中国人"的事，甚至当大陆隆重举行庆祝抗战胜利70周年的活动时，台湾竟出现"我们是战败国"的论调，和日本殖民者站到同样的立场。

事实上，大陆是从2014年开始，才正式定9月3日为中国人民抗日战争胜利纪念日。2015年适逢抗战胜利70周年，更盛大举行阅兵典礼，邀请各国领袖参加。

9月3日对中华民族来说，有着刻骨铭心的历史意义，而对我个人，亦是我生命中的重要日子。因为，就在2000年9月3日，刚升上初中二年级之时，我的个人网站"卜正的秘密别墅"成立了！

那是一个还不流行博客，更别说"微博""脸书"这类社群网站的年代，多数人根本不会在网上发表记事，也不像现在时兴贴自己的照片上网（那时数码相机并不普遍）。

犹记是在升初中二年级的暑假，班上一个要好的哥们儿报名了学校开设的电脑课程，学会了制作网页，并向我展示如何把网页上传到免费的网络空间,让我看了啧啧称奇。我想,开设自己的网站,把文章发表在那里,全世界的人岂不是都能看到!于是,也不知从哪里来的冲劲,当下便请他教我如何编辑网页,一个多月后,"卜正的秘密别墅"就宣告开站了。

如今看来,我那时等于把个人网站当成周刊来经营,每周固定要出政论文章,还要搭配历史专题及散文、小说创作。

当时开站没多久,就碰上陈水扁跳过"立法院",直接宣布停建核四,国民党、新党、亲民党因此组成在野联盟,发动罢免陈水扁,我的网站首页也发出公告支持。

之后,隔壁班同学告诉我,他们上电脑课时看我网站,就被老师警告这网站的内容有问题、不能上。等到我的班上电脑课,

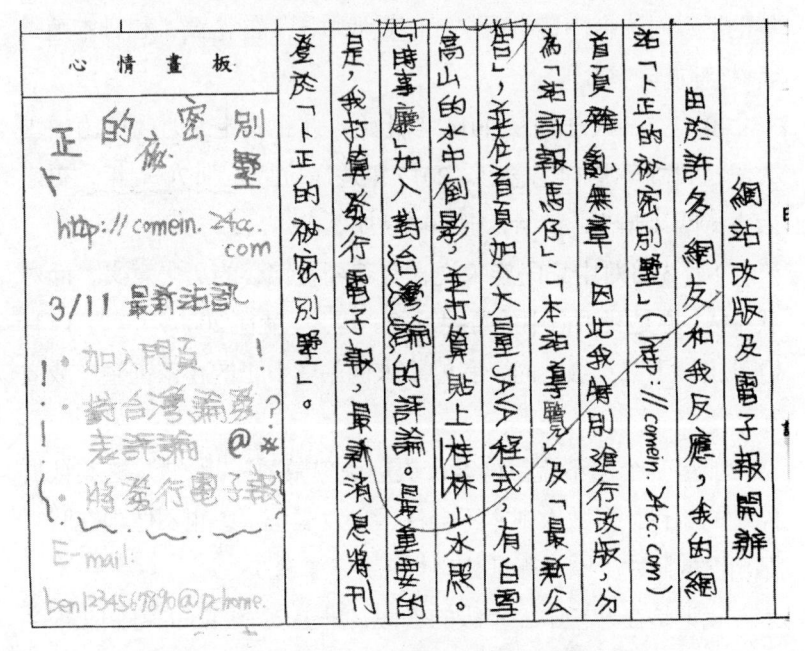

二〇〇一年三月十二日,初中二年级,联络簿日记

那老师便意有所指地说,学生上网是吸收新知,别扯政治的东西。

我当下就举手问她:"公民课本教我们的内容,我们该不该照做?"她回:"当然。"我接着说:"那么,公民课本说,学生必须学习关心政治,将来成为公民,才知道怎么选举投票,参与政治。"

她一听,便突然歇斯底里地说:"你知道核电多可怕?核四一定要废……"我则义正辞严地说,我对核四存废没有意见,但停建核四必须遵照程序。她又大声地说:"不可以罢免'总统'!"我继续回道:"人民选举'总统',当然也可以罢免'总统'!"

当下,还只有初中的我,就这样惊觉到文字的力量。之后,我又在"卜正的秘密别墅"上发表一篇"怒斥公民老师"的文章,批评公民老师拿新党立委谢启大质疑李登辉运美钞出国的事,作为什么是诽谤罪的例子,有误导学生之嫌,结果被公民老师知道,还特别请我"喝茶"解释一番。

更有一回,学校资讯室的老师教训我,个人网站里应该要有多元的意见,不要是"一言堂",我当场就反问他:"个人网站不放我个人的意见,放谁的意见?"

过去政论旗手摇动笔杆,威力更胜枪杆子,而我则在初中时便发现,如今社会再从摇笔杆变成敲键盘,足以发挥撼动江山的力量。此外,我也透过"卜正的秘密别墅"的论坛,认识到大陆、香港的朋友,以及马来西亚、美国等地的海外华侨。那是我第一次发现,原来在台湾之外,还有这样广阔的天地,还有这么多和我用同样语言、过同样节日的中华儿女!

卜正的秘密别墅,是我对外发表政论的开端,更是我永难磨灭的中学记忆。

"台独"洗脑的历史教育

1988年1月13日，蒋经国过世，身为副手的李登辉依法接任"总统"，台湾从此开始十二年的"李登辉时代"。原来李登辉接任"总统"后，是否同时身兼国民党主席，蒋夫人宋美龄曾表示过意见，但在国民党大佬们的各自盘算下，李登辉成了各派都能接受的人选。

当时，李登辉以蒋经国传人的身分领导国民党，几乎无人怀疑李登辉的路线。1993年8月，"新国民党连线"成员郁慕明、李胜峰、赵少康等七人，因为看穿李登辉媚日、"台独"的本质，毅然离开国民党成立"新党"，当时同为"新国民党连线"成员的洪秀柱，则选择继续留在国民党里谋求改革。

离开国民党后的新党创党人，到1949年后从大陆来台的军人居住的眷村，却被视作破坏团结的乱党，许多老伯伯无法谅解新党离开国民党，还愤而骂这些新党创党人"叛党"。直到1994年，李登辉和日本作家司马辽太郎见面大谈"台湾人的悲哀"，以说日语自豪的李登辉，开始鼓吹所谓台湾被"外来政权"占据、"四百年来从没有自己的国家"的论调，并用手上的政府资源，开始扶持独派阵营建构"台独"的一整套史观。

最初，从李登辉执政末期开始，以"本土化"为名，推出"认识台湾"教育，在初中生尚未接触五千年中国历史之前，先于初中一年级上一整年的台湾历史，造成"台湾史"和"中国史"分离，在学子心中形成两套不同脉络的印象。进入陈水扁时代后，更进一步要将明末以后的中国历史划入世界史，致使民国创建都成了"外国史"、孙中山成了"外国人"的荒谬现象，可谓处心积虑地用人为方式，斩断台湾和中国的一切文化及血脉牵连。

台湾自有文字记载起的四百年历史，硬要和中国五千年历史平起平坐，都拉到一整年来教，最后就是逼迫学子背一堆琐碎的茶叶、樟脑外销资料，格局极尽狭隘。等到初中二年级上中国五千年史，同样只有一年时间教，老师根本无法详细教学，只好蜻蜓点水，使学生丧失深入了解文化根源的权利。

独派为了建构"台湾民族"的理论，便有所谓"同心圆史观"，强调要以台湾为主体论史，则无论荷兰、西班牙、郑成功、清廷、日本、中华民国都是"外来政权"。此说听似合理，其实大有问题，因为历史是由"人"创造的，"台湾"本身只是没有生命、没有思想的土地，"台湾人民"才是真正的主体。如此，便不可刻意扭曲台湾人民的文化主干承自中华文化，不可硬要将荷兰、西班牙、日本都抬到台湾人民文化主体的地位。台湾民间的"本土文化"，见于各乡村寺庙中的雕梁画栋，即便在日本殖民时代，仍以中国历史作为认同依归，呈现的都是中国的历史典故，这才是台湾人民的本来面貌，不能为了政治目的刻意扭曲。

民进党执政时期，陈水扁为拉拢独派，掀起"去中国化"的意识形态斗争，安排"台独"旗手杜正胜担任教育部长，竟公告五千个所谓"不当用词"，诸如"'我们'五千年文化"、"'老祖先'常说勤能补拙"等民众习以为常的用语，统统因为没和"中国"

到了陈水扁执政时期，甚至直接委托所谓"台湾历史学会"一家"独派"团体，未经任何公听会及公开审议，直接用黑箱方式推出"教科书用词检核计划"，制定出"五千个不当用词"，范围涵盖历史、地理、音乐、美术、生物……各种领域，对小学、中学的教科书全面"去中国化"。

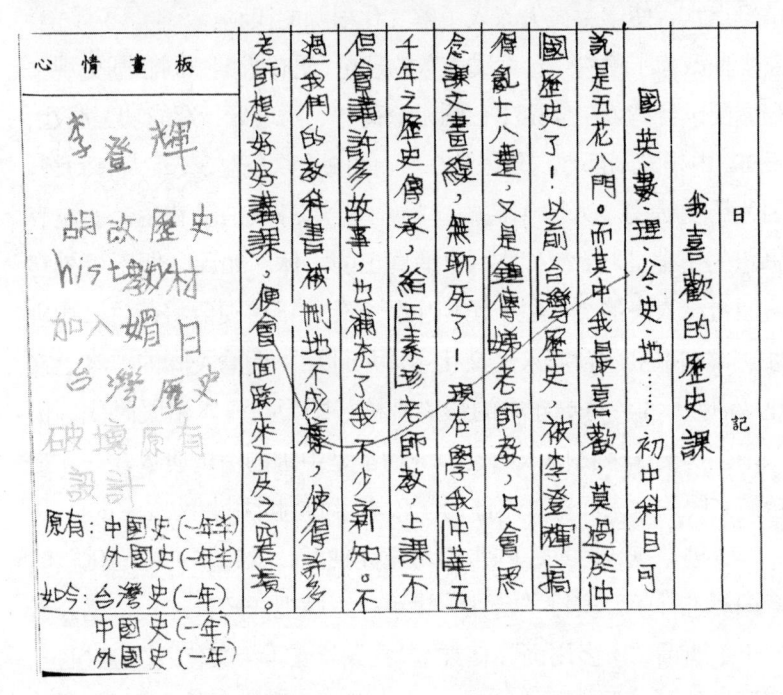

二〇〇一年三月十三日，初中二年级，联络簿日记

划清界线，禁止出现在课本中。如此一字一句的严审，就为了要割裂台湾学生对中国的一切情感。如今马英九已执政六年，终于做出一点点课纲微调，独派马上群起攻之，并污名化这是"程序不正义"，故意不提是谁先粗暴扭曲课纲，令人不齿！

他们说，马英九调整课纲是"洗脑"教育，我们要问：何谓洗脑？谁在洗脑？教科书必须超脱朝野之争，站在国家的立场论史，违背"中华民国"宪法的定位，将"中华民国"说成是外来政权，不仅是"洗脑"，更是违宪！除去"史观"不说，慰安妇阿嬷"被迫"受辱是"史实"，这次课纲微调加入"被迫"二字还原史实，有何不对？他们为了"台独"，回避日本在台湾建设的剥削、侵略意图，只为丑化"中国"而正当化日本殖民统治，这样不折不扣的洗脑教育，再不拨乱反正，还要荼毒台湾多少代的子子孙孙？

实在说起来，"台独"真也孬得很，没种搞革命，还要披着民主外衣，整天喊"捍卫民主"，行为却是典型的"打着民主反民主"。要真心捍卫民主，总也该遵循民主程序，努力去搞"公投制宪"，绕过"宪法"直接窜改教科书，就是用政治力实行独裁。

民进党议员梁文杰说，不必"法理台独"，只要"台独"史观的教科书继续不改，"台独"自然炼成。也许这就是他们的"宁静革命"，最后是福是祸，子孙后代承担。

青年"论政"以粗暴为乐？

五四运动可谓现代中国青年论政之始，尤其带动了校园学生参与政治活动。当我初中时写这篇周记，五四运动对我而言是全然正面的概念。诚然，那时的我对五四运动的认识，更多是侧重于青年学生爱国救国、捍卫国家主权的民族热情，罗家伦"中国的土地可以被征服，不可以断送；中国的人民可以被杀戮，不可以低头"的千古名句，至今仍令我热血沸腾。

当然，五四运动也带有群众暴力的民粹成分，以及对传统文化的全盘否定。四十余年后，大陆发生空前的"文化大革命"，当中一些概念也承自五四运动。但无论如何，五四一代的中国青年，有浓厚的感时忧国情怀，以及深深的家国使命感，几乎与文革同时期爆发的海内外保钓运动，亦带有同样炽烈的理想与热血。

20世纪90年代台湾政治开放，学生论政及政治运动亦风起云涌，然而，为台湾找出路的理想性没有多少传承下来，煽动对立及仇恨的粗暴文化却影响青年至今。这种粗暴文化甚至不存在什么崇高的"台湾民族主义"，仅仅是无知青年以此为乐，满足幼稚肤浅的"反抗"心理。他们对权威的所谓"叛逆"，和真正革命年代要付出的"坐穿牢底、横尸法场"的牺牲相比，简直是廉价到不行，"革命"对他们而言，就和流行歌曲、影视明星相去不远。

初中二年级时写的这篇周记，源自看政论节目移师到政大校园开讲，当时初中的我仍带有期待与憧憬的"高知识分子"，竟为民进党"立委"林重谟之粗鄙脏话拍手叫好。初中的我，眼看大我几岁的大学生竟沦落到喜爱这种品味，再想想当年的五四青年，实在感慨不已。

林重谟素以龌龊下流之言行著称，2000年民进党执政后，出身民进党的陈文茜看不下陈水扁滥用"台独"民粹主义，对其渐多批评，林重谟竟能用"妓女""菜店查某"（闽南语：欢场陪酒女子）羞辱陈文茜，当时和另两位同样习惯粗暴语言的民进党"立委"，一起被称为"立院三宝"。直到2008年"立法委员"选举制度改为单一选区两票制后，"立委"名额从225名减少到113名，走偏激路线的林重谟难以再当选，逐渐淡出政坛。据说现在的林重谟勤跑大陆，孩子也在大陆就学、就业，也算是迷途知返吧。

不幸地，十四年后的今天，台湾的青年似乎没有改进，反而愈加沉沦。2014年"太阳花"占领"立法院"期间，学生们在里头喝酒开趴，甚至传出议场里留下不少用过的保险套。"立法院"外，抗议青年高举"支那贱畜，外来种滚"，赤裸裸的种族歧视，无人批判。用日文拼出谐音的"国民党干你娘"布条，竟也成为热门"文创"产品。对"总统"丢鞋辱骂已成司空见惯，2015年4月所谓"抗议亚投行"的突袭"总统府"行动，更大咧咧地在府前搞起烤肉派对。

青年"论政"以粗暴为乐？我在这句话用了两个标点符号，一是引号，一是问号。引号所凸显的，是时下这种不重论述的粗暴言行，是否还称得上"论政"？问号所质疑的，是这样的现象，

2001年5月6日 星期日 第十一週

一、成就：本週至少找一件事來肯定自己。
電腦課作業用PowerPoint做投影片「慈禧太后研究」。

二、心情：本週最快樂的一件事。
每週五補完理化，晚上都能看中視「亂世英雄呂不韋」及超視「太平公主」！！

三、感謝：本週至少一次提醒自己有多幸運。

四、讚美：本週讓我們至少一次為生命喝采。
段考完去書店買李敖新書：上山·上山·愛。

五、祝福：本週最期待的一件事或想祝福的一個人。
本站網友桑妮（Sunny）來信囉！！

Yahoo! Lucky!

段考考好！

本週反省

「五四運動82週年」──看台灣現代文化水準

五四運動滿八十二年了！當年北京的大學生為了爭主權、促進中國現代化，是那樣地有理想、有熱忱！而如今的大學生呢？普遍的文化水準呢？唉，差得遠咧！

星期五晚上看TVBS「2000全民開講」，移至政大蒲學生委表看法，結果當民進黨「立委」林重謨燭動性、帶「誇謗」的言詞出現時，卻有一陣歡呼？台灣，可悲啊！

再看看今天（週日）紀念鄧麗君逝世六週年，所放的專輯吧！那時候的歌詞是多麼柔和典雅，歌星是如何隆重盛裝和金曲獎頒獎典禮上，所謂「新生代」的不知禮儀，真是天壤之別！

台灣的文化正在沈淪中。

心情畫板	放學	考試成績		5	4	3	2	1	家庭作業 撿核 備忘事項 撿核	2001年12月11日 星期二 天氣 晴
國是議壇亂！ 叭！當天爸即能 哀末林皇謨 哉，真是悲哀！ 台灣偉大 瘋狗 議事殿堂！	18時15分 到家 18時45分	國 英 數 生 健 理 史 地 公 社 地科		教講四小説身手	交歷史作業。	山單字、國L12。	考理L41、L42，地L42、L43，歷㈡L11、L12，英選			日記

真的太過份了！今天「立法院」的「國是論壇」，民進黨「立委」林皇謨，竟以「台語」罵此學師途余人不「讓」[?]60歲、40歲...講的語言，辱罵陳文茜是「妓女」、不要臉的女人，他還敢以立委身份公然侮辱陳文茜，他自己不就是羅福助的翻版嗎？如果是羅福助他瘋狗「以其人之道還治其人之身」，也提醒我們選舉制度改革的重要。像林皇謨這種人竟仍當選，那群投給林的人真是台灣的蠹蟲！

親師交流
❤，讚美，陳文茜冷靜回應，提醒我們要更重視選舉制度改革！也替那些投給林皇謨的「蠹蟲」省思吧！

家長簽章 林
教師簽章 [印]

难道已成为台湾社会认定的政治正确?

"自己的国家自己救",这句"太阳花"学生高喊的口号,事实上是我在陈水扁"毁宪乱政"的年代,就已经在多个群众场合喊过的话。我从不反对,青年要积极关心政治、参与政治,我自己更是从初中就成立网站评论政治。然而,如果青年"论政"继续以粗暴为乐,我们对台湾的前途,实在也很难再有什么期待。

以斗争抗霸凌，则霸凌亡！

网络上很多挺"太阳花学运"的人以为，我是那种老国民党教育的老八股，是保守服从权威的"乖学生"。事实上，在我的成长过程里，一直带有反叛草根的性格，包括和影响我甚深的父亲为政治观点不同论战，从小就大胆挑战父权。

我的家庭背景，不是一般台湾人认为典型支持国民党的"军公教"，而是有话直说的"草地人"（台湾闽南语特有用词，指乡下人），每每过年过节，亲戚们在台南老家团聚，总要指着电视论政，你一言我一语，全是闽南语发音，比政论节目、庙口开讲更加"俗搁有力"（闽南语，指通俗而单刀直入）。

在我读高中之前，学校也都在台北市最具乡土气息的艋舺地区，我在龙蛇杂处的环境里，早早就磨练出浑身斗性，因此等到我高中上了建国中学（台北市最好的男子高中）后，再看那些从台北市东区（社经地位、文教水准较高的学区）的初中毕业的同学，就对他们的那种"温良恭俭让"大为不解。

这篇日记里提到我对训导处的不满，亦是那时少年的我对学校官僚文化的反抗。我并不反对学校有管教学生的权威，但非常看不惯标准不一的差别对待。我因为从小考试都得第一名，在校也像是有种"特权",所以批评师长,师长也要礼让三分,不好把我当"坏学生"处理。这篇批评训导处的日记,后来被训导主任抽查时看到,不但没有开罪于我,还特别嘉勉我写日记竟能如此认真,也算得上颇有气度。

我坚持既然要谈民主,那就必须巩固法治,法治就是标准一致,不能分不同人、不同"形象",批判标准就有差别。偏偏台湾社会虚伪得很,政治人物一堆靠所谓"黑道大哥"选举固桩,却好意思用"黑道"批评政敌,正应了张安乐先生"白天说黑道,晚上叫大哥"的名言。许多自号人权运动者,在道理上说不过我,就喜欢扯我和"黑道"在一起,此种论调,正说明他们的"人权"是假,仍是看出身的那套封建观念,和鲁迅笔下那些嫌寡妇"祥林嫂"脏的人相差无几。

日记 訓導處亂象

今天早上由於我們班朝會時太吵,被訓導主任叫去跑操場。這原本沒什麼錯,但為何同樣被點名的一班不用跑?甚至生教組長在我們告狀後仍未追查!他們竟說跑操場最慢的要再跑,簡直堂而皇之,與組長還報告說教育局有公文,不准學生去網咖。貪婪組中是合法立案,遭啥如此規定?什麼被抓到者,要被教育局列為管束!那全台北市,成千成百等被管束。與組長還說,已明定十八歲以下者不得入網咖,從未政府宣導!在旦逢六十年午TVBS新聞還報導,TVBS願演台灣基金會已和社工人員網咖,市府不來全。現場有這麼多學生管束了?

二〇〇一年四月三十日,初中二年级,联络簿日记我初中时的志愿,本想做个为弱势义务出头的律师。也是受李敖影响,我非常坚信用法律维护权益。初中一年级时,班上老师让几个同学轮流"记名字",记下课堂中间哪些人不守秩序,有次轮到我,便记下了几个同学擅离座位、制造吵闹,等到下课后扫除时间,他们几个人竟包围我出言恐吓:"要是不把我们的名字去掉,你就会出事情。"当时我的反应,现在说起来也挺有趣,竟是立即回他们"统统都犯了恐吓罪"。

后来我向老师告状,老师却想"搓圆仔"(和稀泥)吃案,我便在课堂上站起来,直指她说:"许〇〇,你不处理没关系,还有员警会处理,明天就让龙山初中大家一起上报。"语毕,便冲出教室要到教师办公室打电话报警,因为那年代还不流行手机。老师吓了一跳,赶忙要男同学去拦住我,我又一把将他们甩开,警告"谁阻挡报警,到时妨害自由一起告"。最后,我成功到了教师办公室,吓坏了其他一票老师,好说歹说劝我别打电话,这事才算了结。

当时的我,与其说是勇敢,不如说其实是胆怯。为了怕自己真的"出事",便告诉自己一定要闹大,放到台面上,反而才能最安全。从小学到初中,班上也常有某一同学特别被孤立霸凌的情形,其他同学多是联合一起欺负他,就算是所谓"乖学生",也只是袖手旁观,只有我总扮演那唯一的"异类",特别和被围剿的同学交好。

毛泽东有句名言:"以斗争求和平,则和平存;以妥协求和平,则和平亡!"对我而言,对付恶势力的霸凌,便是"以斗争抗霸凌,则霸凌亡!"就是在这样的环境下,使我产生这样的斗性,影响了我后来在政治上的主张及行动。

我的"南风后宫"

2014年甲午年,农历春节前夕,新党青年委员会制作了"老肥爷拜年"的贺岁片,剧情配合甲午战争120周年,由我担纲主演"老肥爷"。后来,我因和"太阳花"对阵受到关注,媒体把这段影片也找了出来。

事实上,我从小除了爱看、爱演宫廷剧,自己也喜欢边演边想剧本,并尝试付诸文字。初中一年级,受老师鼓励参加校内"龙山文艺奖"竞赛,写了厚厚一迭长达一万余字的《慈禧别传》小说,虽超过小说奖要求的三千字上限,但评审仍念我用心,给予第三名奖励。

犹记2004年四月春假期间,台湾一家电视台播出了自大陆购得的电视剧《太平公主》(大陆版原名:大明宫词),全剧唯美动人,又兼具历史氛围。我从该剧得到灵感,也想写一本类似这样的宫闱小说。后来,偶然读到西晋时的名后贾南风,史上说她丑陋善妒,我便打算为她"翻案",把她改写成美丽、深情的深宫女人。

这部构想的小说,名字就叫"南风后宫"。故事梗概如下:贾南风因父获罪,从小充为宫女,服侍晋惠帝之母孙皇后。在偶

日記

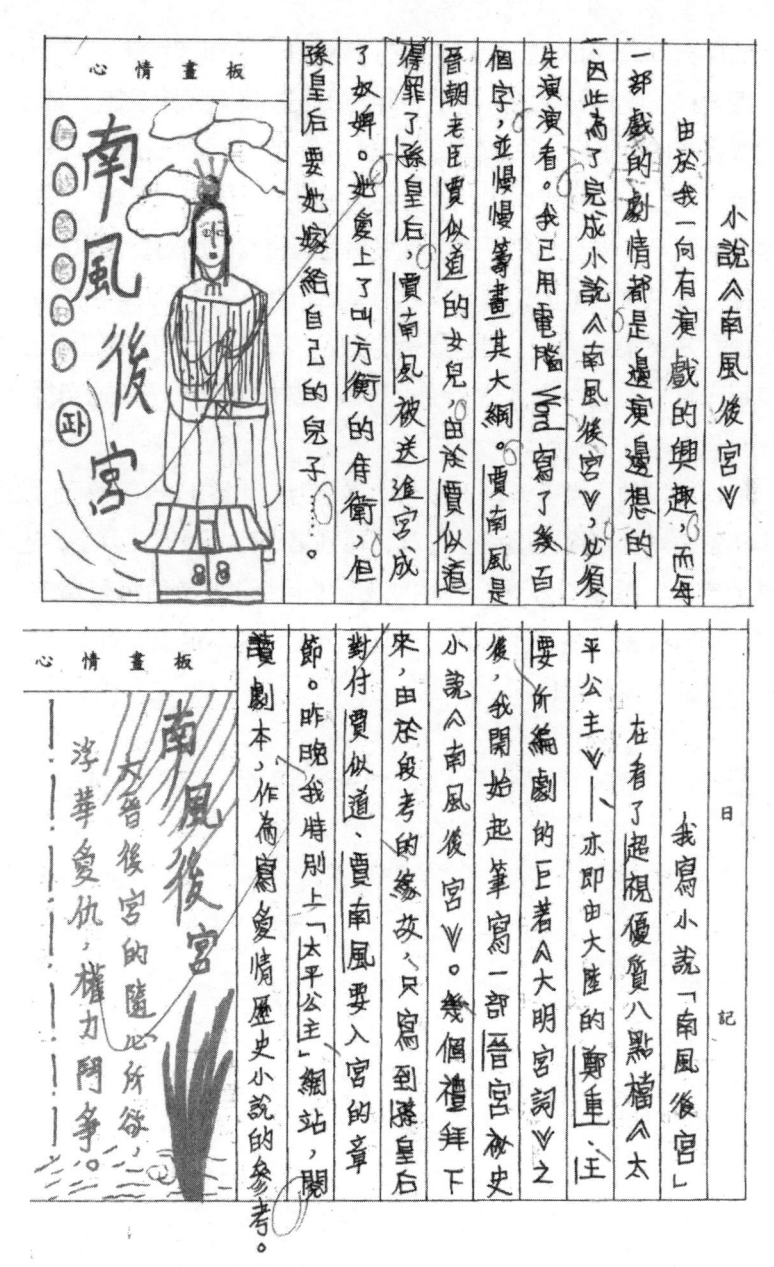

小說《南風後宮》

由於我一向有演戲的興趣，而每一部戲的劇情都是邊演邊想的，因此為了完成小說《南風後宮》，必須先演演看。我已用電腦VCD寫了幾百個字，並慢慢籌畫其大綱。賈南風是晉朝老臣賈似道的女兒，由於賈似道得罪了孫皇后，賈南風被送進宮成了女婢。並愛上了叫方衡的侍衛，但孫皇后要她嫁給自己的兒子⋯⋯。

心情畫板

南風後宮（正）

在看了超醜優質八點檔《太平公主》，亦即由大陸的鄭重主要所編劇的巨著《大明宮詞》之後，我開始起筆寫一部《晉宮秘史》小說《南風後宮》。幾個禮拜下來，由於參考的緣故，只寫到孫皇后對付賈似道、賈南風要入宮的章節。昨晚我特別上「太平公主」網站，閱讀劇本，作為寫愛情歷史小說的參考。

心情畫板

南風後宮

大晉後宮的醜陋所發浮華愛仇，權力鬥爭⋯⋯！

二〇〇一年五月十五日，初中二年級，联络簿日记然的机会下,贾南风邂逅了大内侍卫薛屹峰,而后萌生爱意。然而,手握大权、牝鸡司晨的孙皇后,却一手安排贾南风嫁给还是储君的晋惠帝作太子妃,并把薛屹峰囚禁在深宫一处秘密之地。此外,另有一男配角赵帆宇,因父亲参与逼宫孙皇后的谋反行动,被连累获判宫刑,惨遭阉割,充为孙皇后宫里宦官,而对贾南风一往情深。晋惠帝即位后,贾南风成为皇后,在八王之乱中与薛屹峰重逢,却又亲手错杀了自己最爱的男人。最终,贾南风踏上和孙皇后一样的路,以女人之姿临朝理政,却被自己儿子逼迫自缢,死时只有赵帆宇相伴。

  构想虽颇为完整,真正形成文字,仍要一番工夫。我写了大半年,一章一章地在网络上连载,写到第十章,逼近三万字,还是放弃了。后来港剧《金枝欲孽》,乃至大陆剧《后宫甄嬛传》等一堆宫斗剧热播,我那时如果坚持下去,说不定也能看见自己的作品跃上荧幕呢!

福佬沙文主义

在台湾,"台湾人"一词的话语权被绿营长期垄断,专指的只有本省人。而且,还只限于说闽南话的福佬人,客家人都不算。

当然,他们的心里虽然如此,写出来的课本还是要稍加修饰。李登辉后期,由独派学者编撰的《认识台湾》教科书,便建构了由"四大族群"组成的"台湾人"论述。《认识台湾》说,闽南、客家、外省、"原住民"四大族群,都有共同的身份,叫作"台湾人"。我在初中一年级受此教育,也就一直这么认为。

直到初中毕业后,高一时的我回初中母校,洪姓语文老师无意间听到我说了句闽南语,讶异地说:"原来你是台湾人!"那时我真是一愣:"不然有人不是台湾人吗?"等思索一阵之后,我才恍然大悟,原来对他们来说,的确有人不是"台湾人",即便在台湾住了几十年,远远超过他们,又或者是这些人的下一代,他们依然是"外省人"。我这个口音标准、擅长演说及写作的学生,被她当成了"外省人"。

回想过去初中时上语文课,这位洪老师亦有意无意地灌输这套带有浓重"福佬沙文主义"的"台湾"观。如日记中所述,上到课本里蒋经国的文章,她便要强调一下蒋介石"不认同台湾",

心情畫板

我也是閩南人，但我看不慣此「沙豬主義」！

We are Taiwanese, and we are Chinese, too. 請洪老師分辨看看!!!

高淑慧老師去年318前夕，上課大罵「台獨」，不以客觀看當時人物的處境。

台灣閩南人「沙豬主義」

今天語文課上到蔣經國的作品，洪淑觀根本不懂，就偏要醜化蔣公，說蔣經國如何走過寶島、承認自己是台灣人、提拔第一位「台灣人」李登輝當「台灣」的總統，「外省人」宋楚瑜、挺李登輝？這是啥論調？只有閩南人是台灣人、閩南話是台灣話？當「黑絲」的專責貢走李透不是台灣人？

老師們勿以個人想法灌輸學生觀念。

二〇〇一年五月二十三日，初中二年级，联络簿日记

1998年台北市长选举前夕，李登辉拉起马英九的手，称外省人马英九是"新台湾人"。

直到蒋经国才自称"我也是台湾人",产生李登辉"第一个台湾人'总统'"。这些所谓"认同台湾"的陈述,本身就是似是而非的概念,"台湾人"更是具有血缘优越的族群主义。

随着思想愈加成熟,现在的我对此有更深刻的体会。当许多外省人总怀抱着原罪,深怕不被当作"台湾人"的时候,我们应该倒过来想:从什么时候起,是不是台湾人变得那么重要?外省人对大陆原乡有感情,更认同自己是四川人、山东人、江苏人,不可以吗?本来大家的共同身份,是中国人,何时被偷梁换柱,简化成"台湾人"了呢?

"台湾"这个词,就这样通过教育,逐渐从地域的观念,被抬升成了国家。然而吊诡的是,在许多人的心里,"台湾人"又始终不包含外省人。

1998年,当时陈水扁台北市长任期将届,在台北市长改选的选举中,国民党推出形象清新、长相俊俏的马英九,声势一路看涨。就在选前最后倒数的造势晚会上,身为"总统"兼国民党主席的李登辉忽然现身,当众用闽南语问马英九说:"马英九先生,你给我说说,你是哪里人啊?"马英九立即拿起话筒,用他半生不熟的闽南语回答:"报告'总统',我是台湾人啦!我是吃台湾米,喝台湾水,新台湾人啦!"

李登辉和马英九的这段对话,是否就是马英九击败陈水扁的关键,我们无从验证。但所谓"新台湾人"的论调,就像李登辉给马英九戴上的紧箍咒,时时提醒马英九,他本来是外省人,这个"新台湾人"还是李登辉恩赐的,但台湾人仍有新旧之分,外省人是"新台湾人",永远要比本省人矮一截。

李登辉表面上谈"新台湾人",呼吁大家不要再分本省、外省,实则反而是在凸显省籍之别,暗中利用族群议题来巩固他的权力。

对我这个本省青年而言，与其分什么新、旧台湾人，还不如"新中华儿女"的概念才有格局。我成立"新中华儿女学会"，就是期许两岸的"新中华儿女"超越历史的恩怨，走出更宽广的道路。我们在台湾"解严"后出生的一代，和大陆改革开放后成长的一代，同样都生在变革的时代，天生就有变革的血液。两岸的"新中华儿女"，共同怀抱"中国梦"，共创崭新的中国，这才应该是我这代台湾人该有的心胸和志气。

扁朝马屁文化

2001年5月22日，正值陈水扁上台一周年。当时，陈水扁出访美洲，并得以在美国纽约停留，成为"新政府"一项难得的成就。然而，到饭店外迎接陈水扁的侨胞，拿的都是民进党旗及陈水扁的竞选旗帜。

长荣航空为陈水扁准备的餐点，更刻意用象征台湾的"番薯"食材，涂上巧克力的 Taiwan（台湾）、A-Bian（阿扁）字样，在当时的我看来，已是极尽逢迎之能事。

未料几年之后，竟还出现部队里的宪兵大跳歌舞，对阿扁高呼"你是我的巧克力"，马屁程度，大大超过我这篇日记批评的"扁蛋糕"。

其实，阿扁自1994年当选台北市长以来，便一路自我造神，并利用当选所能拥有的政治资源，优先照顾周遭的亲信，养出一批铁杆的吹捧部队。从2000年到2008年，阿扁执政整整八年，可以直接安排的位置就有好几千个，其他能间接指定的人事任命更难以计算。

此外，阿扁还利用贪污来的巨款，私下给予民进党的政客作"不用申报"的选举经费。按照台湾的"政治献金法"，候选人收到的选举赞助款项，每一笔都应该诚实申报来源，并且有上限的规定。阿扁给的赞助都不必报帐，对许多候选人而言形同"及时雨"，因为在台湾要打选战，花费往往是相当惊人。

曾经担任民进党发言人、属于蔡英文嫡系的徐佳青，虽然也是独派，但属于较有操守的"理想派"。2015年，她在美国演讲时爆出当年也曾被阿扁私下"送款"，但被她坚持拒绝，结果此话一出，立即遭受民进党多人的围剿，最后黯然辞去发言人。

阿扁因为能有这样的手腕，即便卸任后身陷囹圄，英雄形象依旧屹立不摇，贪腐犯也能美化成"政治犯"，除阿扁者，无人能出其右。

陈水扁的女儿陈幸妤便曾在媒体前有过名言："你们民进党哪个没拿过我爸的钱？"相反地，马英九则苛待"自己人"，反而对骂他的人百般礼遇，最后就变成"亲痛仇快"。

回顾阿扁的崛起，必须肯定他是一个认真读书的学生，求学过程一路都是第一名，从台南乡下的"三级贫户"之子，最后成为在台北执业的律师。

1979年12月，"党外"势力经营的"美丽岛杂志社"，借"人权日"发动反国民党的大游行，主事分子遭到逮捕，一度被国民党当局判处死刑，陈水扁和谢长廷、苏贞昌等人，因为担任"美丽岛大审"的辩护律师，开始在政治舞台崭露头角。

1981年，在国民党和"党外"势力开始激烈交锋的关键年代，陈水扁、谢长廷、林正杰同时当选台北市议员，合称"党外三剑客"；郁慕明、赵少康、刘树铮三位也刚当选的国民党籍议员，则在台北市议会被称作"党内铁三角"。1990年，立场相对的两组人马，又都一起当选"立法委员"，开启了台湾政治的新时代。

后来，陈水扁、谢长廷都成为民进党内的政治明星，也始终存在"瑜亮情结",至于林正杰则因为主张两岸统一,不见容于逐渐被"台独"派把持的民进党。"党内铁三角"方面,郁慕明和赵少康则于1993年离开国民党,成立新党。

1994年,陈水扁获民进党提名,参选第一届人民直选的台北市长选举,新党则推出赵少康参选,陈、赵双方激烈对抗,国民党完全被边缘化。那次的台北市长选举,也是台湾第一次统独意识的大对抗,新党激发了民众对陈水扁"台独"路线的危机意识,成功创造史上第一次十万人大游行,但最后仍不及陈水扁。

对许多"70后"的台湾人而言,他们的大学记忆,就是民进党、新党双方的支持者在校园论战,国民党则被认为是老旧官僚,鲜少有人理会。而陈水扁为了淡化极端"台独"的色彩,打出了"快乐?希望?台北城"、"有梦最美希望相随"等标语,成功成为那个年代"本土""改革"的代表。

许多民进党支持者回忆,陈水扁当选台北市长那晚,直觉得那就是"台湾人出头天",在外省人大本营、国民党权贵聚集的"台北市"出头了!但也因为如此,后来阿扁任"总统"后走上贪腐的不归路,也让很多那个世代的人希望幻灭。

我对阿扁的第一印象,正好就是他刚当选台北市长的那段时间。那时我正读小学,每个人都被发到一本台北市政府发行的"儿童护照",里面用"阿扁叔叔"的口吻介绍刚剪彩的捷运木栅线,令我当时还以为捷运是阿扁做的。

那时的圣诞节,阿扁市长还首开在市政府前办圣诞晚会的先例,自己上场替小朋友拉雪橇,又扮成美国影集的"超人"从天而降。此外,他还开放"总统府"前的广场给年轻人飙舞,带民众参观台北市警察局,并写信"告知"人在美国的蒋宋美龄,原来蒋介石住的士林官邸"即日起"对民众开放,称这叫作"空间解严"。

到了小学五年级时,班上老师说要以"扁帽"作为考试第一名者的礼物,后来才又说似乎有些不妥,改送别的东西。同一时间,我家楼下卖锅贴的小摊,也兼卖起了"扁娃"。所谓"扁帽"、"扁娃",其实就是阿扁自我造神的选举商品,在当时是第一个政治人物这么宣传,瞬间引发风潮。

1998年,阿扁市长要拚连任,面临长相俊俏、形象正面的挑战者马英九。当时他用市政府的资源,特别办了免费带民众一日游的活动,中午招待高级便当(盒饭),下午再拉到台北市政府,由阿扁本人现身大谈政绩,最后开放民众合影。妈妈带我也参加了这个活动,不是支持阿扁,而是单纯带小朋友出外走走。记得当时大批人挤上台去,争着要跟阿扁拍照,妈妈则冷冷地带我回家。

后来,阿扁阵营更祭出所谓"土狗与贵宾狗的对决"的耳语,一方面暗示马英九出身外省权贵(事实上马英九的父亲只是权力边缘的中阶国民党党工),一方面更拿马英九的名字谐音作文章("九"字在闽南语单独念时和"狗"同音,但作名字念时则有另外的文言读音)。

然而,最后选举的结果,阿扁仍输给了国民党的马英九。当天晚上,阿扁和坐着轮椅、双脚残疾的妻子吴淑珍一同现身竞选总部,发表"对进步的团队无情,是伟大城市的象征"的落选感言,一下子将群众的悲情及激情冲到最高点。

支持者激愤地说,是那些"外省人"打压阿扁市长。现场立即喊出"选'总统'!选'总统'……"的呼声。两年后,市长选举失利的阿扁,直接入主"总统府",成为台湾的领导人。

在我看来,阿扁作为曾经的"本土神话",真的很对不起包含我阿公在内的台湾人。为了选票操作,阿扁牺牲了广大台湾人的利益,把台湾带上封闭、内斗的道路,愚弄本土草根民众,让多数台湾人错失了发展机遇。为了解决人民对经济萧条的不满,阿扁领导下的民进党政府,更运用政治手法将民众引导到"反中""仇中"的方向,把所有的痛苦都归结给万恶的"中国"。

如果要说,国民党代表外省权贵的利益,那代表本省平民的民进党,却在陈水扁领导下把台湾人关起来,离世界愈来愈远。

被"台独"捧为英雄的阿扁,实际上是最消费"台独"的政客。李登辉用极独的政治光谱牵制阿扁,先是逼阿扁在2002年宣示"一边一国",后来更在2003年喊出"公投制宪"时间表。等到面临"公投制宪"要摊牌时,又说出"'台独'做不到就是做不到,李登辉当十二年'总统'一样做不到"。

阿扁的例子,不禁令我想起柯文哲。同样擅长操作媒体议题,柯文哲当选台北市长掀起的"柯文哲现象",宛如当年的阿扁市长旋风。柯文哲也和当年的阿扁一样,都被"台独"寄予厚望,可以打倒国民党。

阿扁在任"总统"的后期,说出了"'台独'做不到就是做不到"。至于柯文哲,则早在就任市长没多久,就为了与大陆交往,说出"两岸一家亲""一个中国不是问题"等语。

历史似乎又再重演,只是台湾的未来,还能再折腾几年呢?

亲爱的同胞,我还在台湾"抗战"

日本侵华,不仅是对中国主权的侵犯,而且还对广大的中国平民奸淫掳掠,犯下的是反人类的罪行。然而,支持"台独"者因为寄望日本的支助,竟丧失做人最基本的道德良知,对中国就百般丑化,而面对日本侵华的历史就尽量淡化。

如陈水扁时代的"国策顾问"金美龄,马英九当选后,说是"台湾已经不可爱了",决定归化日本,声称不再来台。结果,日本发生海啸,金美龄逃来台湾避祸,于此期间与李敖同台上节目,为了诋毁中华民族,把几千年来大小战乱统统拿来讲,把中华民族说成是多么残暴的民族。等到李敖质疑日本蹂躏慰安妇,竟又话锋一转,称这些"都已经过去"、"要多看未来",此般嘴脸,只有"恶心"二字可以形容!

而由于马英九迟迟不对历史教育拨乱反正,2008年民进党虽然失势,但"台独"余孽并未死绝,待得国民党气势稍弱,即又死灰复燃,等到如今国民党一败涂地,更是猖狂肆虐,各种对日本侵华的淡化、美化、合理化说辞,也统统浮出台面。

如有"李登辉之友会"背景的陈茂雄,竟将蒋介石比作日本侵华军头,可谓颠倒是非,不伦不类。这些独派喉舌,把"二二八"

扭曲成"种族屠杀",同时却为日军南京大屠杀、蹂躏慰安妇的罪责开脱,甚至帮助日本政府在台宣传"亚洲妇女基金会",企图回避国际责任,暗地了结慰安妇问题。

在这种氛围下,愈来愈多原属"蓝营"的台湾青年,包含大陆学生,竟也接受"日据"应该改成"日治",日本只是多个来台的"外来政权"之一的论调。国民党的失败,已不只是一时选举的失败,而是整个在思想斗争上的全面溃堤!

须知殖民与否,标准就在该政权是否将其统治下的人民视为同胞。日本殖民台湾五十一年,从头到尾都视台湾人为下等异族,和日本人分隔教育,相比之下,台湾人在清朝统治下可参加科举为官,在两蒋统治下更受到国民教育,三级贫户也能做"总统",怎能与受日本殖民相提并论?

台湾对日本殖民的评断,乃至对自身的国族认同错乱,主因正是"转型正义"没有完成。此一"转型正义",并非绿营声称清算国民党的"转型正义",而是台湾自1945年光复后,一直没有真正贯彻的"去殖民化"。

本来台湾回归祖国,理应对日据时代的汉奸走狗予以惩处,对坚持中国人认同的民族志士予以褒扬,然而祖国随即陷入国共内战,国民党政府反而拢络原基本媚日的仕绅阶级,打压被认为"左倾"的爱国台湾人。1949年国民党退守台湾,随即发动"白色恐怖"肃清共党,在日据时代反日、抗日的爱国台湾人,绝大多数被认为"左倾"枪毙,因此造成台湾本土的"祖国派"断了香火。

国民党为了"反攻大陆",虽也在台湾宣导"大中国教育",但主要侧重于反共怀乡的内容,并未从根本上重建台湾人的国族认同,反而还加强了仇视大陆的成分。

如此造成的结果，就是台湾不分蓝绿，国族意识都相当错乱。几年前，日本首相安倍晋三祭拜供奉二战战犯的靖国神社，我身边就有支持国民党的同学，还是台大法律系的高材生，却是书读愈多思想愈乱，竟认为靖国神社彰显的是日本"慰灵"文化，中国不应为此抗议。他们这些人似乎认为，只要扯上这套说辞，就显得比较"开明"、"有想法"。这种自命清高的心态，在大陆一些"公知"圈中也非常流行。但其实问题非常简单，我们只须要问：日本道歉了没有？对二战侵略的那段历史有没有认罪？是非对错，不能用那些"虚无"的理论瞒混过去！

因为国共内战，中国未能出席二战之后最重要的旧金山会议，对日本侵华的罪责追讨，甚至台湾的地位，也因此留下了缺口，给予所谓"台湾地位未定论"见缝插针的空间。后来20世纪50年代和20世纪70年代的"中日和约"，都在现实政治的压力下，放弃对日本的索偿。少时的我，正是读到这页因民族分裂而受人摆布的历史，因而激发更深的中国认同及使命感。

2015年，不仅是对日抗战胜利七十周年，更是甲午战争、"马关条约"割让台湾的120周年。对于台湾来说，这是多么值得反思台湾命运的历史时刻，但主流媒体几乎都静悄悄，继续日复一日的政治口水及娱乐八卦，仅有的一些历史讨论会和专题报道，又都几乎被"台独"史观垄断。

过去国民党说"八年抗战"，很多大陆网友就强调，其实早从1931年"九一八"事变，东北人民就一直抗战了十四年。那么，对台湾人民来说，更是从1895年"乙未割台"开始，一直被日本殖民了五十一年才光复。甚至要追溯起来，还不能忘了1874年的"牡丹社事件"，日本借故进犯台湾，正是近代日本侵略中国的第一役，后来美国介入调停，更显示了美日利用台湾制衡中

像这样惨绝人寰的残忍照片，多为侵华日军自摄，被日本政府列为"不许可"禁止发表。（图片翻拍自大陆著名民间收藏家樊建川先生创立的建川博物馆，2015年新中华儿女学会曾率台湾青年参观）

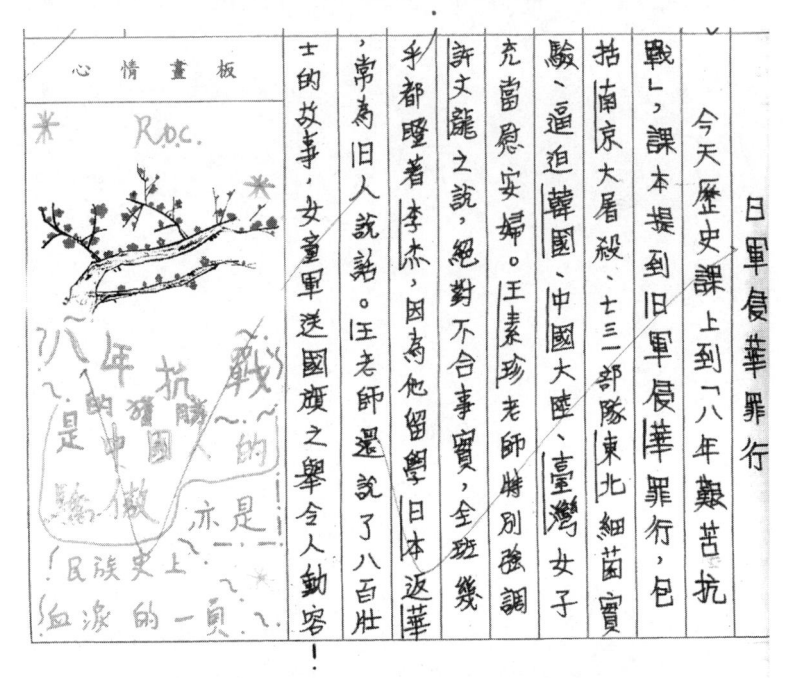

日軍侵華罪行

今天歷史課上到「八年艱苦抗戰」。課本提到日軍侵華罪行，包括南京大屠殺、七三一部隊東北細菌實驗、逼迫韓國、中國大陸、臺灣女子充當慰安婦。王素珍老師特別強調許文龍之說，絕對不合事實，全班幾乎都瞪著李杰，因為他留學日本返華，常為旧人說話。王老師還說了八百壯士的故事，女童軍送國旗之舉令人動容！

八年抗戰是中國人的驕傲，亦是民族史上血淚的一頁

心情畫板 ※ R.O.C.

二〇〇一年五月三十日，初中二年级，联络簿日记

国的格局,而这个格局一直延续到今天。台湾名义上在 1945 年就光复了,但因为国共内战,岛内的媚日势力不但没有遭到清算,反而还受到国民党拢络,后来再变成独派的金主,继续掌握台湾政经大权到今天。

中国人的对日抗战,到此时此刻仍未完全结束,因为还有一个地方仍在战斗,就是台湾。

中华颂

纯粹是因缘际会，爸爸不知从哪里翻出这卷"中华颂"录音带，里面收录了多首过去台湾文艺晚会上唱的爱国歌曲。不同于相对制式化的军歌，这些歌多是曲调悠缓、怀抱深情，而且一般人比较不熟，包括"大中华"、"长江的水，依旧在流"，等等。在初中的那段岁月，这些歌陪伴我度过许多个读书、休息、写功课的夜晚及午后。

十三年后，同样是因缘际会，我在"太阳花"学生占领"立法院"期间，因为一首爱国歌曲，受到媒体高度关注。那天下午，我们的队伍浩浩荡荡，被员警挡在"立法院"外的路口，不让我们继续前进，我就站在贴着"要生存、要发展、要服贸"标语的高大宣传车上，不断喊话要学生出来面对。

最后，在解散之前，忽然有人临时提议要唱首爱国歌曲，手上正拿着话筒的我，就带领现场群众开始唱，却因为喉咙早已喊口号喊破了，许多音自然唱不上去，结果就成了当晚各电视台反复播放的片段。

记忆里，2000年我还只是初中二年级学生，正逢民进党执政后的第一个"双十节"，我满怀期待地要看庆祝大会及晚会，同时也替自己的个人网站"卜正的秘密别墅"放上应景的爱国歌曲。

当时,《中华颂》《梅花》都是我会选的歌曲,这些歌曲,难免带有国民党的"党国意识",但更多的还是大中华的情怀。歌曲作者刘家昌,同时也创作了很多当时脍炙人口的流行歌曲,如《云河》《秋诗篇篇》《往事只能回味》……由邓丽君、凤飞飞、甄妮这些知名女星主唱,并作为琼瑶爱情电影的主题曲,红极一时。

这些爱国歌曲一度是 20 世纪 80 年代台湾大小晚会都必定要唱的。这些爱国歌曲产生的背景,主要是 20 世纪 70 年代国际承认的"中国代表权",开始从台北转向北京,国民党政府因此须要强化台湾人民的"爱国"意识。

其中,《梅花》更是搭配同名电影所作,剧情讲述台湾同胞抗日的故事,当中数度有合唱《梅花》的片段。当"梅花坚忍象征我们巍巍的大中华"的歌词响起,感动了当时的无数观众。我一位"60 后"的朋友,回忆当年电影上映正值春节,她在电影院里感动到都流下眼泪,至今都难以忘怀。

除了刘家昌创作的爱国歌曲外,同一时期大学生创作的校园民歌,也充满浓厚的中华民族意识,如《中华之爱》《唐山子民》和《龙的传人》。其中最具代表性的《龙的传人》,作者侯德健于 20 世纪 80 年代只身前往大陆,这下子在国民党眼里成了"附匪",原来在大小场合传唱的《龙的传人》,也忽然成了不准唱的禁歌。

还有谭健常、小轩夫妇,也作了许多带有家国情怀的歌曲,像讲述老兵思乡之情的《梦驼铃》,抒发豪情壮志的《古月照今尘》,其他如《故乡的云》《三百六十五里路》,在大陆知名度也颇高。1994 年,刚成立一年的新党推出赵少康参选台北市长,谭健常、小轩夫妇在选前创作出《大地一声雷》,由《龙的传人》的原唱者李建复主唱,一下子壮大了新党的气势,也成为新党至今聚会必唱的党歌。

但等到我读初中的时候,台湾的政治气氛已经改变,"去中国化"开始成为主流,所有与"中国"有关的图腾,都被视为"反动""八股""政治错误"。2000年的"双十节",我便开始发现,自己翘首以盼的庆祝大会及晚会,几乎没有我从网络上下载的那些"爱国歌曲"。

阿扁上任后的第一年"双十节",勉勉强强还唱首《龙的传人》改编摇滚版,之后,便不再有任何"中华""中国"的踪迹,就算有那么一点,也只在给侨胞办的"四海同心联欢大会"上出现一点。当时,甚至一度讨论要切割祖籍为大陆的"老侨",只照顾后来从台湾移居海外的"新侨"。2016年,国民党大败,民进党不仅重返执政,更第一次在"立法院"取得多数。过去区分侨胞的议题又再次浮现,民进党和脱胎自"太阳花"领导群的新政党"时代力量",宣称日后要明确定义"侨胞"的意涵:只要"台侨",不要"华侨"。

阿扁执政的第四年,为了当时即将到来的"总统"换届选举,已经提出了"公投制宪"的"台独"时间表,"双十节"成了"相信台湾"晚会。2006年"双十节",反扁红衫军发动"天下围攻"上街抗议,阿扁更直接在"双十节"讲话中说"不想办以后就不要办了",到了2007年,"总统府"上每年"双十节"会挂的"中华民国"标语果然不见,变成了"台湾加入联合国",而这也是阿扁的最后一年了。

当年爸爸送我的《中华颂》录音带,一直是我心灵的慰藉。对我而言,听着歌曲颂扬长江黄河,并非是如老一辈外省人那种怀乡的愁绪,而是对中华民族近百年的苦难及五千年的壮丽文化,满怀深深的情感。我从初中时期,就借由网络搜索到诸多赞咏大中华的歌曲，也因此接触到大陆、香港创作的爱国歌曲，许多并不具有明显的国共意识，只是单纯的民族之爱。如抗战时期的《长城谣》、《黄河大合唱》，对我并没有国共左右之分，只有素朴的中国情怀。

2005年，台湾军方举办抗战胜利60周年音乐会，第一次唱了著名的《黄河大合唱》中的"保卫黄河"乐章。然而，席间立即有"老外省"民众大骂这是"匪歌"，当时也在现场的我还觉得莫名其妙，后来查了资料，才知道《黄河大合唱》的曲作者是左派音乐创作家冼星海，当年为鼓舞华北战场士气所谱的的歌曲，后来在延安首次公演，也因此被国民党政府禁唱数十载。

直到2010年，台湾军方才在抗战胜利65周年音乐会上，唱

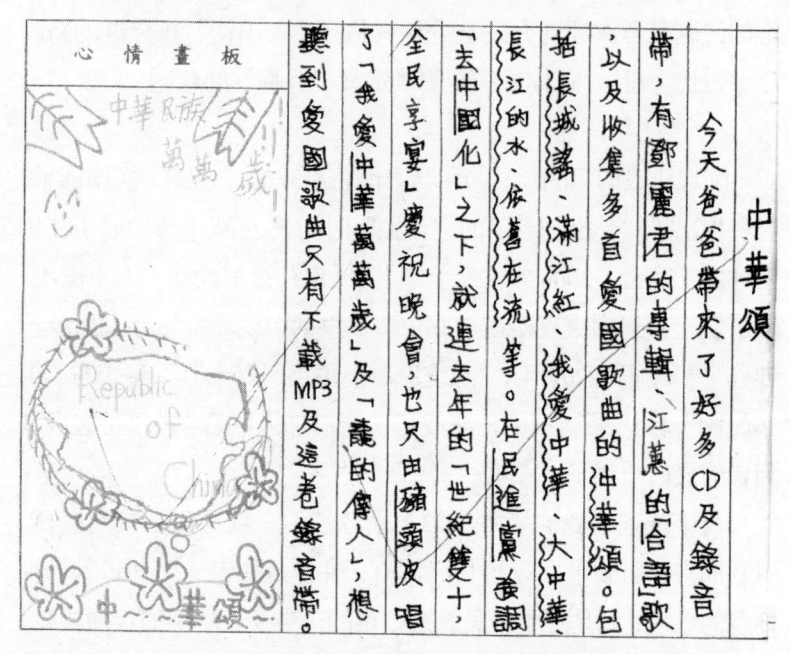

> 心情畫板
>
> 今天爸爸帶來了好多CD及錄音帶，有鄧麗君的專輯、江蕙的「台語」歌，以及收集多首愛國歌曲的中華頌。包括長城謠、滿江紅、我愛中華、大中華、長江的水、依舊在流存。在民進黨黃調「去中國化」之下，就連去年的「世紀雙十全民享宴」慶祝晚會，也只由豬頭皮唱了「我愛中華萬萬歲」及「龍的傳人」，想聽到愛國歌曲只有下載MP3及這老錄音帶。
>
> 中華頌

二〇〇一年六月一日，初中二年级，联络簿日记

了全本的《黄河大合唱》。又过了五年后，我受邀参加北京天安门前纪念抗战胜利的阅兵典礼，当我才在车上缓缓接近天安门广场时，就已听见正在预演合唱抗战歌曲的声音，正是雄壮威武的"保卫黄河"，给我留下深刻的印象。

另一首更是在抗战时流传甚广的《义勇军进行曲》，本来是左派电影《风云儿女》的插曲，后来连美国在战时特别制作的《中国之战斗》(The Battle of China) 宣传片，都用这首歌作主旋律。2015年，台湾反共将领的代表、前"行政院长"郝柏村参观北京卢沟桥，在现场也唱了《义勇军进行曲》，说这就是当年抗战人人会唱的歌。

然而，因为《义勇军进行曲》后来被定为"中华人民共和国国歌"，在台湾也一直是政治禁忌。郝柏村在北京唱了这首歌后，就被独派青年拿来说他"媚共"，但有意思的是，这些独派既然不承认自己是中国人，那中国人庆祝抗战胜利，关他们屁事？

我一直认为，从国共内战到两岸对立，是"家变"而非"国仇"。"中国"本是两岸中国人所共有，但台湾却一步步"自绝"于中国，甚至走到了中国的对立面。这是历史造成的悲剧，更是我们这代中华儿女应该努力去化解的。

党奸国贼李登辉

李登辉，因蒋经国在"总统"任内去世，以"副总统"身份接任"总统"，并顺势成为中国国民党主席，成为所谓"蒋经国传人"。当国民党准备开临时中常会通过他接任国民党主席时，人也在台湾的蒋宋美龄曾有不同看法，认为应该等正式的党代表大会再行讨论，不须急着让李登辉"政权"、"党权"都一把抓。然而，由于国民党几个大佬各有盘算，最后反而都力拱李登辉作为各派都能接受的党魁，时任国民党副秘书长的宋楚瑜，更以年轻世代之姿坚持由李登辉领导国民党，并将所有反对李登辉的声音，统统打成违背"民主"及"本土"潮流的"反动派"。

结果，国民党在他领导下，逐步丧失中心思想，被他蔑称为"外来政权"，并开始与地方派系及金权勾结，沦为"黑金政党"。2000 年总统大选，在他刻意的挑拨分化下，连战和宋楚瑜无法达成合作，最后各自出征，造成两败俱伤，民进党的陈水扁渔翁得利。开票后的当晚，愤怒的群众包围国民党中央党部，要李登辉辞去党主席负责，当时的我才初中一年级，和爸爸彻夜盯着电视新闻的直播，印象深刻。

后来，李登辉终于宣布辞党主席，由连战接任，但国民党仍不敢开除这位十二年的党主席李登辉。直到翌年李登辉扶持"台湾团结联盟"成立，"台独"嘴脸完全显露，连战才在党国大佬夏功权割腕血谏的要求下，决定开除李登辉。

蒋经国也许并未想到，自己在宣布"解严"后没有多久，竟然就这么快撒手人寰。"解严"后台湾重要的政经转型期，在李登辉的掌握下，经历一连串的"宪改""政改""教改""经改"，最后两蒋留下的基业改到面目全非，祸延至今。

李登辉这个人，掌握台湾最高权力整整十二年，从最初小心翼翼的"虎口下的'总统'"，经过缜密的布局计算，最后掌控"党政军特"于一身。十二年时间，李登辉运用国民党及政府的资源，养了一大批鹰犬爪牙，散布在产、官、学、媒各领域，把持了台湾方方面面的话语权，因此，他十二年执政为台湾留下的一屁股烂帐，从来没被认真检讨。

李登辉的喉舌们，甚至还用"民主先生""台湾之父"为其擦脂抹粉，而我则在初中时就已替他一生论定："党奸国贼"，四字足矣。

神奇的是，从日本"皇民化"阶级、共产党员再到国民党员，身份一变再变的李登辉，竟然从未受到清算，反而至今仍有一大批信徒、支持者。常说自己有"武士道"精神的李登辉，事实上不过是不忠不义的小人，在他所谓的"祖国"日本投降后，他这个日军少尉非但没为"战败"切腹自杀，反而回台就读台湾大学，经由共产党人吴克泰介绍，秘密加入中国共产党。

然而，经李敖大师考证，李登辉后来退出中国共产党，又向国民党的情治单位出卖在台湾的中共地下党名单，成功转换成国民党员，从此在国民党体制里吃香喝辣，尤其在蒋经国面前表现一副唯唯诺诺的姿态，椅子只敢坐三分之一，而得到蒋经国的垂

2001年6月17日 星期日 第十七週

一、成就：本週至少找一件事來肯定自己。
南風後宮 第二章完成並已刊登上網！

二、心情：本週最快樂的一件事
♡ 音樂課唱歌經補考仍90分，雖輸吳沂蓁及張昱卿但仍為男生第一，很 happy :))

三、感謝：本週至少一次提醒自己有多幸運。
教學42 昨天補習班考試 100分！

四、讚美：本週讓我們至少一次為生命喝采。
大勝！

五、祝福：本週最期待的一件事或想祝福的一個人。
祝福劉哲瑋轉學後仍然很快樂！

年底選舉親民黨大勝！

本週反省

黨奸國賊——李登輝

昨天下午，帶有濃厚「台獨」色彩的此註成立了！咱大國奸李登輝和只會「膨風」的陳水扁同台牽手，儼然「李偏體制」成形。這個搞分化的李黨奸，終結了國民黨，還想終結中華民族！

那個害青年出賣李敖的「台獨」人士彭明敏，口口聲聲「本土」，指的是談同台灣，事實上是放屁！本土根本是李登輝拿來搞分化鬥爭的口號工具！么，同宋楚瑜所說：「假本土即是台獨，不支持獨立即非本土。」這讓國民黨裡有著分裂族群野心的這群畜生墨有了依歸，台灣哪有什麼族群對立。

「四大族群」是台灣自己弄分化的！人家都已經把地弄成這樣型態還民黨國裏民在仇恨心理「可以瘋了可以瘋了！」只因為意識型態誤了民國家，正是「司馬昭之心，路人皆知」大家千萬不可再被李黨奸騙了！

師章導簽
家長章家簽

青。等到2000年被国民党赶走后,再变成"台独"教父,扶植标榜极独的"台湾团结联盟",被独派和民进党敬若神明。直到2016年民进党再次执政后,他又说自己从未主张"台独",只是要"中华民国台湾化",再次把所有人耍得团团转。这种靠背叛盟友获得利益、永远站在当权派的人,竟还有脸以"武士道"自居,厚颜功力无人能及。

对台湾而言,李登辉比陈水扁心机更深、祸害更大。因为他曾长期戴着国民党"蓝营"的面具,用国民党的资源,暗助民进党及"台独"的意识形态,最后把台湾的根都刨了。就算不谈这些国家和民族大义,他对台湾发展的伤害,同样罪无可逭。蒋经国过世前,宣布解除"戒严"、开放大陆探亲,继任的李登辉,便成为台湾政治转型及对大陆关系调整的掌舵人。一次偶然的机会下,我和已故的主播史哲维先生聊天,他便特别指出,台湾在最关键的政治转型阶段,掌舵者很不幸是李登辉,他为了一己的权力斗争需要,将台湾未成熟的民主带上族群对立的不归路,又以"戒急用忍"的错误政策,断送台湾企业生机,更错失了台湾人进军大陆市场的机遇。

我在1987年出生,作为"戒严后"的一代,生命最初的十二年便是整个李登辉时代。在李登辉执政下,台湾的根基几乎被掏空,只剩下两蒋留下的老本支撑,随着时光流转,陈水扁八年恶斗内耗,马英九无力拨乱反正,等到我们这代准备开展事业时,便碰上累积多年的沉疴总爆发,我们这代的台湾人竟看不到希望了。如今独派为了斗争国民党,整天高喊"世代正义",但他们始终不敢批判的是:李登辉正是扼杀我们这代台湾人的罪魁!

民进党"在怎么野蛮"

今天参加"太阳花"狂飙的年轻世代，大概因为太小而不晓得，在民进党执政的年代，曾经推出修理在野的国民党的"在怎么野蛮"电视广告。当年民进党主要攻击，泛蓝"立委"为反对而反对，大砍重要的民生预算，但陈文茜后来拿出证据证明，民进党的指控根本不符事实。

反观后来国民党重返执政，角色变成在野党的民进党，手段才真是野蛮。以"美国牛肉""核四争议"等公共议题为例，民进党投票比不过国民党，竟就将议场大门黏死不让开会，致使"国会"空转，做出民主最坏示范。

"太阳花"拿来作为攻占"国会"借口的服贸案，更是国民党最初退让，同意让依法只需送"立法院"备查的服贸协议变成逐条审议，而且还要先开过好几场公听会才能审。

于是，民进党便故意延宕公听会召开的时程，能拖就拖，等到公听会都开完了，得回到"立法院"摊牌了，又使出包围主席台不让开会的招数，最后才逼出了国民党"立委"张庆忠宣布"径付院会三读表决"，又被民进党及独派曲解为程式"黑箱"。

事实上，真正的议会民主，当然就是少数服从多数，多数尊重少数。这是我们从小学就学习到的观念，也是最基本的民主意涵。现在一堆"台独"学者搬出绕来弯去的西方新潮理论，什么"民主不等于投票"、"民主要更多透明"，还有公民参与的"审议式民主"……等等，说到底就是得由他们说了算。

近年被他们炒热的所谓"公民团体"，听起来更是富有理想。但我们必须要问：认定"公民团体"的标准到底为何？哪些"公民团体"能开会？究竟要多"听"你们的意见才够？当我们追问下去，就会发现所谓的"公民团体"，其实充满了许多似是而非的虚幻包装。

这也就是那些"太阳花"学生的手法，先说服贸是"程序黑箱"，

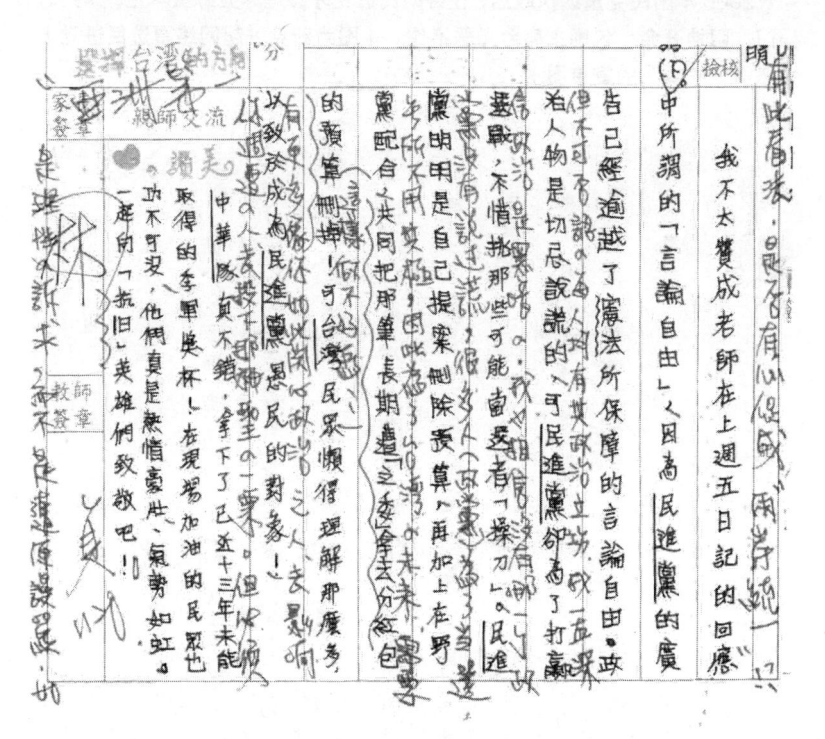

二〇〇一年十一月十九日，初中三年级，联络簿日记

全台除毒草，票選十大惡人

2008年国民党重返执政后，在野的民进党才真是尽显野蛮本色，踹门、锁门、阻挡开会、包围主席台无恶不作。（图为新党发起网络票选民进党十大恶劣"立委"的宣传图）

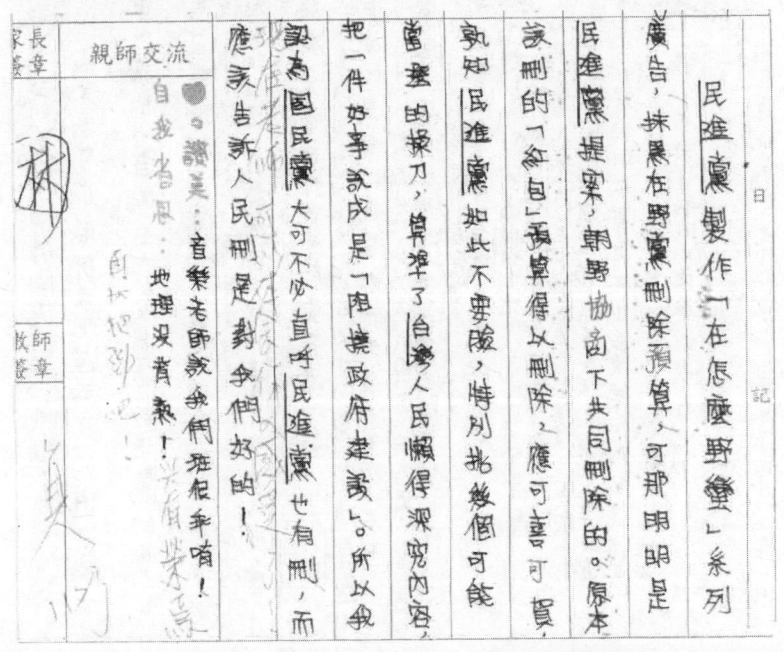

> 民進黨製作「在怎麼野蠻」系列廣告，抹黑在野黨刪除預算，可那明明是民進黨提案，朝野協商下共同刪除的。原本該刪的「綠色包袱」莫早得又刪除，應可喜可賀，熟知民進黨如此不要臉，特別挑幾個可能當選的接刀，葬送了台灣人民懶得深究內容，把一件好事說成是「阻擾政府建設」。所以我認為國民黨大可不必直呼民進黨也有刑，而應該告訴新人民刑是封余們好的！

二〇〇一年十一月二十二日，初中三年级，联络簿日记进而拉高到"退回服贸",最后一度还要拉高到"公民宪政会议",说穿了就是只能听他们的,一旦与他们作对,就是违背民主,就要受到"人民"的公审批斗。

简言之,表决不过就发动群众运动,无疑是十足的民粹,代表不了真正的民意。但可悲的是,这种假民意,经过媒体及网络渲染,却已经形成一股超越体制的势力,足以霸凌社会,令不同意见者不敢发声,形成沉默大众反被边缘化的恐怖政治。

当年我在联络簿日记里批判民进党,还特别和批改的老师论辩一番。她认为民进党推出"在怎么野蛮"广告,也是其言论自由,我则认为,民进党用错误资料抹黑对手,这是说谎,不能再用言论自由来当挡箭牌。

事实上,这位老师的立场偏"蓝",她正反映出"蓝军"选民的个性,温吞、保守、较弱,即便在"绿营"犯错时,还会因为对方说出一番道理而替他开脱,可是当绿营攻击蓝营时,便是火力全开不论是非,如同陈水扁时期的国安会秘书长邱义仁的名言:"割喉就要割到断。"

最经典的例子,就是郭冠英在网络上用昵称写文,竟然可以被轰到免职。绿军为了斗他这位"统派",何尝在意他的言论自由?而蓝营的人也不敢声援他,好像自称"中国统一"就有原罪,所以在意识形态的斗争上,便只有节节败退。

国民党精神错乱

台湾自"解严"以来，各级选举快速开放，从"国民大会代表"、"立法委员"、"省长"、"直辖市长"到"总统"直接民选，一下子搞成几乎年年都在选，一场选举是另一场选举的"前哨战"，每一场选举都能上升到蓝绿板块挪移的观察点，统统都在左右台湾发展的方向。如此二十年过去，台湾社会已形成各种千奇百怪的选举文化，"奥步"（闽南语：烂招）横行，口水乱喷，却不见民主素养有真正多大提升，有识者虽感叹：民粹日盛，台湾被选举"选"坏了！

当时我的联络簿日记见证的这场选举，是阿扁执政后第一场全台湾的大型选举，选的包括台北、高雄两"直辖市"外的所有县市长，及新一届的"立法委员"。那次选举，亲民党靠着人们对宋楚瑜落选"总统"的亏欠，一举拿下四十多席，取代了原先新党代表的"深蓝"地位，包括我的家庭也是支持亲民党的其中之一。谁又会想到，后来的亲民党，却又会因为与马英九的恩怨，连国家认同、两岸路线的重大问题，也迎合"台独"模糊以对，甚至屈从"太阳花"的假民主，不敢予以严正批评。

对台湾而言，经济、社福、能源、兵制等重大争议，说到底还是归结到两岸路线的选择，这也即是台湾重大发展之所在。因此，统独问题听起来虽然极具意识形态，但却是台湾前途不可回避的问题，早点凝聚共识，才能齐聚台湾所有有识、有能之士，共同追求一致目标，免于恶斗内耗。

国民党政府迁台以来的两岸路线，在"解严"以前，就是由中国国民党强人领导，更白地说就是两蒋的个人意志。蒋介石高举的两岸路线，对台湾内部是"坚守民主阵容，复兴中华文化"，对大陆则要"反攻大陆,解救同胞"。到了蒋经国，则是在台湾"革新保台"，对大陆"三民主义统一中国"。然而从李登辉以来，中国国民党的中心思想却涣散了，两岸路线失去了方向。

本来，自从李登辉1991年宣布结束"动员戡乱时期"后，就不再视中国共产党为叛乱集团，那么中国共产党在对岸领导的政府，对于台湾来说应是怎样的定位？更有意思的是，"动员戡乱时期"结束后，过去被国民党政府禁止入境的海外"台独黑名单"，统统可以返回台湾，但被视为"叛逃"、"附匪"的亲共台湾人，如投奔大陆的林毅夫，仍然不被准许回台。

国民党本应在结束"动员戡乱"后，就必须主动对两岸关系表达新的定位、新的论述，但国民党却不去面对新的现实，反而能闪则闪，一直避谈这个问题，不愿有所突破。曾经，李登辉企图将两岸定位为"特殊的国与国"关系，当时的国民党要角连战、苏起、胡志强，也都给执政的李登辉帮腔，但大陆方面明确定义"两国论"就是"台独"，任何形式的"分裂"都是"台独"。

事实上，台湾方面虽然宣布结束"动员戡乱"，但这只是台湾片面的宣布，并未经由两岸正式协议，共同确认彼此的敌对状态结束。因此，洪秀柱在2015年争取代表国民党参选总统时，乃提出必须通过两岸和平协议来讲清两岸的定位，达成两岸"一

選擇台灣的方向

距離年底選舉不到一個禮拜了！最近候選人無不使出渾身解數，民進黨更是企圖醜化在野黨，或乾脆來個大抹「紅」（中共），連吳淑珍也炒起了省籍意識，為人不齒！

台灣在李登輝「執政」十二年下，文化向下沈淪，社會意趨混亂，建國家的意識亦不模糊。陳水扁上台後，只會作秀騙選票，社會方向卻時左時右。究竟要統要獨？阿扁所謂的「新中間路線」人無疑不過是兩面討好罷了！

選舉就是選擇社會的方向。台灣大選中，少們選錯了人，讓自己過壞日子，此次選舉便顯得十分重要。未來的議事能否進步，全在選民的手上！

（頁邊批註：我們的下一代呢？唉⋯⋯真是可悲啊⋯⋯）

2001年11月25日 星期日 第十三週 週記 交流園地

導師簽章　家長簽章

2001. 12.1
第 5 屆立法委員
第 14 屆台灣省縣市長
選舉
新黨
TAIWAN
決戰大台灣

二○○一年十一月二十五日，初中三年級，聯絡簿日記、周記

2001年12月2日 星期日 第十四週 週記

「立委暨縣市長選舉開票」

昨晚十時整，中選會正式公布當選名單，全台23個縣市長，分別是國民黨9位、民進黨9位、新黨1位（金門縣）、親民黨2位（台東、連江縣）、無黨籍2位。而在「立法院」方面，國民黨68席、民進黨87席、親民黨46席、台聯9席、新黨1席（金門縣）。

國民黨此次縣市長成績不錯，但「立法委員卻不理想」把第一大黨的位子讓給了民進黨，這也顯示台灣人民尚未覺悟。連林皇樓那種幫日本殖民說話的人也能當選。親民黨這回成績亮麗，宋大千更是全台最高票，爸媽報的龐建國也有當選。不分區之委只能配到九名，排第十一的宋國也有當選（可不分區之委只能配到九名，排第十一的宋正夫就非正式委員了）。新黨只當選了金門縣的縣長及立委，正式泡沫化。此次有許多民調頗高的優秀之委落馬，也者楚輸無表當選。

交流園地

導師簽章
家長簽章

中同表"。然而，洪秀柱此番真话，还没遭受民进党的攻击，就先被同党的各派人马围攻、打压。朱立伦甚至指责洪秀柱的意见"违背党的长期主张及主流民意"，以此作为撤换洪秀柱的理由，但国民党的主张究竟是什么？国民党自己也不能解释明白，当然在两岸关系的议题上愈来愈处于被动。

其实在蒋经国末期，便传有大陆派密使向蒋经国表达善意，但蒋经国似是害怕，故不敢对大陆有太多突破性回应。到了李登辉时期，在大陆开放台商投资之初，缺乏对"台湾经验"如何移植大陆的整体规划，错失了引导台湾人集中力量"策马中原"的机遇。等到大陆度过1989年"政治风波"后的内外交迫，经济开始稳定成长，李登辉却做出了"戒急用忍"的错误决策，扼杀了台湾经济的生机，祸延至今。

民主选举，看似是人民作主，选定国家方向，一旦选错了带来伤害，后果也只能全民承担。然而实际上，今天台湾面临的方向抉择，有着太多内外条件的制约，又岂是一般升斗小民能够理解？因此多数人民，也只有依赖政党提出方向，"拿香跟拜"。

陈文茜在2004年曾说，台湾的路线之争，与其用抽象的蓝绿表达，不如具体说就是"李登辉路线"与"非李登辉路线"之别。"李登辉路线"坚信，中国大陆只是纸老虎，眼前的崛起势头只是表象，台湾的经济可以不依赖中国大陆，政治上亦能巧妙运用国际局势，完成"法理台独"。至于"非李登辉路线"，就是所有反对李登辉路线的集合体。

十一年后的今天，"李登辉路线"已经基本成为"台独"阵营的指导方针，民进党的所谓"维持现状"，也还是继承"李登辉路线"的思路，妄想"台独"成为"天然成分"，台湾可以"和平独立"。这一派在"台湾"，核心信仰者最多三成，但他们却掌握台湾的学术机关及媒体,挟带清晰的思想,有组织、有计划地往年轻人扎根。相反,"非李登辉路线"人数虽多,但却没有自己一套主张,无法形成一面旗帜,唯一看上去存在的领导力量,只剩下"不统不独"、精神错乱的国民党。

认贼作父的"台独"

台湾人的国家认同问题,说到底是近代中国不幸历史的一个缩影。造成台湾人国家认同错乱的主因,主要就是"日本殖民"及"国共内战"两大历史经验造成,直接导向的结果,就是台湾人对中国人的认同产生排斥或疏离。

事实上,传统中国本来并无现代主权国家的概念,所谓"普天之下,莫非王土;率土之滨,莫非王臣",中国向来认为自己就是"天下"。在实际操作上,统治实力所及之地,即设郡县;如无法直接管辖,但当地首领愿意进贡称臣,那也就是较为松散的藩属;至于更多在中国眼里"未开化"的蛮夷之地,便是不予干涉的"化外之地"。

历史上,台湾自郑成功奉明正朔到台南建都以来,开始引进中华文化典章制度,而后清朝统治时期,是闽粤二省汉人入台的高峰期,构成台湾社会的主体,绵延至今。这一社会的主体文化,无疑就是中华文化,并直接反映在台湾本土的岁时节庆、宫庙文化之中。

近代以来,中国被迫接受西方文化的"主权国家"体系,并由于不谙主权观念,吃了许多丧权辱国的亏。因为此一耻辱记忆,也使得后来中华民族的有识之士，都对维护主权格外重视。

如果纯用西方国际法的主权观念，"中国"(China)自清末以来加入国际体系，作为一个主权国家，已经普世认可皆无疑义；但在国际上代表中国的"政府"，则经历清廷、中华民国北洋政府、蒋介石北伐统一后的南京国民政府、抗战时期重庆国民政府、现代的中华人民共和国政府，都是各国曾经承认为代表中国的政权。用国际法的专业用语说，就是各国对中国的"国家"承认一直存在，但对代表中国的"政府"承认则有分歧。

历史的吊诡，就在自从民国成立以来，各个声称代表中国的政府，国号皆用"中华民国"，惟独1949年中共建政，另出现了"中华人民共和国"的新国号，因此在中文的语境中，就产生两岸已是两个"国"的错觉。但在法理上，两岸仅是出现两个"政权"各拥"治区"，并未分裂成两个"主权"，这是国际目前一致的认识，也是"中华民国宪法"迄今不变的国家定位。

以上听来像极了文字游戏的论述，平日没人理会，但遇上国际活动便会凸显，加上台湾选举需要更被渲染。台湾知识圈最早热议"国家认同"问题，始自1971年联合国"中国代表权"移转，到了1978年美国正式改认北京的中华人民共和国政府代表中国，遂有"美丽岛事件"及"台独"意识的高涨，认为"中华民国"已无希望，台湾只有"独立建国"，并相信这样能置外于"中国人"的国共内战，因此力劝美国放弃蒋家领导的国民党，台湾便可"和平中立"。

必须说，这样的"台独"理念，确实也在替台湾前途找一条出路，至于是否对台湾最好，大家可以辩论。但悲哀的是，"台独"后来走上了分裂族群、煽惑仇恨的路，如此自是有利于选战动员，却严重撕裂台湾社会。"台独"同时也走入了死胡同，费尽心思要"去中国化",从历史到文化来论证台湾人不是"中国人",遂有"同心圆史观"、"外来政权"、"多元文化"论纷纷出笼,硬要膨胀台湾社会的"多国族"性,又为了贬抑"中国",刻意褒扬日本的殖民统治,扭曲历史的真相。

我在初中时的日记中已说,我本来并非一味反对"台独",但实现"台独"是要靠实力,而非刻意否认自身中国人的文化及血统。等到我对"台独"的认识更成熟后,才发现台湾的地缘战略位置,决定了台湾如果不是中国的一部分,就将成为霸权主义制衡中国的棋子。

认清了此一现实,便会发现"台独"的本质,正是认同美日为首的霸权主义,用一句最传神的话来说,就是"宁认美日作干爸,不与大陆做兄弟"。但是,霸权主义归根到底,就是"弱肉强食"的强权政治,台湾如果认同这套秩序,注定只能做强权的附庸。

台湾如果选择倚靠美日对抗大陆,那就像被老鸨剥削的娼妓,老鸨固然保证娼妓衣食无虞,甚至将娼妓打扮得花枝招展,但娼妓永远是娼妓,不能有真正自己的尊严。但是,如果台湾和大陆和平统一,享受高度自治,那就是同属中华民族的两兄弟创业,台湾甚至可以出相当少的本钱,和大陆持有同样的股份,因为台湾是曾经被家里抛弃的兄弟,大哥愿意多照顾一点。

有眼界的台湾人,应该看出今天我们面对的这些问题,是中华民族走向复兴必经的险阻,因为这些险阻,也才能激起历史美丽的浪花。我们这代的台湾人,无疑需要更宽广的发展空间,因此更要用智慧化历史的矛盾为助力,创造两岸中华儿女共同的新时代。

尚待光复的台湾

记忆深处,第一次听到"南京大屠杀",应是在小学时代,但真正目睹南京大屠杀真实的历史照片,则是初中时期,在图书馆偶然翻到美籍华人张纯如女士编写的《被遗忘的大屠杀:一九三七南京浩劫》一书。当学校教育及媒体都已被李登辉、陈水扁主导的"去中国化"思想荼毒,所幸我还能借由这些书籍及史料,了解近代中国遭逢的曲折历史,并对这段中国人的山河岁月产生强烈认同。

本来日本和中国一样,都是近代帝国主义侵略下的受害者,但日本却未像孙中山先生期许的那样,成为东方王道思想的干城,反而效法列强对外扩张,怀抱"脱亚入欧"的想法,沦为西方霸权主义的鹰犬。

日本对华侵略,是极具战略的一套计划,发生在台湾的牡丹社事件,正是日本侵华的起点。1895年,日本通过侵略战争占领台湾,经过五十一年殖民统治,留下的皇民化遗毒迄今无法根除。1945年日本战败,台湾虽然光复,但因为随之而来的国共内战、两岸分治,美日势力再度渗入台湾,缺乏宏大历史观的国民党,无能导正台湾人错乱的国族认同,所谓的"大中国"教育,也只

南京大屠殺六十四週年紀念

12·13
南京大屠殺
64週年
1937
南京浩劫
南京大屠殺

		2001年12月13日 星期四 天氣 晴
家庭作業 檢核	1	考國(四) L1~L5, 理(下) L7~L10, 公(三) L1~L8.
	2	英(四) L8~L10.
	3	國講 P17~P24.
	4	帶泳具.
	5	英卷完成.
備忘事項 檢核	2	
	3	
	4	
	5	90
考試成績	國 英 數 生 健 理 史 地 公 社 地科	
放學	18時10分	
到家	19時0分	
心情畫板		

日記

今早十點起,南京市全面播放哀鐘三十七分鐘,向南京大屠殺遇害同胞致哀。

日軍侵華南京大屠殺紀念館外,刻有遇難同胞名字的「哭牆」前,也架起了大型靈堂。

我的另一網站「日本侵華遇難同胞紀念館」也湧入了大批大陸網友上香、獻花、點燭已。今天大是一時有人去。全球感動大己.

從新聞看到陳文茜落淚召開記者會,更令人感到民進黨的不要臉,小林善紀甚至扯入統獨之爭了,「死秉」,陳文茜是「獨派本省人」外祖父母是二二八事件的受難者。

親師交流
♡の讚美:謝謝唐老師獎勵思考很快。I don't know..嗎?
自我省思:最近の你表現不錯喲!

二○○一年十二月十三日,初中三年级,联络簿日记、周记

2001年12月16日・星期日 第十六週 週記 交流園地

南京大屠殺六十四週年的省思

一九三七年十二月十三日，侵華日軍攻佔了國都南京，開始人類史上慘無人道的大屠殺。據統計，有超過三十萬的同胞不幸遇害，另外遭姦殺的女子、被去勢的僧侶亦不計其數。想想在寒風凜冽的冬天，同胞的鮮血是多麼地不斷濺滿南京？而在國際法庭證實之後，尚有日本右派分子出書否認南京大屠殺又是多麼可惡？

就在南京大屠殺屆滿六十四週年的此刻，日本右派之流小林善紀，竟益過支持「台獨」的出版社，再出《台灣論續集》。令人不解的是「台獨」分子固可將南京大屠殺當成他國之事，然而可憐的慰安婦阿嬤卻是正港的台灣人啊！「台獨」人士可為了爭取日本的支持，竟能不顧台灣阿嬤的委屈嗎？

家長簽章　師章

抗議日本
燒不盡的怒火
軍國主義！

二〇〇一年十二月十六日，初中三年级，联络簿日记、周记是反共怀乡的思想，并未将"去殖民化"贯彻完成。

因此，我们可以说，日本的侵华战争其实并未结束，台湾正是持续至今的战场。台湾虽仍有"中华民国宪政体制"存在，但"中华民国"已经被国民党、民进党联手"去中国化"，所以曾经在南京发生的大屠杀，台湾人竟然普遍无感。甚至，日本军国主义公然谎称"南京大屠杀是假的"，并在台湾出版漫画《台湾论》宣传这种言论，台湾人也毫不在意。

记得我初中时，在班上有个好哥们儿，出生在大陆，外公是日据时代被日军送到海南岛的台湾人，小学随家人侨居日本。有次他和我聊天，竟说到民族主义未必是好，我们不能以民族主义都认为日本侵华不对，日本侵华也是出自他们生存发展的需要。我一听，不得了，典型被日本军国主义洗脑了，便强迫不让他回家，在教室里给他做思想教育，才放他走。如今想来，我的作为固然激进了点，但这种"毒草"如不立即铲除，肯定就要蔓延了。

有人说，不要有仇日情结，又或者扭曲说，只有"中国人"有仇日情结，"台湾人"都喜欢日本。其实，这和仇日与否无关，而是全人类都应有的是非。我们应该发扬中国人"和而不同"的天下观，而非崇拜弱肉强食的帝国主义。中华民族的复兴，正是让中华文化重新站立，为世界人类做出贡献。

"台独"独到最后，搞到去和日本军国主义为伍，不仅合理化南京大屠杀，甚至蹧蹋台湾慰安妇阿嬷，那不仅是民族罪人，更是人类罪人了！

媒体带动民粹霸凌

当年，前台北市议员璩美凤，和有妇之夫曾仲铭被偷拍的性爱光碟，被周刊《独家报道》随刊贩卖，一时之间成为台湾社会最热的话题。璩美凤和陈文茜，在20世纪90年代分属新党和民进党，两人皆常在媒体荧光幕前为党发言，成为20世纪90年代台湾政坛两大"话题"女王。

记者出身的璩美凤，在加入新党从政后，经常以一袭白衣、白裙的打扮亮相，给人的印象一直是清纯素雅。因此，当1998年她和民进党籍的新竹市长蔡仁坚传出绯闻时，一下就震惊了社会大众。由于当时新党才和民进党在"立法院"喝过"大和解咖啡"，许多人便戏称璩美凤和蔡仁坚的绯闻，根本就是新党、民进党"大和解咖啡"的续集，喝咖啡喝到"床上"去了。

但直到2002年，璩美凤与曾仲铭的性爱全程被偷拍，再经由《独家报道》随刊贩卖，这才完全粉碎了璩美凤给人"纯洁玉女"的形象。当时璩美凤的性爱光碟，可说是台湾家家户户抢着看，十五岁还在读初中的我，也在爸爸、妈妈的陪同下，阖家一同观赏，记得妈妈还急着赶快播放，说是要"看看璩美凤的身材到底有多好"。

2002年元月5日 星期六 第十九週 週記

交流園地

台灣媒體亂象

實在愈來愈受不了台灣的媒體了！這幾個禮拜以來，電視新聞連續播璩美鳳案占據了整點新聞一半以上的時間，煩都煩死了。元旦一早，我想看有關元旦升旗的消息，結果中天從頭到尾都是璩美鳳，就連播其他新聞，回到現場又聽主播說「繼續關心偷拍案」。堅不成有人戲稱，璩美鳳救了陳文茜、黃顯洲救了璩美鳳。唉…

可笑的是，在台灣這個政治不穩、經濟蕭條、失業率持續攀升的小島，一樁桃色緋聞竟可以登上頭版。面對加入WTO的衝擊、失業問題、中央全委會與民黨「立委揭發的國安基金案」以及拉法葉軍案之反而沒人去關心。這不正是一個社會衰退的亂象嗎？

導師簽章	家長簽章
（簽名）	（簽名）

二〇〇二年一月五日，初中三年級，联络簿周记

奇怪的是，不管璩美凤本人性生活有多乱，她在此案当中其实是被害人，唯一有权对她指责的应该是曾仲铭的妻子而已，但当时的媒体却联合起来围剿璩美凤，把她说成是万劫不复的罪人，逼使璩美凤无处可去，最后求助陈文茜，将她藏在一处山中的房子里。初中的我，看了璩美凤的遭遇，心里愈想愈不对，所以在联络簿里写下周记，批判台湾媒体这种近乎"杀人"的民粹霸凌。

很不幸地，此后媒体非但没改善，而且愈加堕落，并且流行起一种"肉搜"批斗的歪风。最先针对的是演艺人员，动不动就将许多艺人的私人事务上纲到"社会观感"。犹记2005年五月，老牌艺人倪敏然自杀事件，最后竟演变成整个台湾公审来自大陆的夏祎，只因夏祎被传和婚姻生活不幸福的倪敏然相恋。夏祎的每一言、每一语，乃至她的态度，统统都要被迫道歉。台湾社会就像疯了一样，沉浸在猎巫的集体抓狂。

近几年，这种媒体带动的民粹霸凌，开始转移到政治的意识形态。从郭冠英事件开始，台湾形成了一种"台独"的"政治正确"，任何公然反抗此种"政治正确"的人及言论，立即成为媒体攻击的箭靶，所有言论自由都要服从于此种"正确"。反中、反财团的情绪，让此种霸凌更加合理化，受霸凌者往往不是掌握多大权力的人，却要受到整个社会的公审乃至辱骂，媒体还视作理所当然。连向来形象正面的慈济，都被说成是十恶不赦的妖魔，其将南亚海啸的捐款结余转捐中国大陆的四川震灾，即是罪状之一。

2015年4月，台湾一位年轻女艺人杨又颖，由于在网络上被恶意言论攻击，不堪网络霸凌，让一个年轻生命走向绝路，社会终于开始重视言语暴力的问题。但是，媒体讨论了老半天，却不检讨民粹霸凌的源头，正是媒体自己。有媒体人辩称，是因为民众爱看，媒体基于收视率考虑，只好炒作民粹话题。问题是，这其实是鸡生蛋、蛋生鸡，正因为媒体不自律，放松了自律的尺度，观众的胃口才不断被养大。

网络时代，号称打破传统媒体的限制，人人都是自媒体，结果民粹霸凌更加无孔不入，无法可管。"太阳花"风波以来，网军对我的各种恶搞、污蔑不断，甚至用恶意检举的方式让我脸书被封，企图封锁我的声音。此外，还有不肖分子冒我名义成立脸书，用我的肖像编造、发布下流龌龊的图文。对此，我很早就诉诸法律，但检察官却回函称，脸书是美国公司，台湾和美国就网络案件签的合作协定，只包含杀人、掳人勒赎、毒品、妨害电脑使用、违反组织犯罪条例、违反儿童及少年性交易防制条例等行为，像我面临的这种网络霸凌，脸书公司视为言论自由，不愿提供使用者资讯，台湾检警也无从调查。

杨又颖的兄长发起反匿名霸凌，各界一度也有不少声援，但最后仍是雷声大、雨点小。可以想见，民粹霸凌的风气如继续蔓延，台湾便不可能有真民主，"打着民主反民主"的独裁暴政，将宛如幽灵一般，紧紧缠绕住整个台湾社会。

整肃异己的"本土化"

最早在我小学时候,"本土化"这词还没这么流行,那时更多讲的是"乡土",指的是对自己从小生长的土地要有认识,知道她的过去,从而产生对她现下的关怀,以及未来的憧憬。我生长的艋舺(台北万华)地区,过去就是台北城最先发展的地方,我在老松小学上"乡土课"时,老师就介绍了不少艋舺的历史人文。父亲则成长于台南佳里,十足的"草地"乡下,尤其他又是民间信仰工作者,因此我也熟知民俗典故,蕴含浓浓的"乡土味"。

但自2000年民进党执政后,开始盛行另一个名为"本土化"的概念,并且不断地被政客及媒体引用,出现什么"本土政权""本土势力""本土派"……一堆名词,却都缺乏明确的定义。2001年李登辉催生的"台湾团结联盟"成立,便号称要团结原本非民进党的"本土"力量;2004年陈水扁寻求连任,也说是要延续"本土"政党执政;2010年,高雄市长陈菊争取连任,同样上电视节目喊这是"本土政权保卫战"。大家好像也习以为常,他们就代表"本土",他们是"本土"的代言人。

但到底"本土"是什么?细究下来,它最初的意涵就是极狭隘的族群观念。因为闽南人来得久,闽南人占的比例高,所以闽

心情畫板	放學	考試成績	5	4	3	2	1	家庭作業檢核	備忘事項檢核	2002年元月7日 星期一 天氣 晴
本土化 ＝政治鬥爭 的工具！！！ 不肖政客藉此 挑撥族群 和弱勢激情 分子鬧獨 **撕裂台灣！**	18時5分	國 100 英 數 生 健 理	男夫穿制服。	交歷史作業。	國畫113。	數習33。（不一定要寫）。	7.10.11章 考電腦、生活科技， 國113.114，英聽L6，公L8		週五晚上才在「制服儀外」網站的討論區，大罵所謂台灣的「本土化」，已淪為政治鬥爭的工具。今兒個獨派之場濃厚的此社就在那兒胡說台灣放在大中華底下，本土文化著墨不多，又支持漢語拼音，必須下台。天啊！連登輝老幾啊？還敢說李登輝也要滾下台，序登輝只是一個八十幾歲的老頭，別神化他了！我們上學是要增加自己未來在國際上競爭的能力，而不是永遠被關在意識型態的自籠。在學校就是要每天面對老書的進度，自我省思。地理課總是有李振輝、林敬銘、蘇華演等人在睡覺。有夠討厭！！要醒之要！
	到家 18時15分	史 100 地 91 公 社 地科		5	4	3				
家長簽章 每天利用零碎時間，長久下來收獲可觀！ 林									親師交流	
教師簽章 真										

二〇〇二年一月七日，初中三年級，联络簿日记

南人才是台湾人,才能算是"本土"。直到2004年总统选举,陈水扁为求胜选,将这种族群意识操弄到极致,遂出现"本土"意涵的2.0版,即"认同台湾",或称作"台湾主体意识"、"台湾意识"。他们为之扯了很多论述,就是企图要摆脱粗浅的族群划分,创造出更具现代政治意义的概念,什么"以台湾为主体"、"认同台湾国家"……云云,说到底,其实就是"台独",非得将"台湾"与"中国"切割(同时却允许对日本存在百般依恋),才是"认同台湾"。

偏偏很多存有原罪感的外省人,竟妄想从这套"本土化"的2.0版取得救赎,"认同台湾"就成了他们"赎罪"的方式。我有一个外省第三代同学,在2004年绿营大搞"二二八手牵手反中国爱台湾"大游行时,就认为这比以前进步,因为"外省"血缘无法改变,但他可以借由"认同台湾"变成台湾人。后来我把这位同学的反应告诉作家朱天心,她马上点出问题的关键:认不认同台湾,不是你说了算,必须通过"他们"的核可。也就是说,诠释权在"他们"手上,如果不合乎"他们"要求的意识,比如像我,就算是本省闽南人,一样要被打成"非台派",只因为我这个台湾人认同自己是中国人。

从我初中注意到这问题,至今匆匆又十余年了,独派许多人都承认,2004年那场大选,正是他们成功将"台独"观念灌入社会大众的转折点。他们用看似理所当然的"爱台湾"包装,却是不断将自己的"台独"意识形态推向全民的"政治正确",就连许多自认"泛蓝"的民众,内心都已臣服于这套观念。2012年马英九连任后,更有最新的"本土化"3.0版快速蔓延,那就是结合西方民主牌、人权牌的新一代"台独",亦即所谓的"太阳花世代"。其实终归到底,所谓的"本土化"就是"去中国化",背后根本的结构,仍是有心人利用历史造成的矛盾,利用台湾阻碍中华民族的复兴罢了。

犹记2000年国民党选举失败后，党内有许多自称"本土派"者，跑去和李登辉一起筹组"台湾团结联盟"。2016年国民党大选惨败，国民党内又有人提出要"本土化"，声称自己是"本土派"。事实上，早在选举过程中，他们就以"本土派"之姿，要求国民党撤换原本已提名的洪秀柱，理由看似是"本土"、"非本土"的路线之争，其实无非就是洪秀柱这种强调理念、不靠"绑桩"（靠现实利益的交换获取地方派系的支持，成为选举动员的桩脚）的选法，将使他们无利可图，更可能被洪秀柱太过鲜明的色彩拖累，无法淡化在当前台湾社会不讨好的"国民党"标签。

这些所谓的国民党"本土派"，口口声声说要避免国民党"新党化"，但又提不出国民党的路线、主张到底是什么，光会在大选期间天天吵要"换柱"，等到大选结束后，朱立伦辞去国民党主席，国民党进行主席补选，他们又跳出来说要"防洪"，绝不能让洪秀柱当党主席。如果真是要谈路线之争，他们反对"新党化"，国民党是什么又不知道，难道是要"台联化"吗？

其实这些所谓的"本土派"，不过是见风转舵的"骑墙派"而已，要真讲起理想性，还不如民进党、独派高尚呢！

加上 TAIWAN 就独立了？

当时写这篇日记时，所谓"在护照封面加注 TAIWAN"，只是陈水扁说给深绿独派听听而已，但没过多久，扁政府还真是"说到做到"，将护照封面的中文仍然保持"中华民国护照"几个字，可英文却是在"REPUBLIC OF CHINA"及"PASSPORT"之外，硬是加了行 TAIWAN。

民进党政府刻意以"易于与中国大陆区隔"为由，解释为何要对"护照"做这样的修改。但明眼人都明白，本来的"护照"根本也没多大不便，说到底就是陈水扁要迎合深绿独派，强化动员能量，以免自身地位被高举"台湾本土"旗帜的李登辉取代。后来陈水扁在同年 8 月提出"一边一国"主张，及之后推动一系列"公投制宪"、"台湾正名"的运动，都证明了在护照上加注 TAIWAN，无疑是政治考虑。

但这样修改护照，真有抬升他们所谓"台湾"的"国格"吗？在英文中同时保留"REPUBLIC OF CHINA"及 TAIWAN，只能说是不伦不类，而且反而自降"国格"。正如我当时写的日记所言，这些独派搞小动作，又不敢直接把 CHINA 拿掉、把国名改成"REPUBLIC OF TAIWAN"，这么搞的结果，反而像香港，

							2002年 元月 14 日 星期 一 天氣 晴
心情畫板	放學	考試成績		5	4	3	2	1	家庭作業檢核 備忘事項檢核
	17時35分 到家 19時15分	國	100 92 ad				地科考完成。	考地總複習、歷總複習。	
		英	92						
		數	95						
		生							
		健							
		理							
		史		5	4	3	2		
		地	97						
		公							
		社							
		地科							

日記

台灣真的會被李登輝、陳水扁害死！

昨天TPA成立二十週年大會，李登輝去那兒大談什麼「外來政權」，連明朝鄭成功都榜上有名。天啊！我的祖先就是遠鄭成功來台的。而引起總獨大戰的，則是陳水扁藉機「哦爽」給獨派聽，要在「中華民國護照」上加註台灣的英文字。

其實這麼做只會矮化自己。全力支持在野黨之李慶安「申斥大法官是否這神氣」。晚間中共國台辦發言人傳在北京釣魚台大酒店召開記者會，研擧扁政府的「欲獨」行為。

親師交流
○總之讀書，為自己動手！今天可以不理李杰了自我省思：舊賬算的阿扁省思吧！

家長簽章 [signature 林]

教師簽章

是中国底下一个特区政府发的护照了。

无论支持"台独"或统一,所有关心台湾前途者,都应先厘清台湾地位及两岸关系的法理本质,始终是"政府承认"而非"国家承认"的问题。"中国"自清末加入国际体系以来,全世界都承认她是一个主权国家,但在不同时期有不同政府宣称代表这个国家,甚至同一时期也有多个政府都说自己代表中国,并各拥不同国家对她们做出"政府承认"。

1949年以来,台北的"中华民国"政府及北京的"中华人民共和国"政府,各有不同国家承认她们代表中国,本来是承认台北的多,后来逐渐移转到北京,尤以1971年联合国2758号决议,及1978年美国改承认北京政府代表中国,最具指标性的意义。

反之,国际上从未承认过"台湾"是一个主权国家。"台独"主张者固有其理想,认为要完全与中国切断法理联系,不再谈中国代表权,直接生出"台湾"这个新的主权国家。但经过李登辉及陈水扁执政,"法理台独"被证明"做不到就是做不到",于是独派竟又搞出"偷吃步"的半套"台独",也就是借"中华民国"的壳偷梁换柱,将一中宪法当作摆设,直接从"护照"、驻外机构门牌、国营企业名称、邮票……乃至教科书下手,使台湾人对国家定位错乱,"台独"成为天然成分。

最近这两年,自从"太阳花"占领"立法院"成功以后,"台独"的气焰也愈加猖狂起来。继扁政府时代将"护照"加注TAIWAN后,又有网友开始制作"台湾国护照"的贴纸,鼓励大家打印出来贴在"护照"上,把"中华民国"盖掉。结果没过多久,就有如法炮制的台湾旅客入境新加坡被拒,先是遭到新加坡海关留下讯问,而后才遣返回台。讽刺的是,这些宣称效忠"台湾国"的"台独"分子,这时又大骂马当局没好好保护他们,也让大家看清这些人的嘴脸，就只剩这么一点出息！

　　不管他们怎么搞小动作，"法理台独"做不到就是做不到，然而他们却继续藏身在"中华民国"体制下，甚至利用"和平发展"的时机，妄想借由对台湾人乃至大陆人的思想洗脑，完成他们希望的"和平独立"。这么下去的结果，势必造成台湾人的心理认同，与两岸的现实情况愈差愈远，台湾错失了与大陆平等协商的机会，不断挑战大陆的底线，未来的结局实在不堪想象。

我的阿公阿嬷

2002年元旦后没多久，检验出肝癌末期的阿公，从高雄荣总又转到了台中澄清医院。2001年中秋，我照例打电话回台南老家，向阿公、阿嬷问候，当时阿嬷才说，阿公不知怎么了，已经几天吃不下饭。在我们的强力劝说下，阿公终于答应到高雄荣总做详细的检查，走出老家大门时，还是阿公提行李箱。几个月后，阿公病情急速恶化，当我到台中澄清医院看他时，全身都插了管子，躺在加护病房，我们只能利用一天几个短暂的时段进去探视，他一见到我，紧紧抓着我的手，用眼神表示他强烈想回老家的意愿。最后，撑不到农历过年，他还是走了，按照传统落叶归根的习俗，回到台南老家拔管，在家里咽下最后一口气。

阿公出身卑微，从小被过继给族里其他房做养子，小学才读了几年汉字，就被迫中断学习去放牛。听父亲说，他为维持家计，既做板模工，也曾到台北当人力车夫。但即便是这样贫穷，阿公却有现代公民的观念，当政府须要将乡间小路拓宽，他二话不说就答应将老家的前庭往内缩，而且在"资源回收"观念还不普及的年代，就坚持做垃圾分类，强调大家都应该有公德心，不能只讲私利，而要贡献公益。

2002年元月14日 星期一 第二十週 週記

交流園地

記週日台中探病

年關將近，心情卻怎麼也高興不起來。阿公光子刀手術失敗，爸爸週五就去了台中澄清醫院，我和媽媽週日一早也趕赴台中。加護病房的規定，親人探病只有早上十一點、下午三點及晚上八點可以，且一次只能二人。我們在短短的二十分鐘裡，由今、爸爸、姑姑、姑丈、表弟、叔叔、阿嬤輪流探視，每次二人的限制加上現場有好多人，我們簡直是在搶時間。

看到了阿公，他身上插了好多管子，又不能說話，看到我們時不斷地抽搐，可以想見非常痛苦。他一直想和我說話，可卻因為已插了管子無法發出聲音。過此手畫腳，他想回台南佳里的老家，可醫生表示要在他快要往生時才可由救護車送回台南。晚上，大家討論著到時候如何將阿公緊急送回家，爸爸卻從醫生那得知阿公沒有

如此悲觀，已得到一定的控制，要改到普通病房。希望能如香港網友所言，可以「吉人天相」，奇蹟出現！？

祈禱奇蹟出現，
願農曆年時阿公能回家和家人團聚！

導師簽章	家長簽章
(簽名)	？

二○○二年一月十四日，初中三年級，聯絡簿周記

我常和爸爸讲，其实阿公拥有"贵族"的品格。他特别喜欢谈历史，崇尚建功立业的豪杰。"北白川宫""乃木希典"……这些日本侵台将领，是他经常挂在嘴边的人物，也足见日本殖民教育对台湾人影响之深。阿嬷特别对我们说，阿公不是媚日，而是钦佩人家整齐有秩序，叹息自己台湾同胞水准不如人。

阿公是民进党支持者，原因是他对国民党权贵的作风反感，再加上受到民进党"省籍"煽动的影响，认为只有支持民进党，才能让"台湾人出头天"。在台湾民间故事中，有一个土豪败家子名叫"邱罔舍"，当时民进党就通过耳语传播，将出身大地主阶级的连战称为"连阿舍"。1999年，台湾发生"921大地震"，有诈骗集团以"募款"为名，到台南乡下挨家挨户骗钱，结果阿公非但没上当，还回对方说："你不会去找国民党的连阿舍，他最有钱！"足见当时连战及国民党在台湾民间的形象。

相对于"政治化"的阿公，阿嬷则是标准的传统妇女。她不识字，却能将许多闽南语戏曲中的"七字联"说得朗朗上口。听姑姑们说，阿嬷没正式学过数学，却能不用计算器，立即换算出各种丈量单位。除此之外，阿嬷还对各种岁时节庆该有的祭祀一清二楚，也记得住一家大小的生辰八字，她擅于与不同类型的人都打成一片，却又安分守己，以丈夫、儿孙的幸福为依归。

2000年春节，离台湾大选只剩一个多月，我和父亲借着返乡吃团圆饭，特别叮嘱一向"疼孙"的阿嬷一定要投宋楚瑜。那时宋楚瑜是所有反李登辉阵营的希望，更因为刚从台湾省长的位置退任，在台湾民间声望很高，支持度明显超过连战，但国民党却祭出形象清新的马英九，欺骗资讯闭锁的眷村老外省选民，说是连战的支持度在宋楚瑜之上，应该要"弃宋保连"，才能防止陈水扁当选。

阿嬷因为"疼孙",当然听了我的话,最后把票投给宋楚瑜。至于阿公,则说他知道宋楚瑜做省长确实勤政,还亲自巡视乡间最基层的水沟、排水道,与国民党权贵的作风不同,但因为宋楚瑜是外省人,不是"台湾人",票实在投不下去。对阿公来说,当然希望同为台南乡下出身的"台湾之子"阿扁能够当选。

但令人想不到的是,阿公最后却把票投给了他口中的"连阿舍"连战。原来在距离投票日还有半年左右时,我们老家村民共同信仰的神明"池府王爷"寿诞,国民党的"总统"候选人连战特别来参加庙会,和阿公握了手,这让阿公始终觉得欠连战一份情。尤其连战虽然在大陆西安出生,母亲也是大陆东北人,但父亲仍是台湾人,算起来是"半山"(半个唐山人,闽南语"唐山"指大陆),还不是完全的外省人,所以最后他把票投给了连战,一边却又庆祝阿扁当选。

阿扁当选的两年后,阿公因肝癌病重,人生走到了尽头。在他过世前的最后一个月,我在病床旁和他说话,他仍挂心即将举行的台南县长选举,民进党原来的县长陈唐山不支持民进党的县长候选人苏焕智,民进党会不会因此分裂,失掉台南县长的宝座。我安慰他说:"民进党都已经做'总统'了,县长有没有也无所谓啦!"他还回答我:"咱自己人赢了'总统',当然要继续赢县长啊!"

只能说,像他这样的台湾人,其实"古意"(闽南语:朴实)得很,而他们所支持的民进党,却是利用他们骗选票,整天拿"本土"、"草根"当口号,实际上把台湾的路愈走愈窄。

阿公、阿嬷一生都是苦命的"贫下中农"。听爸爸说,一直到我出生后两年,爸爸和几个兄弟姊妹合资,才在台南老家建起了自己的楼房。此后的十年,也就是20世纪90年代,可谓台湾发展极盛的一段时期，也是阿公、阿嬷这一生最享福的十年。

2002年寒假，正是我为了升高中考试冲刺的倒数阶段，阿公不幸病逝。之后不到百日，大约是清明扫墓后不久，阿嬷竟在某天看完电视上楼后，忽然昏厥而离开人世。人们说，她走得不痛不苦，是修来的福份。两个月后，我申请上建中，她和阿公却已无缘看到。

被扭曲的"二二八"

"二二八事件"是台湾光复初期,纠结了日本殖民及国共内战背景下的产物,经过几十年后,成了左右统独交织下,台湾最错乱的政治议题。2004年台湾大选,是史上蓝绿对决最紧绷的一次,当时陈水扁为激发绿营全面动员能量,便利用距离投票日不到一个月的"二二八",大搞"二二八手牵手"大游行,使"二二八"完全变成"对抗中国"的"台独"图腾,逼得泛蓝阵营的连战、宋楚瑜,也在一周后办游行,甚至趴在地上"亲吻土地",以示爱台湾的决心。

十一年后,沉寂多年的"二二八",又一次成为政治斗争的工具。独派青年趁着国民党在2014年地方选举大败,在台湾各地大搞破坏蒋介石铜像的行动,再大咧咧地开"到案记者会"做宣传。"二二八"成了国民党乃至外省人的原罪,独派青年更由此无限上纲,要求国民党为"戒严"对台湾人民补偿,只差没直接说出"国民党滚出台湾"了。

他们行动之后没几天,我刚好和一位国民党青年团出身、后来担任国民党台湾地区领导人竞选发言人的朋友聚会。我问她,"二二八"历史被曲解成不像话,他们已经从根本上挑战国民党

二二八事件中外省人受害的遭遇，这么多年来从来不被重视。图为2013年228前夕，我特别举办并主持座谈会，邀请亲历二二八事件的外省被害人陈肇家现身说法。

> 2002年3月3日 星期日 第二週週记
>
> 二二八歷史還原了嗎
>
> 在民進黨政府無能到連放假、補課都搞不好之下，2002年的二二八和平紀念日，仍以「修法不及」為由，宣布全台放假一天，且不另行補課。二二八當天，「總統府大樓」舉行「愛的台灣新家庭」活動，各地也有紀念會。然而，二二八歷史還原了嗎？
>
> 二二八總計四梯次殺人：(一)外省專緝員誤殺一名本省路人。(二)全島爆發本省暴徒無理性屠殺外省人，甚至有不少客家人。(三)三月上午國軍二十一師登陸，進行武力鎮壓，即是目前大家最常提起的。(四)不少本省人藉外省軍隊之手，逮捕自己厭惡的本省人。如今大家忽略第二梯次，將所有罪過推給陳儀，是不公平的。由於限於篇幅，再多二二八史實，請參閱第三期的「怒吼電子報」。深入之認識。
>
> 老師：現已上網，學生也傳閱了。加油！

二○○二年三月三日，初中三年级，联络簿周记在台湾的正当性了，国民党青年有没有想怎么反制？她的回答，是花了很长一段时间说服我，"二二八"对台湾人是一个很大的结，金溥聪老师已经很巧妙地，帮马英九这个外省人参选"总统"时，把这个引信拆除了。

她又说，马英九"总统"任内，为"二二八"及"白色恐怖"平反的工作，做得比民进党多太多了。我忍不住接着问："是啊！那怎么马'总统'年年道歉，结果仇恨非但没有化解，反倒愈来愈高呢？"她听了，没有正面回应。

马英九这些年来，就是一味对独派论述妥协让步，却一点不重视历史真相的拨乱反正，任由一些媒体甚至将"二二八"扭曲成种族屠杀。单看"二二八对台湾人是一个很大的结"这句话，本身就是掉进了独派的框框，更是典型的外省原罪感。实在来说，"二二八"影响的本省人，还是以那时候的知识分子及地方士绅为主，对于冤假错案，也已依法给予道歉及赔偿，许多本省人对独派老是炒作"二二八"，早就感到非常厌倦。

犹记高中时接触到夏潮出版的"二二八"相关书籍，才第一次听到陈明忠、林书扬这些"左统"本省人的"二二八"观点。他们在"二二八"时，直接和国民党的军队正面作战，理由和"台独"无关，是反对他们认为贪污腐败的国民党政府，认为只有共产党才能救中国，追求两岸统一与他们认同的"红色祖国"。他们的这种声音，在今天的台湾根本无法被呈现。

而更多在当年查缉私烟冲突后到国军来台镇压前，四处针对外省人杀烧掳掠的本省暴民，则没有陈明忠、林书扬他们的革命理想性，纯粹就是趁乱打劫。那时被无辜攻击杀害的外省人，有的吓得逃回大陆，有的就这么死在台湾，他们在台没有户籍，就这样消失在历史中。

"二二八"时在台北读小学的外省人陈肇家先生,是少数幸存的"二二八"外省受害者,我曾多次举办座谈会,请他现身说法说出他的遭遇。他回忆,那时他为躲避暴民攻击,躲了将近一周,不敢外出买米,而他们家设在员林的纺织厂,则被暴徒占领洗劫一空,父母更被关到"田中镇外省人管护所",天天押到当地学校的礼堂前开批斗大会,直到国民党军队来台镇压的消息传来,这些暴民才作鸟兽散。事后,国民党军队要陈肇家的父母指认滋事分子,他们选择不予追究。像这样的故事,在独派的"二二八"书写中完全不见。

可以确定的是,刚刚光复台湾的国民党政府,低估了五十一年的分离,已使得许多台湾人并没有认同中国的现代国族意识。台湾光复没多久,负责来台接收的第一任行政长官陈仪,就错以为台湾情势稳定,报请中央将大批驻军调回大陆。但一些日据时代的"皇民化"阶级,以及地方的地主、士绅,早就从骨子里看

二二八事件时加入二七部队,与国民党军队正面作战的陈明忠先生夫妇,受邀参加九三阅兵。

不起中国，认为日本比中国有文明、有纪律，同时也害怕自己和日本殖民政府勾结得来的利益，会随着台湾光复被取消，甚至被清算。不到两年后，"二二八"事件爆发，成为这些人认为可以向代表中国的国民党政府夺权的机会。

当时暴民在各地针对从大陆来的外省人攻击，并且占领政府机关、军事要塞，负责与台湾行政长官公署谈判的台湾士绅代表，要挟国民党政府将军警撤离台湾，形同独立。国民党政府最后派兵来台镇压，本身并没有错，但后来由于国民党各派的斗争，及台湾士绅之间的利害纠葛，产生许多互相举报的冤假错案，则是历史的悲剧。

独派扭曲国民党镇压"二二八"是"种族屠杀"，但反而是"二二八"后到三月八日镇压部队登陆的这段期间，都是本省暴民针对当时在台湾的外省民众杀烧掳掠。这些暴民沿路拦截路人，用闽南语、日语、客家话对路人问话，一旦对方都答不出，即认定是来自大陆的外省人，二话不说当面就砍。这些真实的情况，都见于当时的报纸新闻，及当事人的口述回忆，台湾导演侯孝贤执导的电影"悲情城市"，以"二二八"事件为背景，当中就演出了这一幕。

我至今仍不解的是，何以一件查缉私烟事件，会立即蔓延到全台各地都有针对外省人攻击的暴动？背后到底有哪些势力操作？只有这些疑问水落石出，"二二八"历史才可能真正还原，也才能成为两岸和平统一的借鉴。

永远的邓丽君

邓丽君，永远的邓丽君！

对我而言，邓丽君已不只是一位知名"歌星"而已。人们常说，全世界只要有中华儿女的地方，就能听见邓丽君的声音，她的歌声，获得了十亿个掌声的肯定。然而，我对她的挚爱，除了因为她甜而不腻的歌喉，更因为她的仪态，她的谈吐，她那甜美不失大气的风范，她那最温柔的坚持。在两岸中国人因战乱而分离的年代，她的歌声巧妙地勾起大陆和台湾的连结，却又阴错阳差地成为"反共"宣传的样板。在大时代的捉弄下，她承担了太多政治包袱，终其一生，她是一个孤独的中国女儿。

在一个偶然的机会下，我看了邓丽君在中山纪念馆的一场义演录像，那是在1979年美国和北京建交没多久的时候，对"中华民国"来说风雨飘摇的关头。她唱着爱国歌曲"梅花"，唱到旋律激昂时，滚滚泪珠从眼角流下，却又一下子甩头，拭去泪水，昂首傲立，不卑不亢！那股自然情怀的流露，是一代中国人在特殊时空下的家国情，邓丽君带着这种情感，诠释唐诗宋词，诠释"何日君再来"，自与其他歌者截然不同。

正如邓丽君去世时，中视主播熊旅扬在纪念邓丽君的特别节目中所说的引言:"一曲《梅花》,唱红了多少中国人的眼睛?一句'喝完了这杯,再说吧!',又撩起多少血性汉子的气概!"

随着年岁的增长,读了更多关于邓丽君的传记,并在网上看了无数她在世时受访的片段。记得第一次听到"邓丽君"的名字,是某个周末夜晚,在阿姨家里度假。时为1995年5月,八岁的我看着电视,正播放着邓丽君即将出殡的报道,而其他表姐、表弟们则在一旁嬉闹。如此的生死隔离,我却完全感觉不到,好几次午夜看着她的影音,直觉她就在身边。

20世纪90年代初期,邓丽君曾在香港的电视节目上说,自己本来也想到大陆看看,看看是不是真的"非社会主义不能救中国"。今天的我,很想对邓丽君说:"你当初的想法是对的,无论如何,是该到大陆去看看。"然而,斯人已远,这该是许多人、包括邓丽君自己,永远无法弥补的遗憾。

这些年来,两岸民众已交流密切,多少次带大陆朋友去参观蒋介石在台北的士林官邸,邓丽君的人形看板就竖在门口,让我一下子想起,第一次到南京总统府时,庭院里就播放着邓丽君的歌。2005年邓丽君逝世十周年,大陆、香港媒体推出各种专题报道,而台湾却完全在炒艺人倪敏然自杀事件的八卦,无视邓丽君所代表的重要时代记忆。

统一后的"新中国"

孙中山先生逝世 77 周年前夕,初中三年级的我,在当周的联络簿周记,画下了我的"新中国构想图"。

当时的我,还不知道大陆在 1949 年中华人民共和国成立后,就称这是"新中国"的诞生。第一次听"新中国"这个词,是初中一年级,某个假日的午后,在电视台无意看到了一部电影,片名叫作《宋家皇朝》。

这部由香港女性导演张婉婷执导的电影,演的是现代中国最具传奇性的家族——宋家三姊妹的故事。整部电影的最后,由杨紫琼、张曼玉、邬君梅分别饰演的宋家三姊妹,因为抗战劳军同台聚首,相互问着:"民国成立都要三十年了,当初爸爸要我们找寻的新中国,可曾找到了?"语毕,即是日军侵华烽火满天的画面。

最后,抗战虽然胜利,但中国却又很快陷入内战,本是一家人的三姊妹,从此各散一方。电影的一开头,就是已经病重的宋庆龄,渴望宋美龄能到北京再见她一面。

据陈香梅说,当时宋庆龄亲自托付她传信给宋美龄,陈香梅也到台湾当面转了信,但宋美龄只是轻轻地说了句:"我知道了。"

这位同样传奇的陈香梅女士，抗战时嫁给了飞虎将军陈纳德，由此成为了美国人，而她的堂舅父又是中共的领袖人物廖承志，这使得她能在大陆、台湾、美国之间穿梭自如。

长大后读更多历史，才知道廖承志的父亲是追随孙中山先生革命的国民党元老，不禁感叹"国共本一家"。在台湾"白色恐怖"年代，家里有亲人和中共有关系，就是洗脱不去的"红底"，但真正的"党国"高层，一家人跨足国、共两党，却成为特殊时空下的两岸"信差"。

宋家的手足分离，豪门沧桑，宛如大时代下中国命运的缩影。当初孙中山先生创立中华民国，就是希望振兴中华，建立一个繁荣、富强的"新中国"。但就在孙先生过世之后，国共先是合作反帝，却又在北伐期间发生"清党"，国共从此反目成仇，愈来愈多的恩恩怨怨，最终形成海峡两岸的对峙局面。

2008年马英九上台，两岸开启三通直航，迈入和平发展新时代。但严格来说，两岸在军事上仍未正式停战，政治上的敌对状态也还没终结。中国人打中国人，中国人斗中国人，如此内耗一甲子，真正统一的"新中国"，不知道还要等多久？

2002年的我在周记中写道："两岸既能一致推崇'国父'，定也能共同讨论，统一成一个'新中国'……"我一直相信，两岸可以从孙中山先生的思想中，找到双方都认同的政治共识。2011年，台北"中山纪念馆"举办纪念辛亥革命一百年的演讲比赛，我在演讲时便表示，海峡两岸的中国人，一起纪念孙中山先生，一起建立我们的政治互信。这并非只是一时的比赛，而是我真实的主张，殷切的盼望。

可惜马英九执政下的国民党，竟连自己是中国人都难以启齿。2014年，王郁琦以台湾陆委会主委身分，亲赴南京中山陵拜谒"国父"，身为第一个访问大陆的陆委会主委，他在大陆侃侃而谈孙中山先生的治国理念，但台湾却已经一堆人把孙中山当"外国人"。国民党也早就弃守立场，避谈"统一"，只剩下"不统、不独、不武"这样没有目标的所谓"路线"。

讽刺的是，就在王郁琦祭拜中山陵后不久，孙中山的铜像却在台湾倒下了！2014年2月22日，"台独"分子进军台南，拉倒、践踏"国父"铜像，现场警方竟毫无作为，任由"国父"公然受辱。不到一个月后，占领立法院的"太阳花"运动爆发。该年年底，国民党在地方选举中大败，面对一年后又要再进行的台湾大选，偌大的国民党"竟无一人是男儿"，最后只剩下"心比男儿烈"的女子洪秀柱请缨出征。

然而，当洪秀柱好不容易获得初选通过，依据党章成为国民党正式候选人，各派又忙着将洪秀柱拉下马，批洪攻势远胜民进党。2015年10月，国民党在中山纪念馆召开临时全代会，即便洪秀柱正气凛然地疾呼："在纪念总理的殿堂中集会，谁能不感受先烈们'我死，国生'的无私情怀？"但党代表们仍以多数通过了换柱案。党主席朱立伦称，洪秀柱"与国民党长期以来主张有所落差，与主流民意有所偏离"。

我们不禁纳闷：那国民党的"主张"是什么？洪秀柱说"终极统一"，被你们视为"叛党"；难道国民党的主张，是支持"台湾独立"吗？

2016年1月16日，即便国民党各派用尽心机将洪秀柱换掉，但取而代之的朱立伦，选举结果仍以惨败收场。2月，新"立委"在新"总统"上台前便先开议，民进党"立委"已等不及要清算斗争，除了要"立法"清查国民党的党产外，连学校、军队、公家机关悬挂的"国父"遗像，竟也成为"转型正义"要斗争的对象。

他们说，孙中山和台湾人无关，台湾人不应该纪念孙中山，"立委""总统"就职也不应向孙中山遗像宣誓。然而，即便在九十一年前，还在日本殖民下的台湾人，都大规模纪念孙中山先生。当时北京大学的台湾学生，便以"三百万台湾刚醒同胞，微先生何人领导？四十年祖国未竟事业，舍我辈其谁分担？"的挽联哀悼。台湾先贤蒋渭水先生，发表社论"望断天涯哭伟人"，并举行大型纪念会，遭到日本殖民政府的骚扰和打压。

九十一年后的今天，在台湾打压"国父"者，竟从日本殖民者变成了民进党！这到底是历史的错乱，还是历史的倒退呢？

"和平，奋斗，救中国！"这是孙中山先生临终之际，对苦难的中华民族做出的最后呼喊。21世纪的今天，海峡两岸的现实歧异犹存，但至少已烽火不再。更重要的是，今天的中国，已不再是当年那个积弱、贫困、落后的中国；今天的中国，是一个充满希望，天天都向上发展的中国！

二十年风云变幻，今天两岸的局势和中国的国际地位，都经历了翻天覆地的转变，就算再过二十年，我也不过近五十岁的年纪。那个统一的"新中国"，相信离我们已不遥远，我仍在等待，盼望那一天能早日到来……

"台语"变"国语"?

就在初中的语文课堂上,老师异想天开地说:"大家要好好学'台语',说不定过没多久,'台语'就变成我们的'国语'了!"足见民进党时期分裂族群,对当时的舆论氛围影响多大。

所谓的"台语"、台湾话,其实就是闽南语,或称为河洛话。其渊源最早是来自中原的汉语古音,后经五胡乱华等几次大规模的北人南迁后,将河洛话带入了闽南地区,又在近四百年,随着闽南人渡海来台,成为台湾地区的强势方言。

一些人说,台湾人习惯的"台语",夹杂了用日语表达的词汇,口音腔调也和大陆闽南不同,但福建地形崎岖,闽南各地的口音本来就有所出入,过去台湾还经常有漳泉械斗,当时在台湾的泉州、漳州移民,乡音就有明显差别,是在近六十年内,因为南北交流日益频繁,加上大众传播的发达,才逐渐形成漳泉混合的"台语"通行腔,但本质上仍是闽南语。

我因"国语"字正腔圆,许多人以为我不会讲闽南语,甚至以为我是外省人。事实上,我比多数台湾年轻人的"台语"还轮转,并且熟悉乡土民俗及俚语,更多次夺得闽南语演讲的奖项。和那些"太阳花"的青年比起"本土",我一点也不会输人,正如外省籍的洪秀柱自豪地说,要和蔡英文来场全"台语"的辩论,看谁更流利!

熟悉历史就知道,闽南语根本是比"国语"更"正港"(闽南语:正宗)的中国话,但别有用心的"台独"分子,却拿闽南语凸显和中国的区隔,并动不动就拿会不会说"台语"来分裂族群。民进党执政时期,"台独"的"文化革命"达到巅峰,李登辉的爪牙台联党,把什么"在台湾出生才能选'总统'"、"定'台语'为官方'国语'"统统提出来,不用多说,当然是极具斗争性的政治操作,对象就是来自大陆的外省人。

几年前,我曾有幸访问新党创党大佬、现已不在人世的陈癸淼先生。癸老是台湾省澎湖人,有深厚的国学根底,更曾出版专著研究台湾闽南语。他告诉我,中国自秦始皇以来,各地虽有不同方言,却是"书同文",在书面的文言文表达上是一致的。这也就说明了,老一辈台湾本省的汉学先生,虽然不会说"国语"普通话,但和大陆其他文人一样,都能读写传统文言文书信。至于今天以"国语"作官方语言,则与白话文运动有关,最早从明清的白话文小说起,开始有"怎么说就怎么写",让讲的话每个字都能直接对应成文字,而用的就是北方官话。

也就是说,北方官话在近四百多年来,开始形成一套说写对应的系统,在民初现代化国家形成,需要一套统一拿来"说"的语言时,很快就能被用来作为"国语"。至于闽南语的口白字词,其实也都能翻成文字,但多为较深涩、古老的汉字,如"瓯仔"(au-á)的"瓯",就是古代中国用的盛酒、茶的器具,一些较年轻的人还听不懂。由于闽南语不像北方官话,已形成浅白易懂的语、文对应体系,因此也就不便作为国家统一的官方语言。

那些提议要将"台语"列为官方语言的人,显然不是为了现

English 每日一句：Do you know what I mean?
你知道我在說什麼嗎？

心情畫板	放學	考試成績	5	4	3	2	1	家庭作業檢核備忘事項檢核	2002年3月11日 星期一 天氣 晴
上學遲到 91.3.11 訓導處	18時10分 到家 18時30分	國 英 數 生 健 理 史 地 公 社 地科	100 ? 95	5	數講第三單元B部分。	帶剪刀、白膠、美工刀。	理講16、國講L1~L5？複習講義(四)L1~L8。	考英L8佳句。地(四)L4。		

日記：

昨天上自己的網站，於討論區看到一篇香港網友發起的討論，是有關「台聯」提案把河洛語定為官方語言，與國語並用的。其實「台語之委」真奸，故意提那些「非台出生條款」、「台語成國語」等，來引起媒體注意。實際上「立法院質詢」、「公眾場合廣播」、老師講課等，也都常用「台語」了，再把台語定為第二「國語」根本無啥作用。若真有作用，頂多滿足那些「閩南人殺文主義者」的「爽」吧！

自我省思：(1)太慢出門等不到公車而差點遲到。(2)讚美：南極首見台灣客！一群台灣旅客在下大量金錢和時間，到達南極洲，並於終線○、南緯90°處插下看天白日滿地紅國旗

親師交流

家長簽章 [signature]

教師簽章 [stamp: 導師 劉又貞]

实的使用方便，而是政治上的宣示效果。一些绿营人士，如民进党时期御用的艺人江霞，更喜欢大谈两蒋时代打压"台语"、害他们儿子都不会说"台语"云云。但事实是，像我父母那代的本省人，都是在两蒋时代长大，个个能自然地说闽南语；反而到我这代"解严"后出生的年轻人，能通顺说闽南语的却不多。这就说明了，这些喜欢拿闽南语彰显本土的"台独"分子，根本在家里就不跟子女说闽南语，只是把闽南语当成政治斗争的工具。

扒开"台独"的嘴脸

最早听说亚洲女性基金会,是李敖在节目中提到,这是一个日本国内的民间组织,成立的目的,是要"安抚"当年日本在亚洲各国强征的慰安妇,以民间的名义回避日本政府正式出面,等同私了。20世纪90年代以来,日本便一直希望成为联合国安理会常任理事国,但其对第二次世界大战期间犯下的侵略罪行一再闪躲掩盖,使国际社会对日本维护和平的决心充满怀疑。为此,日本遂搞出了亚洲女性基金会,想以"半套"的道歉解决慰安妇问题。李敖、王清峰等人,认为攸关民族大义及人格尊严,绝不可接受这种不明不白的"和解",于是号召社会各界支持义卖,由台湾人自己筹钱给慰安妇阿嬷,那时马英九也响应。

事隔多年,民进党执政,竟发生日本漫画《台湾论》大爆,总统府资政许文龙说慰安妇是自愿的,更夸张的,还有国策顾问金美龄高调声援许文龙。金美龄从日本来台后,从"慰安妇自愿"讲到"中华民国不存在",瞬间变成"台独"教主,甚至被封为"台湾之母"。就这样,被日本蹂躏的慰安妇阿嬷要不到一声道歉,而在日据时代吃香喝辣的金美龄,却可以垄断"本土"的代表权。

《台湾论》风波后一年,有一天,电视上突然出现了一则广告,

家庭作業檢核備忘事項檢核	2002年4月12日 星期五 天氣 雨
1 考歷11-2，國L1~L6。	
2 英卷完成。	
3 明穿體育服，7:30到校。	
4 帶計算機。	
5. 數e點通PB9~PA2，複習21。	

考試成績	
國	100
英	
數	
生	
健	
理	88
史	
地	
公	
社	
地科	

放學
18時5分到家
18時25分

心情畫板

日本政府公理、公義、公道、公平
替慰安婦爭公道
像韓國人一樣
台灣人尊嚴

萬國法律事務所

日記

今天回家看到電視上有這樣的廣告：「由亞洲女性基金會代表日本政府及人民，向慰安婦致上日本國總理大臣信函及撫金，以作補償，詳情請於5/1前聯絡萬國法律事務所……」天啊！這不就是上回李敖及施寄青大罵的治好嗎？日本要人安全理會，就必須解決慰安婦問題，可日本官方又不願正式道歉，就搞了一個亞洲女性基金會，想以錢堵住只剩不到三十人的台灣慰安婦阿嬤的嘴。一旦收了錢，就不可再告日本。他們透過「台灣親日的萬國法律事務所」不斷向慰安婦示意。當時李敖寧願拋義賣自己的城，告到電視上床，真是可恥至極！

親師交流

阿嬤們，不要屈辱地向日本人錢。如今竟打算

家長簽章 林

教師簽章 導師 劉又貞

说是亚洲女性基金会愿意代表日本政府及人民,向台湾慰安妇致上日本国总理大臣的信函及安抚金,详情请联络万国法律事务所。当时已初中三年级的我,立即想起李敖曾在节目中对亚洲女性基金会的介绍,直觉这不又是日本在搞假意"亲善"的把戏,怎么还有台湾的法律事务所配合?当时的我看新闻,方知万国法律事务所的背景是深绿独派的。又过了几年,因为陈水扁贪污案,他的御用律师顾立雄变得广为人知,这才又晓得他就是万国法律事务所的律师。2008年国民党执政后,他和那些"人权律师"、"公民团体"天天为阿扁的"人权"奔走,2014年"太阳花"占领"立法院"、进攻"行政院",他也成了义务律师,天天指责马当局"国家暴力"、"政治迫害"。真不明白,那至今讨不到公道的慰安妇人权,他们怎么就视而不见呢?

家長簽章	親師交流	日記
7.	(婦除外)。灣之母"的金美齡,在日本的住家,可是从不讓台灣人進入的(疑旧代表夫辱"。而住在日本多年,一回台灣就變成"台不折不扣的台灣人,但卻被許文龍譏諷、"國士,如何對待自己的同胞。可悲的阿嬤們是日本政府的罔聞,而是那些自稱愛台灣的人長的已八十八歲!其中最令人憤慨的,尚非,到日本在台辦事處丟雞蛋抗議,年紀最王清峰帶隊,率領僅存的幾位慰安婦阿嬤參閱4/2日記)的廣告登出後,前天由律師在"台獨"親日團體萬國法律事務所(主要
教師簽章 蔡代 5/3		

二〇〇二年五月二日,初中三年级,联络簿日记

事实上，他们不只是视而不见，还做日本政府的鹰犬，帮助日本堵慰安妇阿嬷的嘴。这就像日本殖民台湾时利用一些"皇民化"台湾人欺压其他台湾人，被台湾民间称作是"三脚仔"的台奸。他们口口声声要独立，争取台湾人的尊严，这些慰安妇阿嬷就像一面照妖镜，揭穿他们的谎言。他们的"台独"，说穿了只是在台湾岛内反国民党，方便夺取执政权的口号。一旦握有权力，便帮着日本人欺负自己台湾同胞，甘为日本附庸抗拒中华民族的崛起。这种"独立"，哪里有真正的尊严？

马英九当选后，"台湾之母"金美龄声称"台湾建国已无可能"，她不能再失去另一个"祖国"，因而申请入日本籍，号称不再进到台湾。结果没多久，日本海啸引发地震，金美龄又跑来台湾，还和李敖同台上节目。节目中李敖问她，受到这样高的教育，为何不替慰安妇阿嬷说一下话？她仅淡淡地说"没什么兴趣"，又说"不要老谈过去，要看未来"，然后继续细数中国人有多残暴，把五千年历史大小战争都扯了一遍。

这就是他们的真面目，所谓"台独"的嘴脸。

"外省人太多"闹水灾?

在台湾的外省人,莫名承担了诸多仇恨与怨怼。

从"二二八"事变起,便有一些人特别以"外省人"作为泄愤目标。1947年2月27日,台北大稻埕查缉私烟事件爆发后,针对外省人攻击的暴动竟迅速蔓延到台湾全岛,此后六十余年的岁月,"外省人"在台湾的政治中就一直被安上了某种"原罪",憎恶国民党的,乃至怨恨鄙夷"中国"的,都把外省人当成了罪恶的对象。

直到后来,不少外省第三代为了去除自己的原罪感,便表现得比本省人还要极端"去中国化",借由否定祖先来"认同台湾"。如此,"外省人"已不再是单纯的省籍概念,而是政治意识形态的意涵,就像陈水扁所说,不"认同台湾",那就去"跳海"。

当然,所谓"认同台湾"的定义,一直是被特定人士所把持。

听过父亲说过一个故事,是他当兵的时候,在高雄海军陆战队服役三年,部队里有个从大陆只身来台的老士官长,总要独占每天叫部队起床的工作,尤其喜欢摇一摇铃,长长地一声叫喊,然后一溜烟就走。一开始,大家还有些厌烦,后来也就习惯了。直到有一天,父亲惊觉自己睡过头,打量着这位老士官长到哪里

心情畫板	放學	考試成績	5	4	3	2	1	家庭作業撿核	2002年4月19日 星期五 天氣 晴
高雄市工程局長 下台道歉 （圖） 不要族群歧視 不要挑問省籍 謝長廷負責！	18時5分到家 18時40分	國英數生健理史地公社地科			體育報告。	交計算機。	考國41~45，地理(全)，英聽27、28，數講123~126。數2-2。	週一換季。✓	理講141~142。✓

家長簽章	親師交流	日記
（印章）	灣二千三百萬人口，佔大多數的是外省人嗎？是啊，外省人。議員問你「為何淹水」，你回答「外省人太多」是何居心？口炙有這個的嗎？人家外省人來台灣也是因為戰爭，有的晚年妻家，真教人同情。 如果他的本意真是「外來人口太多造成淹水」，罵車、邦幹嘛扯到「外省人」？何況今日怡 高雄市工程局長「外省人」風波令人不齒！ 以「30題」為標準呢，真期待成績揭曉。 錯了4題，社會則東創西歪！那些資優生 洪紹洲，這次錯了42題！他最拿手的數學 至相詩講被習考成績，上回全校第二名的	今天午休開班聯會，三年級的班代們

（教師簽章） 04/27

溜班了，结果没过多久，消息传来，这位老士官长昨夜死了。

像这样的"外省人"，是无数飘洋过海到台湾的老兵缩影，很多没有结婚的，半生寂寥，死了也无声无息。"解严"以后，民进党快速崛起，却是靠着斗争外省人累积政治能量，曾经在最严重的时候，有老兵从荣民总医院要搭计程车回家，却因不会说"台语"被赶下车。一些无知的群众用轻蔑的口气，称这些为保卫台湾奉献青春的老兵是"老芋仔"，眼里充满着非我族类的鄙视。不知感恩的台湾人，未经颠沛之苦的台湾人，有什么资格谈"台湾独立"？

郭冠英在具名"范兰钦"的文章里，自嘲自己是一些人眼里占据特权的"高级外省人"，却一直没吃过台北圆环的本省美食，不料这样嬉笑怒骂的笔法，竟成了他被控"歧视本省人"、"辱台"的罪状。过去国民党高官给人"权贵"的印象，但不代表所有外省人都是"权贵"，"高级外省人"嘲讽的正是这种刻板印象，哪晓得因此引发"文字狱"，真不知是谁太没自信了？

反观当年高雄市工程局长说，因为"外省人太多"造成淹水严重，后来也就不了了之；而郭冠英用笔名写讽刺文章，最后却因此罢官。郭冠英事件发生后，淡江大学经济系副教授林金源声援郭冠英，并自称"高级本省人"，恰恰表现了"高级外省人"一词，不必然就是指本省人"低级"之意。林教授进而说，是"高级"还是"低级"，取决于一个人的良知和格局，"外省"和"本省"的距离并不远，但"高级"和"低级"的距离，却是很远很远。

考上建中

我初中联络簿的最后一篇日记,记得就是我顺利申请上台北建国中学。从此,结束了三年初中的时光,展开人生另一阶段的征程。

建国中学是台北排名第一的男子高中,马英九就是建中毕业。建中在日据时期叫作台北一中,收的主要是日本学生。当时,除了台中一中是给台湾人子弟读的"一中",其余全台湾各地的"一中",都是给日本人读的学校。光复以后,原来的台北二中不满,认为台湾人读的学校才应该称为"一中",后来经过协调,将台北一中改名为建国中学,台北二中改名为成功中学,希望刚刚抗战胜利,可以"建国成功"。

"草山高,淡水清;芝岩丽,碧潭明,钟灵毓秀诞新民。宝岛光复,除旧布新,看!我们全是新中国的主人……"这是光复后建国中学最早的校歌。然而,由于1949年后中共在北京宣布成立"新中国","新中国"一词变得敏感,歌词就改成了"看!我们重建灿烂的新中华",沿用至今。

本来,我的分数虽铁定能上一般人心中的第一志愿建中,但自己一开始申请的却不是建中,而是大多数人认为是第二志愿的

心情畫板	放學	考試成績	5	4	3	2	1	家庭作業撿核	2002年6月3日 星期一 天氣 晴
狂賀 申請入學順利上 建國CKS中學 真的可以放輕鬆了！ 畢業前即有學校…	17時5分	國					53		
		英							
		數					60		
		生							
		健							
		理							
	到家17時40分	史	5	4	3	2	1	備忘事項撿核	
		地							
		公							
		社							
		地科							

家長簽章	親師交流
[簽名]	原本就已在王爺面前擲到六個聖筊表示申請建中會上，今天放學還特別到龍山寺拜拜。果然，余申請上建中了！真得感謝老師當初帶我去教務處改申請建中，以及王素珍老師的開悟。明天要好好答謝王爺，也要找一天去龍山寺還願了。晚上八點，我正打開電腦，俊薇補習班即打電話來，說建中已放榜了！我趕快上網，卻一直出現「系統忙碌中」，我不斷按「重新整選」，終於，在榜單上看到──「准考證號碼：1010071842－王炳志。」
教師簽章	

二〇〇二年六月三日，初中三年級，聯絡簿日記

师大附中。原因无他，因为建中只收男生，而师大附中是男女合校，各种文艺团体活动又多，对我来说，后者的吸引力远高于前者。

为了舍建中选附中的决定，我还和校长开了会。校长说，龙山初中并不是升学率特别漂亮的学校，难得有学生可以上建中，如不去读太可惜。我说，我就是要附中，谁来劝说也没用。

当时的我的确是相当执着。填了表，申请师大附中，单子都已交到教务处。就在这最后关头，历史老师对我说："你家住哪里？哪所学校离你家近？要是离得远，可就要很早起床了。"

是的，就因为建中离我家近得多，我把已送出的单子追了回来，改填建中。直到今天，我还是很难说，这个决定的改变，究竟对我的人生造成怎样的影响。但可以确定的是，建中应是全台湾学风最自由的高中，有句流传很久的话，是这么形容台北的前三志愿高中："建中狂，附中傲，成功呆。"

按台湾升学的制度，升高中的基本学力测验共有两次，由于我拿第一次的分数申请，就已成功地录取建中，所以在之后等毕业的日子，多数同学仍在努力准备第二次基测，而对我来说，则是人生中最悠闲的一段时光。当时，我既已考上高中，平时又热衷于演说、戏剧等文艺活动，因此便受学校之托，负责毕业典礼上代表毕业生致词。我特别发挥创意，把这严肃的桥段恶搞了一下，又另外找来三位同学，把毕业生致词编成了清宫小品，他们分别饰演光绪、小李子和宫女，我则领衔主演慈禧一角。

在我的设计中，慈禧代表家长，而光绪则是学生，由慈禧"感谢"龙山初中老师们的照顾，才没让"儿子"光绪被"康梁叛党"拐走。严格说来，这根本是在暗讽老师反动保守，只是印象当中，似乎也没人特别注意到我的"不安好心"，成了我临别前在龙山初中留下最得意的一幕！

辑二

【讨独檄文】

排

(上编散文)

两次"319"上阵斗"台独"

1

历史上，两次的"319"，都是"台独"势力制造事件，对台湾政治产生重大影响。两次的"319"，也都使我站上对抗"台独"的风口浪尖！

2004年的"319"，台湾大选前一天，神秘的两颗子弹，击中了正在台南游街造势的陈水扁及吕秀莲。

选前突发的枪击案，顿时造成人心惶惶。独派立刻释放耳语："阿共仔暗杀咱台湾人'总统'啦！"后来原本声势看好的泛蓝阵营连宋配（连战、宋楚瑜），以0.2%左右的差距输给陈水扁。

当晚，群众远比国民党来得主动，自动自发地前往包围"总统府"，要求立即验票，追求枪击案的真相。一场真正由广大人民自己发起的抗争运动，爆发了！

正在建中读高中二年级的我，就在那时第一次走上街头，后来甚至留在广场，第一次在群众运动中演讲。一直到多数群众都退了，我仍留在广场，坚持到七月。过程中，也见证了一群人迟迟未能达到目的，转而开始互相猜忌的必然悲剧。

后来2006年施明德发起的反贪腐红衫军运动，都不及2004年"319"后的那段抗争岁月，让我更觉得惊心动魄！但这一场人民真正自发的运动，今天却完全被遗忘。

十年后的"319"，"两颗子弹"的真相仍然未明，台湾的命运因一群"台独"学生以"反服贸"之名占领立法机构，再度遭到改写。

就在他们占领"立法院"的第十四天，我因为上街要求与他们公开辩论，受到媒体高度关注，各电视台纷纷邀我上节目，主持人和名嘴一起围剿我，把我打成"人民公敌"。各种丑化、污蔑扑面而来，连我用来发声的脸书，都数度被网军恶意检举，遭到封锁。

等到4月10日，那些学生终于离开"立法院"，然而没过几天，又爆发包围警察局的事件。在学生离开"立法院"后，仍留在"立法院"前不愿离去的"台独"团体，被台北市中正分局的警察驱离，学生为此号召千余名暴民将中正分局围住，当面恐吓分局局长会被暗杀。

当夜，我和寥寥三十多名的青年，直接走到警察局前，高喊警察加油。现场的暴民一度不让我离去，后来由媒体记者筑成人墙护送我，我才得以脱身。

曾几何时，保护人民的警察，竟落得还要人民保护！"太阳花"要的"台独"并未实现，却让台湾的法治彻底沉沦。

犹记十年前的"319"，立委邱毅为回应群众对选举结果的高度质疑，冲撞法院要求立即验票，结果因此被判刑入狱，受到人生最大的羞辱。

十年后的"319"，带头攻占"立法院"的几个要角，至今仍然逍遥法外。他们不但没被判刑，还在2016年的选举中大获全胜，有的自己当上"立委",有的则担任"立委"助理,身份一变大摇大摆重返"立法院"。

两次的"319",都改变了台湾命运,也改变了我的人生。

2

我在2014年"太阳花"后和"台独"的斗争,在本书开头的大陆版自序中已有叙述。这里,就为大家回忆那段已被多数人遗忘、但我却永生铭记的2004年"319"后的抗争岁月。

2004年"319",台湾大选前一天。由于蓝绿两大阵营的高度对立,选情因此极度紧绷,虽然代表泛蓝的连宋配民调一直领先,但气氛仍然高压笼罩。

中午,我和一位友好的建中同学一起外出吃饭,就在建中附近的广东烧腊店里,看着电视新闻,播出时任国民党"立委"的洪秀柱呼吁,大家要提高警觉,最后一天,民进党很可能无所不用其极,什么奥步(闽南语:小人步数)都使出来,比如扁嫂突然病重、甚至轻生的消息出现……

不到一小时后,我回到学校,准备放学后就赶快回家,收看连宋选前之夜的电视转播。忽然,班上几个死忠的扁迷同学放声大喊:"阿共仔下手了!阿扁'总统'中弹了!"顿时之间气氛诡谲,班上全乱作一团。

中弹?暗杀?大家消息不明,那个年代又没有手机上网,只有全跑到学校图书馆的电脑前。网络的新闻标题,一度还写着"疑似鞭炮炸伤",等我回到家时,却已是各台新闻耸动地播报:陈水扁"总统"于台南扫街造势时,被两颗子弹袭击,紧急送医!

当天晚上,连宋阵营取消了所有造势,只剩祈福;绿营场子则由煽动群众的高手陈菊登台，悲愤地喊着台湾加油、阿扁加油。

半夜，高雄姑姑打电话来，说明天不必投票了，阿扁必胜，南部都翻盘了。直到第二天晚上，中选会开票结果，阿扁竟以不到百分之一的"0.228%"优势，赢过连宋的得票率当选。独派立即散播，这"0.228%"的数字，正是"二二八"事件中的英烈显灵。连宋阵营方面，国民党立场一度犹豫，但支持者早已自动涌向街头抗争，最后连战出面，终于决定不接受选举结果，喊出了"选举无效"四个字。

此后的一星期，民众守住"总统府"广场，一直到选后第一个周末，3月27日，在凄风苦雨中，连一向对政治冷感的妈妈也上街，创下了当时台湾群众运动始上最高的人数记录（两年后才被红衫军超越）。

但也在3.27当晚，时任台北市长的马英九，首先向民进党政府的压力妥协，强势驱离群众。人们被架离"总统府"广场，一直到泛蓝的民意代表介入协调，群众才被请到不远处的"中正纪念堂"继续集会。

3

4月初，我决定到"中正纪念堂"看看。那天，正好有位自称也是支持泛蓝的朋友，大我一岁，从桃园到台北来参加大学面试，我便约他一起前往。也是在那天的午后，偶然的机会，开启了我人生第一次投入群众运动的经验。

当时有一群大学生，到"中正纪念堂"大中至正门（后来被陈水扁改成自由广场）下绝食静坐，诉求两颗子弹真相不明，"总统选举"无效。我听着其中一位学生正在演讲，并邀请在场民众也可以上来给大家讲话。

我忽然一腔热血,便走上前去向大家说,红色既代表博爱,更是革命烈士的热血,这份千秋大爱,是为了整个中华民族。讲完后,原先主持的大学生便邀请我,留下来一起静坐。就这样,我成了现场最年轻的参与者,一个高中二年级的学生。

事实上,在那段日子,连续好几个周末,国民党都在"总统府"前凯达格兰大道举办大型集会,但解散之后,许多群众不愿离去,就只有被警察驱离。

某一次的周六凯达格兰大道集会结束,我跟着人群又来到"中正纪念堂"这个基地,等到近八点我准备回家时,正好看到一批批从南部调上来的替代役男朝我走来。当天入夜时,新闻便播出这些替代役男加入镇压群众的场面,甚至有警察一路追打群众,冲入了属于国民党中央党部。

面对这种情况,民进党及所谓的"人权团体",不但没有像后来"太阳花"时那样出来谴责,甚至称这些群众是连宋之乱,要求警方限时执法。

4

在那以后,国民党逐渐退让了,群众顿时群龙无首,人数开始减少,最后只剩下"中正纪念堂"绝食学生这一群。

5月4日,学生们也决定退场,但一个多月来陪着学生的民众们却不愿意撤,最后只剩下几个学生继续主持,并请我也帮忙助讲。一次时间太晚,我不知该怎么回家,一位退休公务员余妈妈即时替我出计程车费,才解决燃眉之急。当时,有不少像她这样的普通人民,自愿奉献心力维护住"人民广场",两年后的红衫军，他们又再次上场奋斗。

因为广场的经验，使得当时才十七岁的我，第一次接触形形色色的人群，可以说是我另类社会体验。在民进党政府的一再施压下，我们连"中正纪念堂"的最后阵地也被要求撤离。

最后，国民党答应让我们，利用中央党部前的空地继续集会，也就是景福门前的一块空间，我在那里，有了人生第一次对着群众的户外开讲。那是一个星期五的晚上，当我演讲结束，现场竟响起"王炳忠万岁"的口号，还有白发苍苍的老爷爷，要我替他在帽子上签名。我必须坦白地说，那是我第一次尝到"权力"的滋味，被群众簇拥，真的有一种只能以"爽"形容的感觉。但我也立刻提醒自己，想想像阿扁那样的政治人物，底下不知有多少更热烈的吹捧赞扬，难怪他们一得到权力就不愿放，为了抓住权力，可以无所不用其极。

2004年5月20日，在罕见的倾盆大雨中，陈水扁就职了。由于雨势太强，就职典礼的舞台，甚至还垮下了一边。不到五年后，他从"总统"变成了入狱的贪污犯，似乎一切都已有定数。

我在"人民广场"又继续坚持到了七月，才因为马上高三，必须要准备升大学考试，不得不离开。算起来，从四月一直到七月，我几乎把所有的时间和心力都投入了抗争。当时我因为参加建中青年社，负责编辑建中的校刊《建中青年》，时常可以用编务需要的名义，向校方请公假不去上学。（后来2014年"太阳花"运动的学生领袖陈为廷，高中时期也是建中青年社社员，是我的学弟。）

但随着请假次数愈来愈多，后来我竟连请假都懒了。最后，校方一度以我旷课过多要开除我，并请爸爸到学校开会，结果爸爸一到会场，就先对教官大吼：台湾已经危在旦夕，竟只剩下一个高中生去捍卫，你们身为革命军人，有何颜面去见革命先烈？因为爸爸这么一吼，镇住了校方人员，最后经过讨论，决定再给我自新的机会，让我继续留校察看。

我离开广场后，就在国民党中央党部前的景福门，那个正对着"总统府"的位置，仍然一直有普通民众坚持轮班摇旗呐喊，他们不信公义唤不回，不容真理尽成灰。其中，包括因此惹怒经常乘车经过景福门的吴淑珍，而受到警方不断刻意骚扰的陈金珠。这位才三十出头的平凡女子，最后以自杀明志，陈尸在台北市政府顶楼半年，才被发现。

2008年3月21日，台湾大选前一晚，被诬指为"319枪击案"凶手的陈义雄家属向马英九下跪，希望马英九当选后，一定要重启调查，还已死去的陈义雄清白。

但直到如今，真相仍旧未明，马英久的声势，则早已大不如前。

2004年的那场群众抗争，后来也逐渐被台湾媒体淡化，国民党自己也不看重，不像民进党永远有一个又一个的抗争故事，成为他们永远颂扬的神话。

2004年的抗争，因为时任台北市长的马英九对民进党妥协，国民党后来的怯弱，以及连战、宋楚瑜听信美国人的调停，整场抗争注定失败，只剩下勇敢的人民。2006年，施明德又率领群众发动"红衫军"运动，但仍然无法使阿扁下台，蓝军的强硬派从失望到绝望，从此一蹶不振到今天。

我不知道，和我一样有过当年抗争记忆的人，现各在何方？但我确信，2004年的那段日子，永远会在我记忆深处，为历史作见证。

5

最后，和大家分享一个故事，一段缘分。

不少大陆网友知道，我常和文化大学史学所的博士生林明正，及台湾大学政研所的硕士生侯汉廷，一起并肩作战斗"台独"。

这两位战友，也在我的介绍下加入新党，一起代表新党参选民意代表。一些大陆网友，就把我们三个并称为"新党三杰"。

2015年12月，东森新闻台"台湾启示录"，播出了专访我的专题，我在当中提到，自己曾在中学时代，创作了一部名为《南风后宫》的未完成小说。

侯汉廷听了后，惊讶地告诉我，他似乎想起了某件事。等他回家之后，搜出了尘封已久的电话簿，揭开了他脑中那件事的谜底。

原来，2004年4月，群众聚集"中正纪念堂"抗争，当时初中三年级的他，也到了现场。一位婆婆告诉他："有个建中生，跟你一样都是爱国青年，常在广场，你们多联络，台湾未来就靠你们了！"

婆婆并把那位建中生的电话给了他。

半个月后，侯汉廷为了高中升学的事，打电话给那位建中生，求教关于申请建中的相关问题。

那位建中生告诉他："如果你真的实力很强，却被不合理的原因限制入学，那就该召开记者会，诉诸媒体。"同时，还向侯汉廷介绍他的长篇历史小说，及自己经营的个人网站。

如今，侯汉廷从泛黄的旧书堆中，搜出了当年记有这位建中生资料的电话簿。

上头赫然出现"王炳忠"三个字。那位建中生,竟然就是我！

听完汉廷告诉我这段缘，当下的反应是惊呆了！完全没想到，2004年，初三的他就曾给高二的我打电话！更想不到，当时我就鼓励他出来开记者会，我倒是完全不记得了！

现在仔细想，那位婆婆应该就是一位朱奶奶，2004年我到广场第一天，她就热情地要了我的电话。后来我还在一次座谈会上又遇见她。听认识她的新党义工说，几年前某日早晨，她一如往昔出门散步，忽然晕倒，走了。

缘分真的很有意思。因为2004年的"319"，我们都到了"中正纪念堂"的"人民广场"，通过电话，有了生命中的第一次接触。十年后，2014年的"319"，又激发我们一起走上前线，对"台独"正面作战。

因为共同的理念，在这大时代里，我们共谱青春的战歌！

梦的什刹海

2005 年 9 月，我从建国中学毕业，结束高中三年生涯，考进台湾大学外文系就读。在民进党继续执政下，台湾的"去中国化"愈来愈严重，但我仍坚持收集关于大陆的最新资讯，定期关注大陆的新闻。

也因为上了大学，自己能作主的事也就愈来愈多。到了大学第一年的暑假，我就迫不急待想到大陆看看。虽然五岁那年，就曾和家人一起到大陆旅游，但毕竟年纪太小，印象早已模糊，何况这么多年过去，大陆也早就发生翻天覆地的转变了。

于是，就这么下了决心，没有跟团，只找了另外三个好友，事隔十四年以后，再游北京。这一回，也算是我真正第一次有意识地体会北京这座千年古都。

那时初到北京，只翻了翻在台湾买的旅游书，知道有处红火的酒吧街就在什刹海，便凭着一股小伙子年轻的干劲，三个男生从前门的"老舍茶馆"走了出来，随手招了台出租车，装着一股当地人的腔调，和司机师傅说了句到什刹海，便这么人生第一次拜访这个名为海的湖。

记得是晚上九点多，什刹海旁灯火通明、人潮如织，第一个印象就是：这湖面与湖畔灯火构成的图画实在太美了！

但我还来不及好好欣赏眼前的美景，便来了两位大姐，对我展开了长达三个小时的搭讪。

其中一位主要发话的大姐对我问："小伙子要不要来咱们的'吧'啊？"

"你们的'吧'在哪儿啊？"当时的我还戏谑性地反问，她们却更认真了。同样的一位大姐回答我："咱们的'吧'啤酒可以喝到饱，还能玩通宵的。"

我那时深怕误上贼船，到时被榨成人干，便随便找了间看似平凡的小酒吧进去，里头摆设果真简单，虽有现场驻唱的一男一女，可人并不多，唱的也多是平缓的曲子，一点也热情不起来。我于是又走了出来想到街上逛逛，没想到门口还站着刚刚那两位大姐。

"小伙子你去的那是'清吧'。"

"啥是'清吧'？"

"'清吧'就是只有他们的歌手在那儿唱，你们都无法唱，咱们的'吧'可以让你尽情唱！"

我听了吓了一跳，可又有点蠢蠢欲动，只是心想他们的服务费铁定不便宜，还是罢了。

于是，我又继续往前走，她们竟也跟了上来，紧追不舍。就在此时，正好街上有一位给人画人像的师傅，我便坐了下来，请师傅给我画张像。这么一坐，就是一个钟头过去了，等我起身准备离去，才发现那两位大姐，竟也在旁等候了一小时。

最后，我为了脱身，不得不让其他两位朋友兵分两路，赶紧先叫到出租车，等我好不容易上了车，两位大姐还猛贴着窗，继续叫着："小伙子，真不要来咱们的'吧'啊？"

这便是我第一次逛什刹海的经验,无缘好好坐下欣赏一段酒吧里驻唱歌手的表演,从一开始就被这两位大姐坏了兴致。

一年后,又是暑假到来,班上几个时髦好玩的女生,听说我曾自己去过大陆旅游,便要我带他们一起去。于是,我又到了北京,为了好好感受什刹海之美,特别订了一家简单的青年旅社,就在什刹海旁。

来到北京第二天的早晨,我带着她们缓缓自旅社走出来,行经湖畔的柳荫,徐徐还有着吹面不寒的杨柳风。什刹海边的老胡同里,到处可以听见老人们拉胡琴的声音,其中一个作风洋派的女生,拉高了嗓子喊:"哇!真的好中国啊!"

不知道为什么,我总觉得她的反应,更像是一个老外在欣赏"异国风情"的样子,让我浑身不舒服。我觉得,我就是中国人,这就是我的文化,哪来什么"异国风情"?

后来的一路上,她不断抱怨大陆人好凶,总是粗里粗气地喊着"让让",不像台湾人彬彬有礼地说"请借过一下",真没文明。但在我看来,有一些只是北方人的性格较率直使然,台湾一些过度虚矫的礼仪,我也不喜欢。

还是说回什刹海。自从上回初访后,就时常在梦中重返什刹海,听著摇滚乐手唱着豪迈的歌声,一个人在小酒吧里,饮下一口接着一口的调酒。

因此,这次来到北京以后,当同行的几个女生一度说:"等后面到上海再去酒吧,北京这几天下雨,就回旅社休息吧!"我便坚决地反对。

对我而言,什刹海可是我梦中往返再三的啊!那种既开放又带点压抑的社会氛围,有点小钱的城市男女在小酒吧中寻找一点现实之外的浪漫,台湾已经没有这种感觉了。

而且，台湾也没有在湖边的酒吧街啊！上海的酒吧过于现代化，与台北的太像，那股过浓的"洋味儿"是我所不喜的。

幸亏有我的坚持，我们最终进入了一家还算大的酒吧，台上年轻的歌者，唱着我特别有共鸣的《一场游戏一场梦》。不知从何时开始，我便狂爱20世纪80、90年代的浪子曲风，如王杰的《一场游戏一场梦》《真的一无所有》，或者罗大佑的《鹿港小镇》《恋曲一九九零》。

我随着他们的歌声摆动起来，情绪开始随之高涨。我喜欢这种淡淡的沧桑感，体认了人生中的悲欢离合，但仍很淡然地看待一切。

酒来了，我轻轻地尝了一口，环顾四周的人们，环顾这片我梦中的什刹海。眼前，有不少与我一样的外地观光客，甚至是金发碧眼的洋人，但仍有着不少大陆近几年来富起来的小资，也在这里寻找一丝欢娱。

我的思绪渐渐抽离了在一旁聊着最新手机、Ipad 的同学，同时也渐渐听不见台上正在唱的歌声了。然而，我却隐约看见了一年前的某个夜晚，同样是在北京，那个拉着我一起跑到天安门前的地下道里，再私下把印着京剧脸谱的风筝卖给我的小伙子。然后，我又看见了去年在北京住的酒店里，那个纯朴憨厚的胖子服务员；看见了这回住的青年旅社里，那个成天追求讲一口纯正美国腔英语的女服务生员；看见了我眼前的舞台上，这些驻唱歌手背后的故事……

现场唱起了周杰伦的歌《听妈妈的话》。我透过模糊的眼眶，看见台上的歌手随着歌曲左右摆动。倏忽之间，我油然而生一种感触。来到大陆这些天，四处几乎都播放着台湾歌手周杰伦、蔡依林的歌曲，两岸实际上已经以音乐统一了。

我想起二十几年前,海峡对岸的人们偷偷听着邓丽君的歌。我突然为如今两岸的情况感到欣慰,却也忧虑,可是我似乎无能为力……

刹那间,我流下了眼泪。

身边的同学慌了,他们无法了解我怎么了,只是不断地安慰我,告诉我出来玩应该是要高兴的。他们不断地说,那些歌手都过得很好,要我不必难过。

他们又如何体会我的心情?在那当下的瞬间,我嗅到了20世纪80年代理想主义的气息,又想起我们苦难的民族,在这八国联军曾经蹂躏的古都,终于好不容易要迎来奥运,扬眉吐气。多少年了,一代又一代的中国人,为民族的复兴献身,这条革命之路,如今可是走完了?

十九岁的我,在那一夜的什刹海,流下我的男儿泪。

多少年后的今天,多少年后的未来,我仍要说:这就是什刹海,一个让我感动、让我流泪的地方!回绕不断的沧桑感,一种上海难以给予的感受,只有在千年古都的北京,只有在梦的什刹海!

从北京行看台湾青年学子

《从北京行看台湾青年学子》本是我在 2008 年时写的一篇文章，就在我自己的网站上发表。当时，我刚随国民党前主席连战成立的青年发展基金会从大陆回来，参访了正举办奥运会的北京，还在现场观看了其中两场比赛。

能在现场感受北京奥运的气氛，当然是我梦寐以求的事，但我本来并没预期会有这个机会。该年 7 月，对大众传播一直有兴趣的我，报名参加了青年发展基金会举办的"媒体先锋营"，大概因为表现活跃，在营队结束后，被他们私下来电询问，有没有兴趣 8 月到北京奥运现场看看。当然，这本就是我殷切期盼的愿望，我立即就一口答应了。

到了北京后，主办单位看中了我有上台主持的能力，就推荐我代表台湾的青年，和北京四中的高中生一起主持文艺节目的表演。在和北京四中高中生接触的过程中，我发现他们远比我们台湾的大学生成熟得多，也因为在北京和他们的交流，让我反省我们这代台湾年轻人的问题，返回台湾后，便写下《从北京行看台湾青年学子》这篇文章。

我能亲临北京奥运现场，已经是我预想不到的事；这篇文章后来在大陆网络论坛热传，更在我意料之外。当时，甚至有《北京青年报》的记者打电话到台大外文系办公室，希望联系一位叫"卜正"的学生（那时我在网络上的文章，都用笔名"卜正"发表）。外文系的助教告诉我："有个北京腔很重的人，好像是大陆的记者，你自己看要不要回她。"

后来，我通过电话接受《北京青年报》的专访，畅谈我写这篇文章的动机和想法。这也是我人生第一次接受大陆媒体的访问。当时《北京青年报》的记者，还特别走了趟北京四中，访问到和我一起主持的两位大陆高中生，写成了一篇专题报道。

在报道中，将大陆奥运后的一代称为是"鸟巢一代"，而同时间愈来愈闭锁的台湾青年则成了"鸟笼一代"。直到今日，我愈发觉得"鸟巢一代 vs 鸟笼一代"的比喻，似乎与现实愈来愈贴切。

在知道大陆媒体找上我后，青年发展基金会的反应相当值得玩味。他们非但没有鼓励我做更多反思，反而视我为洪水猛兽，深怕我这篇检讨台湾青年的文章，会害他们被贴上亲中卖台的标签。他们特别打电话告诉我，千万别对大陆媒体说他们是国民党的外围团体。

然而，我明明还记得，当时我们一行人到北京机场时，接待我们的北京市台办，拉的就是"国民党青年发展基金会"的布条。正因为国民党的关系，我们一行才能得到不少礼遇。

从这点就可以看出，国民党一直都有一堆青年活动，大陆也都协助接待了许多参访团，但国民党并没有利用这些机会进行思想教育，拉近两岸的心灵距离，从头到尾都只是在消化预算而已。

我写《从北京行看台湾青年学子》这篇文章时，还只是大学生而已，距离现在已有八年。如今看来，当中的一些想法难免比较稚嫩，对大陆的认识也不够全面，但我考虑过后，仍决定将全文刊出与大家分享，既保留原汁原味，更能让大家了解我一贯的思路。

2008年8月13日至17日，正值中华民族百年盼得的辉煌盛事——北京奥运会举办的时刻，笔者有幸跟随国民党荣誉主席连战创办的"青年发展基金会"，与其他九十余名正就读于台湾大专院校的同学，同组"奥运青年交流团"，赴北京进行五天四夜的文化体验，实在是永生难忘的经验。

8月13日傍晚，我们一行人出现在北京首都国际机场，鸟巢式的篓空屋顶极富建筑美感，连接航厦与出境大厅间的捷运系统亦令许多随行同学惊呼："原来北京这么先进！"这些建设，都是我去年造访北京时仍未见到的。

五日下来，我们一行人参观了首都博物馆、北京四中、清华大学、故宫、湖广会馆、王府井大街，当然也在游览车上欣赏了日间及夜晚的鸟巢及水立方。

除此之外，我因为受"青年发展基金会"推荐，而负责与其他三位同学搭档主持第三日在北京四中所举办的"奥运同心结：京台青少年奥运体验营暨文化交流周"开幕式。

其他三位同学的构成，包括北京四中的一位男同学及一位女同学，以及台北市中正高中的一个女生，正好组成海峡两岸各有一男一女的阵容。

由于负责主持，我从第二日下午便与台湾一行人分开，单独在北京四中和北京的同学进行彩排演练，周遭都是北京市台办相关官员及四中的老师。如此，更使笔者在短短的时间中，便与四中同学相处融洽，同时也看到他们的独挡一面及成熟稳重。

在撰写这篇文章之前,本还想过《从北京行比较两岸青年学子》这样的题目。但一来是此篇文章大体为笔者个人的一些主观想法,不适合过度学术研究的笔调;二来所谓大陆、台湾这样的区分,本身便囿于我们对此类集体名称的成见,忽略了其内部仍有很大的差异。

笔者自身很大的感触,便是周遭总有台湾同学高谈阔论地说大陆人都……、大陆就是……,这种表达的方式,正反映了台湾多数民众目光如豆的狭隘视野。他们从不去想,大陆幅员广大,是由好多个不同的省、不同的地区、不同的民族所组成,有受过高等教育的,也有完全不识字的。事实上,就连台湾内部都还存在着不少差异,大陆人实在是一个太过空泛的概念。

就连台湾许多受过高等教育的大学生,也难逃这种小鼻子小眼睛的毛病。事实上,我自己就是台湾大学生,身边朋友亦多就读于台湾的各家大学,因此对台湾的青年学子有一定认识。我写这篇文章,并非一味赞扬对岸学生的优秀,而是企图通过北京行所见所闻,对台湾大学生的表现做出反思。当然,这样的反思也包括我自己,目前正就读于台湾大学外文系的学生。

台湾青年普遍存在的问题,有下列几大点:

一、不够大气

当我们站在巍峨的天安门广场,伫立于过去帝都的中轴线上,很难不油然而生一种肃然之感,想像自己就在这世界的中心。我过去准备英语托福考试,曾经上过一位美国老师的课,他告诉我们:"美国处处有广大的草原、辽阔的田野,人的视野自然而然变得很宽、很大。"台湾的学生,平日所能见到的是拥挤的高楼大厦,即便是首善之都的台北,其格局亦比不上北京、纽约此类都市;电视频道八十几个,转来转去却都在谈某名人的八卦秘史。

台湾的大学生,多数站出去就不具自信,虽然在细微处的谈吐举止十分照应,但就是少了一个恢宏的视野。我身处台湾第一学府台湾大学,参加过不少国际交流活动,看到许多同学都非常优秀,讲得一口漂亮的英语,穿着得体优雅,待人接物也十分礼貌,但却失了一个比这些表面仪式更高层的精神。他们背后没有一个中心思想支撑,却只是一直注意小枝小节,甚至流于一种过度崇洋的心态。

北京四中的两位主持同学所展现的雍容气度,令我非常吃惊。他们才十六七岁,高二都还没念,却能大大方方地向领导表示自己对学校已拟好的主持稿所持的不同意见。他们直指哪一处过于煽情、哪一处过于拗口,能够条理分明地向领导解释。排演及正式登场时,总有来来去去的嘉宾,他们也能阔步上前,不卑不亢地引领那些领导人士入座。

北京四中是北京市第一志愿的高中,名作家李敖也曾读过两个月。听两位同学说,台湾的建国中学也常来交流。我即毕业自建国中学,想想自己还是小高一时,也难有他们如此大气的展现。

其实,大气的展现也与说话的训练有关。台湾对说话技巧的训练始终不足,多数学生缺乏在公众中清楚表达自身思想的能力。四中的两位同学,能清晰地将事情的脉落理出头绪,包括我们在讨论最后大合唱时主持人应作怎样的收尾,四中的同学都能拿捏住当下的氛围应该有的语言,对我所提的文字内容进行分析。以他们才不到高二的年纪,如此绝佳的统领能力令我佩服。

二、不愿出头

台湾大学生还有个特点，就是多数人不愿出头，不愿当一个团体中突出的领导人物，出了事也不愿意挺身而出。

我在求学过程中，班上不乏有某人特别遭受主流排挤，大多数同学皆加入欺压的行列，少数同学不愿同流合污的，却也惧怕恶势力，不愿意做正义的捍卫者。我则与众不同，反而特别喜爱与弱势者站在一线，生来就看不惯这种逃避的驼鸟心态。

此次北京行，某夜独自一人于住宿的酒店房间中看电视，突然遭遇跳电，四周顿陷一片漆黑。我欲探询其他同学是否同样如此，才开了门，便发现走廊上已是吱吱喳喳的喧闹声。房里跳了电的同学至少超过二十名，大家都跑了出来你一言、我一句地讨论着。我当下便问了一个问题："有人去通知服务员了吗？"

大多数的同学仍继续吵闹着，少数几个回答我："好像没有。"

于是，我直接到同一楼层仅仅几步之遥的服务台，告诉值班大姐这个消息。约若五分钟，大家便都重现光明。

台湾同学宁愿凑在一块儿作无意义的喧嚣，却没人挺身而出请服务员来处理，真是百思不解。

几天前，在京台青少年交流营的开幕式上，北京四中的同学却不是这样。

当时，后台拥挤着准备演出的表演团体，其中一组北京四中初中部的小朋友，个个天真可爱，准备合唱《感恩的心》。由于带队老师正忙着其它事儿，小朋友们吵吵闹闹、乱成一团。

此时,我就看着两位四中负责主持的同学,直接上前去维持秩序,清楚地下指令:"一个一个排好队!"

要是台湾学生,不关自己的事,想必没几个愿意去承担。

三、人文素养低落

我以为,身为大学生,一般人心目中的高级知识份子,必然要具备一定程度的人文素养。

曾经在蒋梦麟先生的名著《西潮》中读到类似的句子:"北京,作为千年古都,文化的魅力令人难以抵挡,全国各地有志的青年学子,都到这里荟萃,滋养浓郁深厚的人文气息。"

我们刚到北京时,从机场搭上游览车前往酒店,负责接待的北京市台办干部,便特别在车上给大家广播:"来北京就是看文化。看地道的北京人如何生活,如何慵懒地休闲;看皇帝家的摆设,古代帝都的格局,处处都是学问。"

他们还特别请来一名说着标准普通话的女导游,语音轻脆悦耳,顺畅地介绍北京城的方方面面。

然而,大多数的同学却好像兴趣缺缺。

当北京市台办的老师们想和我们谈谈京味文化,提出不少问题想与我们互动时,大家仍是各自地聊天私语,不尊重东道主,凸显自身文化水平的低落。

人文素养,不仅是对于基础的历史文化,须有一定的知识;也包含着我们对生命、对周遭的人事物,应有的一种悲天悯人的关怀。我有一位外文系的同学,英文非常好,也跟着课堂读了不少文学作品,但却没有文学家的人文关怀。

他曾经告诉我,很羡慕有些人的父母是社会名流,可以通过特权未经排队挂号,就能给名医看诊。这句话在我心中造成无比震撼:医疗卫生是关系着性命的大事,这等特权行径,身为台大学生不加以检讨批判,怎么反倒还大肆赞扬?

像这样的想法,即便他语文程度并不低,但一样是没有文化,没有人文素养。

我这么说,并非大陆人就比台湾人来得有素养。事实上,笔者接触过大陆许多教育水平较低的民众,一样是眼中只有钱,缺乏高素质的文化涵养。

但我在此次的交流,以及之前在美国参加中国文化研讨会议的经验中,遇到的北京大学、复旦大学、北京四中这些精英名校的大陆同学,他们的的确确有着很高的人文素养。

以这次在北京和我一起主持的北京四中两位同学为例,他们在语文实验班就读,定期举行班级文化论坛,讨论北京的城市设计、改革开放后北京的文化变迁等议题,对台湾名人陈文茜、李敖的文章及节目也都收看,思想相当开放,绝非许多台湾人自以为的大陆教育比较僵化。

除此之外,台湾历经李登辉、陈水扁"去中国化"教育,造成的结果已开始浮现。这次北京行,我与同行的一名台湾同学聊天,该位同学告诉我:"大陆人好奇怪,整天说什么台湾同胞的,我们台湾才不讲这个词,我们都直接说台湾人、大陆人。"

我告诉他:"我们以前也说同胞啊,都说要'解救大陆同胞',不是吗?"他听了我这话,竟然无法理解,频频摇头。看来,李登辉、陈水扁给年轻学子的意识形态洗脑,真是取得了绝对的成功。

四、对大陆的莫名歧视

台湾学生经过这几年所谓"本土意识"的教育，对于台湾历史、地理的了解并未明显增长，对于"台独"的法理基础也未有理性的认知，倒是自以为是的自我膨胀愈来愈盛，以为台湾人多么的伟大、了不起，进一步看轻对岸的中国大陆，甚至转为仇视。

但讽刺的是，台湾人在嘲笑大陆的同时，却时常反而暴露自己的无知。

比如说，这次参访北京奥运之行，第一天便安排参观首都博物馆。在入口处，标明着"无行为能力者及限制行为能力者须有成人陪同。"竟有同学大肆嘲笑说："大陆真好笑，残疾者当然要有人陪啊！"我马上告诉他："所谓行为能力是指民法上规定的法律能力，未满七岁是无行为能力者，七岁至十八岁是限制行为能力者。"

自以为人家大陆俗气，其实是自己知识浅薄。

又有某台大同学，在从北京准备过海关登机返台时，抱怨海关人员人数不足，使得检查进行得十分缓慢。他喃喃念着："他们大陆真的很白痴！"然而身为旅客，理应配合对方的相关规定，随意用"白痴"骂人，自身素养高低立见。想想今日如是在美国通关，为配合防范恐怖主义而须经过繁琐的通关程序，台湾人为何多半就视之理所当然？原因无他，乃出自潜意识中对美国的莫名仰慕，及对大陆的莫名歧视。

而除了歧视之外，台湾青年有时又对大陆莫名恐惧。台湾人长期接收 CNN 新闻讯息，视 CNN 为唯一的国际新闻，视美国为全世界，宁愿同美国一起出自对中国威胁论的恐惧而妖魔化中国大陆,却不愿自己亲身去看看事实的真相。

我亲身目睹北京的大街小巷,由于北京市民多已回家收看奥运比赛转播,北京反而比平日更加宁静。但随行的同学中,仍有人自作紧张地说:"一定有很多事情被共产党压下来了,小心我们房间也有监听。"试问:奥运期间国际媒体云集,共产党就是神通广大,能怎么?我们不过是平凡的台湾大学生,监听我们到底要做什么?

台湾人有种被害妄想症,觉得自己随时被监听、随时被统战。奇怪的是,如果自己立场站得稳,别人怎么统战?结果是人家从头至尾没说政治,我们台湾学生却一直自己吓自己。歧视别人的同时,其实是自己的信心缺乏,自卑感作祟。

还有一些歧视,则是出自对别人文化的不了解。如曾经和我一起去过北京自助旅行的同学说,大陆人都很凶,不文明。但事实上,这里的大陆人指的仅仅是性格较为豪爽的北京人,他们说话较直接,不像南方人特重礼貌,讲个话还要弯来弯去。这样的个性反而十分相称笔者的作风。

当然,上车不排队、随易吐痰等习惯是很不好的,而这也随着奥运会的举办一直在改善中。反过来说,过度地讲究礼节仪态,反而也是一种病,压抑了人性的质朴真实。许多现代都市人常患的心灵空虚,不正是起源于此?

五、国际观不足

台湾人的国际观不足,已不是一天两天的事,可怕的是包括精英学校的大学生,对国际时势的了解也十分浅薄。

我深为台大外文系的学生,常觉得自己对国际事务的了解非常不够，来到了北京，更加深了这层感觉。打开电视，中央电视台的新闻频道，随时在荧幕下方的跑马灯中，打着最新的国际新闻，包括法国总统出访、欧盟会议的决议内容等等……。反观台湾，新闻频道数量虽是世界之最，但跑马灯中闪来闪去的都是垃圾新闻，一个老人观看奥运转播过于激动猝死的消息，可以连续播送二十四小时。

中国大陆如今追求大国崛起，将自身置于大国之林，对于世界各大强权的新闻，时时刻刻地注意着。这次举办北京奥运，更无时无刻不在教育民众奥运知识，包括奥林匹克起源、奥林匹克精神，都是对岸老少皆知的常识。反观台湾，先前才在民进党的选举动员下，大搞所谓"加入联合国"的运动，但试问台湾有几个人对联合国组织有基本的了解？恐怕连大学生都没几个答得出来。

台湾大学生还有一个迷思，就是把英文和国际观划上等号。的确，英文好有利于我们吸收国际新知，但英文好和具有国际观绝对是两回事。当然，美国也绝对不是国际唯一的代言人。

说了这么多台湾青年学子的缺失，有人可能认为我过于自傲，又或者说我太过亲共、亲中。在此必须澄清的是，我当然对中共的一些作法有我的意见，大陆人民更是天天都在批评政府，我当然也知道大陆目前仍存在人口素质参差不齐的问题。但我们绝不能情绪化地对中国大陆的一切都加以否定。今日，中国人第一次成功地举办奥运盛会，这是海峡两岸中国人的骄傲，甚至是散布全球各地华人的共同光荣。

我们更不能否认，中共通过几十年的努力，不但早已解决十三亿人口吃饱饭的问题，更使得中国跃上世界第二大经济体的地位，这实在是人类史上了不起的大工程。

我自己亦属台湾青年学子的一员，上述所列缺失，自己亦多有所犯。也许你质疑我所接触的，大多为北京精英学校的学生，当然素质相对较为优秀。但台湾不是向来就自认比大陆来得思想多元、开放吗？既是如此，更该参照对岸优秀学生的表现，好好反省才是。

最后我要说，如果再不亡羊补牢，台湾这几年精英教育的失败，将使得未来台湾学子在面对大陆同龄人时，完全不具任何竞争力。

2008年8月22日，写于台北

琼瑶剧与两岸关系

1

2009年5月，大约就是马英九上台一周年时，我写了一篇文章在网络上发表，题为《琼瑶剧与两岸关系》。当时的气氛，两岸之间可说是一片热闹光景，因为就在半个月前，两岸才刚刚实现三通直航，陈水扁时代"台独"笼罩的阴影，似乎已经离我们远去。

大概也就是受到这样的氛围感染，加上我才刚刚考上政大外交研究所，正处于一段人生颇惬意的时光。因此，我难得不写政论文章，转而谈谈琼瑶剧的文化现象，让自己也诗情画意了一回。

其实，虽说这题目看起来轻松不少，但内容里仍承载了并不算浅的历史惆怅。我借由谈琼瑶小说，凭吊那段两岸之间刚刚接触的岁月，那段两岸之间血浓于水，就像琼瑶小说深情款款的岁月。

如今看起来，我写这篇文章，似乎也预告了，2008年后的两岸，虽然看似春暖花开，但原来的感情已经不在，仅剩表面上的热闹了。

时间还要回到1988年，蒋经国在他去世之前，终于宣布开放老兵赴大陆探亲，两岸自从1949年分治之后，开始有了民间交流，进而还在台湾电视圈掀起了一波大陆热。

当时，资深艺人凌峰首开到大陆取景的先例，他走遍大陆大江南北，录制"八千里路云和月"节目，向台湾观众介绍过去只能在课本中读到的大陆风光。然而，当他准备让台视每周一次播出这个节目时，台视高层却告诉他，播出这个节目，必须承担很大的政治风险。当时，台湾虽然已经"解严"，但国民党对电视台的掌握仍非常大，国民党虽也宣传大陆是我们的同胞，但却不允许报道大陆的正面形象，因为"中共统治下的大陆，一定是水深火热的"。国民党当局认为，凌峰的"八千里路云和月"，过度呈现大陆美好的一面，有为中共宣传之嫌。

然而凌峰也不是那么容易屈服的。祖籍山东的他，就是浑身的硬汉性格，他不但坚持一定要播出，而且还要本人亲自到大陆，为了让台视同意和他签约，甚至还发动了社会舆论批判国民党。最后，"八千里路云和月"终于开播，但还是在五年后被停播。

有趣的是，就在国民党一度阻挠"八千里路云和月"播出的隔一年，由国民党直接经营的中视，却推出了同样是到大陆取景的"大陆寻奇"节目，一直维持至今。1992年，华视也推出了综艺节目"江山万里情"，内容介绍大陆的风土民情，再让艺人挑战关于大陆各省典故的问题，介绍他们到大陆探亲、拍戏的经验。印象中，还记得这个节目一开始时，主持人还会喊口号："江山万里情，中国人最行！"

就在这样"大陆热"的氛围下，作家琼瑶阿姨也兴起了到大陆取景拍戏的念头。她在书中写道："我在阔别四十年后再回到大陆探亲，惊见故国河山，美景无限。处处有古典的楼台亭阁，令人发怀古之幽思。"于是,琼瑶阿姨开始到大陆拍摄了多部以民初为背景的戏剧,包括《婉君》《青青河边草》《梅花三弄》……等等。

2

我注意到琼瑶剧与两岸关系的连结,起因于考上研究所后的某个周末。

那一天,我闲来无事在家,打开电视,荧幕上出现一个身着民初服饰的小女孩,用字正腔圆的京片子唤着一声又一声的"海爷爷、海爷爷……"。我蓦然一怔,这女孩的脸蛋儿竟是如此熟悉,随着她的声音,逐渐在脑海里浮现那近乎二十年前的画面。

那时,大概还在上幼稚园,也就五六岁的年纪,一个人在客厅的角落边上砌着积木,一面从电视机的那端,传来"青青河边草,悠悠天不老,野火烧不尽——啊哈,风雨吹不倒……"那是1992年中视播出的八点档——改编自琼瑶小说的《青青河边草》,其中有个比男女主角还有名的大陆童星,名叫金铭。

然而,小时候的我,并不知道她叫作金铭,更熟悉的反而是她在另一部戏《雪珂》里的名字——小雨点。那个年代,台湾开放赴大陆探亲才刚进入第五年,新闻机构对于大陆演艺人员在台湾电视上出现仍有限制,即便同意了由金铭饰演剧中的配角(事实上她在好几部琼瑶剧里都扮演了灵魂人物),仍不准在演员名单上打出她的名字。

后来,红遍大街小巷的她甚至主唱片尾曲,却也仅能在主唱者底下打上她在剧中的名字。于是,同一个主唱者,一会儿在《青青河边草》里叫作小草,一会儿在《雪珂》里又改名小雨点。

多年来，琼瑶小说改编的影视作品一直未曾消逝，其热播的最高点，当属我小学毕业之时的《还珠格格》。当然，对琼瑶剧的批评声浪也始终未曾断过，包括我爸在内的很多人都认为，琼瑶剧的剧情已流于公式化的爱情故事，主角几乎是富贵少爷与平民姑娘的结合，背景设定也不出清代、民初的范围。

可以说，琼瑶与张爱玲，两者的小说皆属鸳鸯蝴蝶派，但张爱玲的爱情仍有更多现实面的描写，琼瑶却永远只依循一条准则——任何东西只要碰上爱情，就只有让位的份儿。

不过，我倒无意于对琼瑶剧的文艺水平多作评论，反而想说一说琼瑶剧风靡两岸的文化现象，谈一谈琼瑶剧和两岸关系之间微妙的关联。

3

金铭首次出现于台湾电视荧幕便是《婉君》。1989年，开放大陆探亲的第二年，《婉君》剧组到北京寻找女主角夏婉君的童年扮演者，金铭瓷娃娃般的脸蛋儿受到了导演青睐。剧里，金铭成功演绎小婉君被当成童养媳出嫁前与外婆的告别，那一幕真不知惹得多少人在电视机前潸然落泪。

20世纪90年代初期，当时台湾的电视上还没几个大陆演员出现，金铭便成为台湾观众最熟悉的大陆人，比起邓小平、胡耀邦这些政治人物来得更加具体、亲切。她一口带儿化的北京腔，使得不少台湾观众以为大陆人讲话就这个样儿。

当时，为了避免我与爸爸一样一口台南腔的"国语"，妈妈特别送我到幼稚园开设的"国语"正音班，结果童年的我竟成天卷着舌头、带着儿化讲绕口令，大家都说我怎么跟那个电视上的

"小雨点"一模一样。回台南乡下过年时,更是把南部的亲戚朋友吓了一跳,邻居的阿婆用闽南语对爸爸说:"你是台湾人,怎么养出个阿陆仔(指大陆人)?"一样也是台湾"国语"的姑丈则一直指着我笑说:"外省仔来了!外省仔来了!"

《婉君》《青青河边草》播出的时候,台湾正值"国民大会代表及立法委员"全面改选的年代,"大陆代表"的席次悉数废除。然而大家基本上对中国仍有认同,至少不会特别排斥。官方声明、新闻报道、乃至一般民众的私下聊天里,仍然称呼对岸为"大陆",不像2000年后流行起直呼"中国"。

1989年,当《婉君》在大陆取景时,台北民众聚集在中山纪念馆集会,基于海峡两岸的同胞之情,关心中国的未来。当琼瑶剧里一幕幕大陆景物映入眼帘,当故事进展到学生高举"抵制日货"标语的画面,观众在大时代的烽火下遥想苦难的中国,也在明媚的山川中编织绮丽的图画。

琼瑶小说的魅力,除了故事情节之外,书名亦带着唯美的古典情调,如《庭院深深》《烟锁重楼》《几度夕阳红》等,看得出琼瑶本身古典文学的造诣。琼瑶小说隐隐蕴含的故国情思,尤其是对民国初年的怀想,在那时还强调大中国的台湾,似乎也符合了政府的某些需要。

只是自从陈水扁执政后,"本土意识"成为主流,以闽南语发音、台湾为故事背景的"本土剧"顺势攻占各台八点档;资讯时代的来临,又使得青春偶像剧的速食爱情模式蔚为风尚。昔日琼瑶式爱情面临挑战,琼瑶爱情王国的江山终有瓦解的一天。

我时常与大陆朋友聊天,发现不少人对"台剧"的印象即始于琼瑶剧,那些取景于大陆、发生在大陆的爱情故事,竟是他们开始认识台湾的媒介。或许,琼瑶剧的故国情怀使大陆朋友容易贴近，那种小资本主义式的叙事方式又与大陆早期的电视剧大不相同。

最为微妙的是，不少琼瑶剧所设定的民初背景，亦勾起不少人对1949年前民国年代的回忆。曾经同时风靡两岸的琼瑶剧，巧妙地搭起两岸大众文化的桥梁，使多少政治对立下的火药味，尽付落花流水中。

或许，有那么一天，凭借琼瑶笔下的男女主角面对爱情的坚贞不移、百折不摧，两岸关系终能化解所有的艰难。或许，一切的险阻，就像琼瑶小说里任何东西遇上爱情的下场一样，终将随风而逝、迎刃而解。

本篇内容修改自我2009年5月1日发表的"琼瑶剧与两岸关系"一文。

台湾意识和左右统独

1

谈到台湾常用的政治语言,尤其是关于两岸关系的,有一个似是而非的名词叫作台湾意识。从台湾意识这四个字,又可以延伸出"你认不认同台湾意识?""你认不认同台湾?"等一系列的问题。一般来说,台湾意识又被称为台湾主体意识,那么到底什么是台湾意识或台湾主体意识呢?很少人能够真正说清楚这些名词的意涵。

过去很长一段时间,我曾经一直认为,所谓台湾意识,其实就是"台独"。尤其是在 2004 年陈水扁执政的时候,高度滥用台湾意识这四个字,因此更让我觉得台湾意识就等同于"台独意识"。因为在他们口中的台湾意识,就是非得要认为中国大陆与台湾是分开的,如此搞分裂当然就是"台独"。

然而,大概是在 2007—2008 年左右,我第一次听到时任中共中央总书记胡锦涛、全国政协主席贾庆林多次重申:"台湾意识不等于'台独意识'"。那时,我才开始深思,如何正确解读台湾意识这个概念。

我从小就认同中国的历史文化，到了初中时，更有感两岸分治让外人见缝插针，因此成为支持统一的大中华主义者。我经常赞咏长江、黄河，在陈水扁时代强调闽南语的氛围下，坚持说字正腔圆的"国语"，直到我初中三年级，阿公、阿嬷相继去世。

那时，我突然觉得，自己是不是对不起过世的阿公、阿嬷？他们明明一生都待在台湾，说的是闽南语，然而我却坚持讲他们不懂的"国语"，赞咏他们从未见过的长江、黄河，却反而很少提到台湾岛上的淡水河、浊水溪！

我突然陷入到一种思想困惑，这种困惑就是许多"台独"分子经常宣传的："我们从小就被国民党硬塞长江、黄河……等等这些大中国教育给我们，现在我们应该觉醒，要更关怀自己的土地、爱自己的台湾！"这样似是而非的说辞，在当时却好像说服了我。

于是，我开始研究闽南语的老歌，参加闽南语演讲比赛。事实上，原本我的闽南语程度就不错，而且我经常和爸爸用闽南语论政，也常向阿嬷及爸爸请教台湾民俗的掌故。但我又积极去参加这些活动，通过参与这些活动来证明自己认同本土、认同台湾，有种赎罪的心理，我甚至天天去听当时"独派"的节目：汪笨湖用闽南语主持的"台湾心声"。

当然，即使有过这样的困惑，但我从来没怀疑过自己是不是中国人，我一直觉得自己本来就是中国人。然而，我也不否认，在当时民进党强调"本土化"的氛围下，内心总是有种奇怪的感觉，觉得自己是中国人，和台湾意识好像存在着某些矛盾。

直到2008年，听到胡锦涛与贾庆林说："台湾民众因近代以来特殊的历史遭遇形成的台湾意识，反映的是爱乡爱土的炽热情怀和自己当家作主的朴素愿望。"当听到大陆方面这样的定义后，我才突然恍然大悟。我爱乡爱国，对台湾有感情，熟悉台湾许多民俗掌故，这和我认同大中华并没不存在冲突，更没有矛盾。

我一下子想通了！长江、黄河是中国的河，浊水溪、淡水河也是中国的河。过去国民党的党国教育，将穿着旗袍、吃着上海红豆松糕的宋美龄形象，塑造成中国人的样板，但这并不代表，我们在台南乡下吃着碗粿（用糊化的米浆蒸成，类似咸的年糕），就不是中国人。中国的形象不应该是由某种阶级、某种政权所垄断，更不用说，宋美龄这些人其实更加亲美，相较之下，我们台湾南部的乡土民俗反而更加中国化。

当过去国民党不断强调他们定义的中国人样板，正好加强了"独派"分化"中国人"和"台湾人"的力道，进而形成"当权的中国人"压迫"被统治的台湾人"的印象。

我在大学毕业那年，读到了历史学者唐德刚先生的书，从中认识到他的历史三峡论。唐德刚认为，中华民族从1840年鸦片战争后，被迫走上现代化转型的过程，这个过程至少要经过两百年，也就是到2040年才能完成现代化转型。在这转型的过程中，许许多多中华民族不幸的历史，都是中国在现代化转型过程中必经的艰难险阻。

今天造成台湾人国族认同错乱的两大因素，一个是因为甲午战败，台湾沦为日本殖民地五十年；一个则是国共内战，台湾和大陆分治对立。这两大因素，都是中华民族不幸历史的缩影，从这个观点来说，台湾虽小，却是最中国的地方。"台独"分子总爱说"台湾人的悲情"，但这些悲情更加反映了台湾人是中国人。台湾看似一座小小的岛屿，却具体而微地将中国现代化转型过程中的不幸历史都表现了出来。

2

有了对大结构的认知，我再来说说我对台湾意识的分析。基本上，台湾意识最早就是一种地方意识，和中国其他地方、其他省份的地方意识没有什么不同。台湾是个移民社会，但是像东北也是个移民社会，大陆很多地方也经历过走西口、闯关东式的大规模移民。

但我们也不能否认，后来的台湾意识及台湾人的身份认同，愈来愈带有政治性的意涵。精确地说，台湾意识从一个单纯的地方意识，开始产生与中国大陆不同的政治性，是来自于1895年乙未割台，台湾沦为日本殖民地，自此开始有了与大陆不同的政治经验。在此之前，居住在台湾的多数移民，主要是以大陆原乡作为身份认同，如漳州人、泉州人……，直到日据时代，才形成"我们都是台湾人"，对应的是"他们日本人"的概念。

到了1945年台湾光复，日本人离开台湾，"台湾人"开始又变成一个与来自大陆的"外省人"区隔的概念，但它仍是地域性高于国族性的认同意识。直到近二十年，"台独"分子大肆操弄台湾意识，逐步把"台湾人"的概念抬升到现代国族的政治性认同，并且用来和"中国人"切割、对立。

我在政大就读研究所的时候，就特别在一篇报告里面，提出了一个我自创的台湾意识政治光谱，后来在厦门大学的台湾研究院发表。我自创的这样一个政治光谱，也许以学术的角度来说还不够严谨，但却方便一般人能快速对台湾复杂的左右统独取得基本的认知。

在这个光谱上，我把台湾意识由左至右，依次分成"左统、右统、独台、右独、左独"五种区块，这五种类型的统独主张各有不同，但都是在台湾特殊的时空背景下产生的台湾意识。愈往右边，则台湾愈被抬高到现代民族国家的概念，其所谓的台湾意识也就愈加不是纯粹的乡土意识。

一、"左统派"的台湾意识

在这光谱上，最左边的是"左统派"。"左统派"主要是日据时代认同中华民族的台湾本省人，他们关心台湾的命运，信仰社会主义以对抗日本的殖民统治，希望脱离日本，回归中国。这批人最后在"二二八"事件后对国民党失望，转而认同红色祖国。

对他们而言，他们希望台湾能享有民主、自治，但仍是把台湾当作中国的一个地方，并没有说要使台湾独立于中国之外。国共内战爆发后，他们和一些信仰左派的外省人，都认为只有终结内战，和平统一，台湾才能真正得到解放。

现在台湾意识的话语权几乎被"独派"垄断，但这些"左统"的台湾人同样具有台湾意识，因为这样的一种意识，是只有在台湾特殊的历史背景、命运转折之下才会出现的。

二、"右统派"的台湾意识

"右统派"主要是1949年以后，跟随国民党来到台湾的外省人。这一批人认同国民党，认为台湾是中华文化的复兴基地，是"中华民国"的最后堡垒，总有一天要"反攻大陆"，因此他们的台湾意识是与"中华民国"相结合的。

然而，1979年美国转为承认中华人民共和国后，重击了这一派人的士气。经过李登辉掌权，乃至后来陈水扁执政后，这一派人中有不少开始转向"独台",也就是下面要说的偏安思维。

三、"独台派"的台湾意识

这一派人的台湾意识,乃是目前台湾社会最多人认同的主流,也就是所谓"台湾是个独立的国家,她的名字叫'中华民国'"。事实上,按照"宪法","中华民国"主权及于大陆,只是治权局限在台澎金马,两岸仍然同属一个中国,主权并未分割。所谓"台湾是个独立的国家,她的名字叫'中华民国'"的说法,当然是"违宪"的陈述。

然而,这种"违宪"的论调,却很容易就取得台湾民心。对于蒋经国时期经济奇迹后崛起的中产阶级而言,他们希望社会安定,畏惧战争可能使他们过去的努力化为乌有。他们无法接受激进"台独"的主张,因为害怕会有战争的危险,但由于长年与大陆隔阂,中华民族情感已淡,在价值观上更认同美国、日本。加上在他们看来,中共对台时常采取强硬姿态,他们在心理上亦感觉到"与对岸是不同的"。如此双重感受的交叠,便形成了台湾社会主流的"独台"意识,一种偏安的思维。

四、"右独派"的台湾意识

严格来说,"右独派"其实是假"台独",他们只是拿"台独"的图腾和论述作为政治号召的工具,而且是"反中国"重于"搞台独"。更精确地说,他们的"反中国"其实是"反国民党",他们利用这种台湾意识,切割泛蓝阵营,将以国民党为首的泛蓝阵营打成亲中的中国政党。

民进党的政治人物，几乎清一色都是这一派的代表。如陈水扁当年为了拉抬选情，在2004年举办"手牵手护台湾"，表面上是对抗大陆，其实就是在岛内斗争国民党。又有如2010年第一次地方改制后的高雄市长选举，陈菊也喊出"捍卫台湾意识之战"。蔡英文在2011年第一次参加台湾大选，也提出"如今中国性与台湾性、台湾主体意识发生微妙关系，以前中国性是主体，台湾性是客体，如今主客易位……"的相关论述，把台湾意识操作成反中，满足岛内选举动员的需求。

五、"左独派"的台湾意识

"左独派"以目前已高龄九十几岁的史明为代表，他宣称信仰社会主义，随中国共产党参加过长征，后又体会"中共并不为解放台湾而努力，反而歧视、分化台湾人"，决心自己发展一套台湾民族主义，甚至不惜要台湾人组成台湾义勇军武装革命、实现"台独"。我们可以说，这种"左独派"是真"台独"，但在台湾岛内也找不到几人支持。

3

区分了这几种台湾意识，我们可以发现，李登辉真是一条最大的变色龙。在他的"总统"任内，一开始先是"右统派"，提出了追求终极统一的《国统纲领》；到了执政后期，又提出"两国论"变成"独台"；直到卸任之后扶植"台湾团结联盟"，变成和陈水扁竞争谁更本土的"右独派"。

李登辉从"右统"滑到"独台"再变成"右独"，但他永远不会变成"左独"，因为他没有那样伟大的情操，像史明那样去搞革命、搞真"台独"。

马英九则是一个从"右统"变成"独台"的例子。在他上台以前，基本上表现的是一个"右统派"，当他批判陈水扁的"台独"主张时，还曾经义正辞严地说，"宪法"规定的终极目标就是"国家统一"。但当他上台之后，就变成"不统不独"的"独台派"，有时甚至还把"中华民国"等同于台湾。但他毕竟和李登辉、民进党的"右独派"仍有距离。

至于"左统派"及"右统派"，在台湾社会则是势单力孤，垂垂老矣！本来台湾社会长期笼罩在"反共"教育下，带有社会主义色彩的"左统派"就很难生存；近二十年"去中国化"后，许多"右统"也倒向"独台"，甚至下一代还变成"台独"。

目前来看，"右统派"主要只剩前陆军上将许历农、现任新党主席郁慕明仍坚持统一立场，并且愿意与中共平等协商、共议统一。"右统"与"左统"在如今的恶劣情势下，也开始互相交流、联合发言，但由于历史上的因素，要整合力量仍有困难。

以上就是我的台湾意识政治光谱理论，我希望大陆的朋友能够透过我的简单分析，更容易去理解所谓台湾意识的内涵到底是什么，以及台湾是如何从地域概念一步步被赋予"国家"的意涵。同时我也要再次强调，台湾意识的意涵绝不能让"台独"垄断，"左统派"与"右统派"都具有台湾意识，也都有对台湾命运的思考及抉择，但他们都不是"台独"。

4

最后，谈谈"独派"如何利用台湾意识，发展出所谓台湾认同这种似是而非的概念。我曾在我指导的台大中华复兴社内部的读书会中，请同学们认真思考：到底"台湾认同"这个在台湾极度泛滥的辞藻，究竟代表什么意思？经过大家一番讨论后，整理出其中几点意涵，并揭示出独派是如何偷换概念的结论。

首先，大家一致认为，"台湾认同"最主要就是要与中国切割，甚至是要与中国对立。强调"台湾认同"者认为，台湾人不应该讲"自己有五千年历史"，必须和大中华的认同划清界线，并且应该要说台湾话（其实就是闽南语）。由此可以看出，"台湾认同"有强烈的"去中"甚至"反中"意涵，同时又夹带中国传统狭隘的地域、族群观念（占台湾绝大多数的闽南族群，垄断台湾的诠释权）。

再者，"台湾认同"很喜欢说"认同台湾土地"，由此衍生出所谓"吃台湾米，喝台湾水，脚踏台湾土，头顶台湾天，就要说台湾话、爱台湾"的本土观念。这句话隐含的意思是，外省人来台湾这么多年了，就应该跟着说台湾话，不可以老是怀念大陆的原乡。2004年台湾大选，泛蓝阵营推出的人选连战、宋楚瑜，为了证明自己爱台湾，还趴在地上亲吻土地，就是迎合这套"认同台湾土地"的论调。

但是，怀念原乡本来就是人之常情，更是一个人最基本的人权，凭什么剥夺外省人思念大陆故土的权利？更奇怪的是，不准外省人怀念大陆原乡，却又可以容许一堆台湾人亲美、媚日，更显示他们所谓的"台湾认同"，其实就是"去中国化"。

从"认同台湾土地"的论调出发，又形成了以台湾这片土地为核心的"同心圆史观"，说这样才叫作"以台湾为主体"的历史论述。然而历史本来就是人创造的，不谈这片土地上的人从何而来，把没有生命、没有思想的土地当成历史的主角，那应该是地质学、生态学这类的自然科学报告才对。

"独派"利用"同心圆史观",把"台湾人"说成是"不断被外来政权统治",却不提这些台湾人怎么来的,无非是想断掉绝大多数台湾人和中国的文化、血脉连结,为"台独"编造"台湾民族"的想像。

此外,还有更重要的是,"台湾认同"经常呼唤"台湾人出头天"的愿望,而既然说要"出头天",那就表示台湾人是被压迫的,背后隐含的就是"外省权贵压迫台湾人"的悲愤。包括早年国民党的统治者及高层官员,以及那个时代主要由外省人担任的军、公、教人员,都被图腾化为一群"外省权贵"。

但有意思的是,通常有能力形塑这种认同概念的人,本身也都是较具政经地位者。台湾光复后,原本和日本殖民者勾结的"皇民化"阶级顿失特权,他们大多是日据时期的地主,因为国民党推行土地改革,又失去大量原有的土地。这些掌握话语权的高级台湾人,一方面和国民党保持关系,另一方面则诉诸台湾人对抗外省人的族群意识,把自身和国民党统治者的利害纠葛,上升到族群的对立。一般普通的台湾人,也跟着被这种族群意识煽动,将阶级差距的失落感投射到外省人上。

其实,这些高级台湾人才真正剥削台湾的劳苦大众,但他们却借由呼唤"台湾认同",把阶级矛盾转移成族群矛盾,成功逃过了人民对他们的清算和批斗。

由于台湾人民长期生活在国民党的反共教育下,看待任何事情几乎都没有阶级视角,许多其实是阶级矛盾或其他利益冲突的问题,就这样都被"独派"引导成族群乃至国族的对立。

比如台湾导演李岗在2015年出品的电影《阿罩雾风云》,讲述台湾大家族雾峰林家的故事,当中提到林家祖先为清廷平定太平天国之乱,因此受到清廷敕封,但后来又遭到官场排挤不被信任的遭遇。电影叙事在诠释这一部分时,便刻意地抬升到是"中国"对"台湾人"的欺骗。

又有如林家后人林祖密投身孙中山先生领导的国民革命,最后被军阀刺杀而死;其子林正亨因秘密加入共产党,被国民党枪毙。这些历史乃是大时代的政治分合,却也被电影暗示为"中国"对"台湾人"的出卖。一般观众不察,很容易就在看了这部影片后产生"反中"、"仇中"的心理,可见李岗导演宣称跳脱政治立场,实则已被"独派"的意识形态操控。

用白话一点的话举例,今天如有一个浙江籍的地主剥削山东籍的佃农,我们应该说这是地主阶级对无产阶级的压迫,还是浙江人欺负山东人呢?如果大家都认为这应该是阶级因素大于地域的案例,为何换成中国大陆人和台湾人之间的利益冲突时,一下子就可以被"独派"解读成是"外省 VS 台湾"、"中国 VS 台湾"的国族问题呢?

经过这样的思考,我们便会发现,"独派"一直处心积虑地利用各种机会,将社会存在的矛盾引导到"反中"、"仇中"的情绪,借此凝聚所谓的"台湾认同"。2014年的"太阳花",同样是利用台湾社会的贫富差距,以及一无所有的年轻世界对既得利益者的相对剥夺感,形成对中国的仇恨。

然而,如果"独派"的目标真是"独立建国"的话,光靠在思想上建构这种"台湾认同",真的就能成功"建国"吗?答案显然是否定的。欠缺真正的实力,只靠意淫建立的"台湾认同",最后就和台湾一堆高喊反对核电、却提不出替代能源方案的反核派一样,除了徒增社会分裂,就只剩下"用爱发电"的笑话而已。

破解台湾人的认同迷障

1

大陆朋友在碰到台湾人的时候，通常会先问：听说你们台湾人都不认同自己是中国人？然后还可能再问：为什么呢？你们不都是说中国话、写中国字、拜中国的神明吗？而一些比较同情"台独"的大陆朋友，或者是一些外国朋友，则可能会说：好吧，他们台湾人确实是不承认自己是中国人，所以我们也不要把人家当成中国人，这样才不会伤了和气，也才比较礼貌。

我就曾经参加一场在美国费城举办的中国文化研讨会议，和来自大陆、美国、欧洲等地的学生共聚一堂，当中一位美国朋友在聊天的时候对我提问："你们台湾的中国人都怎么看……"旁边另一位美国人立即插嘴说："不能把台湾人称作中国人，不然他们会不高兴。"当时我就直接回答他们："没有问题，我是来自台湾的中国人（I'm Chinese from Taiwan.）"。

后来，我上"独派"知名主持人郑弘仪主持的广播节目，他一开头就问我会如何向外国人介绍自己的身分，我同样回答他，我觉得最适切的讲法就是"I'm Chinese from Taiwan."，既说明了我是中国人,也表达了与大陆不同,是来自台湾地区的中国人。

但我们也不能否认,中国和中国人这些名词,对不少台湾人而言确实感到尴尬,觉得难以启齿。多数人大概都认为,这是近二十年"去中国化"教育造成的,尤其近二十年来,台湾有不少固定的民调机构,每过不久就会做一次民调,问民众"认为自己是台湾人?中国人?是台湾人也是中国人?"这类的问题,得出来的结果,认同中国人的比例确实逐年降低。因此大多数人都认为,台湾人对中国、中国人失去认同,就是这二十年来"去中国化"教育影响的结果。

2014年,我随"台湾和平统一团体联合参访团"第一次见到习近平总书记时,习总书记在会中也和我们分享了他的经验。他说,当年他在福建任职时,就曾问当地的台商:"'台独'问题到底严不严重?"当时台商告诉他,"台独"是不可能的,因为台湾人平常拜的妈祖、关公都是中国人,台湾人当然是中国人,不可能和中国切割。

习总书记讲完了这个故事后,接着对我们说,如今看来,台湾经过二十年"去中国化"教育,如果再不拨乱反正,恐怕关老爷、孔夫子都成外国人了。

的确,台湾一直到20世纪90年代初期的主流文化,都还是以中国人自居的,我们可以从当时的新闻报道、影剧节目中看得出来。大约在1996年第一次台湾大选后,李登辉开始有意识地推动"去中国化"的力度,等到2000年陈水扁执政后,台湾方方面面的"去中国化"达到顶峰,留下的遗毒,至今不但无法清除,而且继续扩散。

然而,我们能够简单地认定,台湾人之所以对中国的认同愈来愈低,就都是因为这二十年"去中国化"教育造成的吗?如果说,两蒋时代对台湾人灌输的是大中国教育,那么从蒋介石到蒋经国近四十年的大中国思想,为什么在之后短短的二十年内,就几乎土崩瓦解了呢?

这几年来,旺旺中时集团也开始就台湾人的认同问题进行民调研究。有意思的是,他们的问法和过去几家民调机构的问法不同,他们直接认定受访者一定就是台湾人,然后再问:"身为台湾人,你认不认为自己也是中国人?"如此的问法,避免将"台湾人"和"中国人"对立起来,得到的结果,似乎愿意认同自己是中国人的比例又变高了。

大陆朋友也许会纳闷,台湾人对中国、中国人这些词的认同,竟可以是如此扑朔迷离,难以理解。有的时候,台湾人非常强烈地要和中国切割;有的时候,台湾人又会很自然地在生活中随口说:"我们中国人传统上就是……"。

到底要怎么去了解台湾人这种奇怪又特殊的情结呢?很多学术著作都对此有过分析,但几乎用的都是艰涩难懂的学术语言,让人愈读反而愈不理解。因此,为了让一般对台湾有兴趣的大陆朋友,可以更容易理解这种复杂的认同问题,我发展出了一套我独家的说法,用来解释台湾对中国的认同迷障,而一切得从20世纪70年代说起。

2

20世纪70年代对于台湾来说,是个非常特殊的年代。因为在20世纪70年代,先是爆发了大学生"保钓"风潮,而后就是退出联合国,以及美国最终也离台湾而去。

先说"保钓"风潮,起自美国在1970年片面宣布,将钓鱼岛私下授受给日本。此一事件先是激发了海外台湾留学生的义愤填膺，而后从海外一路延烧回台湾的校园，在大学生之间掀起了"保钓"的风潮。当时在台大校园里，还有学生悬挂起五四运动时罗家伦创作的知名对联："中国的土地可以被征服，不可以断送；中国的人民可以被杀戮，不可以低头！"

然而，就在隔年的1971年，便发生"退出联合国"事件，精确地说，应该是联合国对"中国代表权"的承认改变，从台北移转到了北京。此后国民党当局便面临了骨牌式的"断交"风暴，最终到了1978年底，连美国也改承认北京政府代表中国。

在这样特殊的20世纪70年代，台湾学生从"保钓"的激情，进而产生对于台湾未来何处去的困惑。当时主要的路线有三：一是坚持捍卫"中华民国"，庄敬自强，处变不惊；二是认为应该回归中华人民共和国，两岸和平统一；三是不要"中华民国"，也不要"中华人民共和国"，国共内战与台湾无关，台湾应该宣布"独立"。

1979年高雄"美丽岛事件"前，第三条路线乏人问津，知识圈的辩论主要集中在前两条路线。也因为如此，"保钓"阵营也分裂成左右两派，两派都认同自己是中国人，却不能合作抵御外侮，反而内斗起来。1979年的"美丽岛事件"，则是"左统派"与"台独派"合作斗争国民党，然而也从这次事件后，"台独"势力开始壮大，"左统派"与"台独派"逐渐分道扬镳。

20世纪70年代的三条路线，基本就是今天台湾"左右统独"版块的前身，构成了台湾人对中国认同错乱的背景。然而，除了这三条路线的政治困惑外，还有同时在文化界发生的文化困惑，更能说明后来台湾人对中国认同的迷障。

3

同样在 20 世纪 70 年代，台湾的文化界也发生了一件大事，后来的人称之为"乡土文学论战"。这场论战的起源，最早是因为当时出现了一批乡土文学作家，如黄春明、陈映真等人，主张文学作品不应该都去描述那些达官贵人的风花雪月，而是应该关心台湾土地上的小人物。

1949 年以后的台湾文坛，最先盛行的是"反共怀乡文学"，内容主要讲述希望回到大陆的思乡之情，以及"反共"的政治倾向。60 年代后，后来又兴起了以白先勇为代表的"现代文学"文风，主要效法当时欧美流行的现代主义笔法，描写现代社会人们心灵的空虚。

但是，这些文学在乡土文学作家眼中，根本是远离群众，因为当时台湾根本才刚刚从农业社会要进入工商业社会，哪来那么多现代社会的忧郁呢？

以白先勇最著名的小说《台北人》为例，白先勇在书中叙述了一批像是窦夫人、钱夫人这些落魄的国民党贵族，在逃难来到台湾后，继续追忆当年在南京的梅园新村听戏的美丽场面，凭吊那些消逝的风光岁月。但对于乡土文学作家来说，他们对这些远离群众、风花雪月的题材没有兴趣，他们更有兴趣去关心台湾底层的小人物，在受到美国文化入侵后，生活上的改变及受到的冲击。

本来，这不过是单纯对文学题材的不同兴趣，但国民党当局立即意识到，乡土文学所倡导的接触群众、关怀基层、反映社会等，和左派文学非常接近，国民党当局非常害怕，像这类带有左派意识的文学，将来就会成为共产党的喉舌。尤其当时大陆才刚经历"文化大革命",国民党当局更加害怕,"文革"的斗争风气会在台湾复辟,于是决定展开对乡土文学的批判。

吊诡的是,国民党抬出来批判乡土文学的理由,却是捍卫中华文化正统的大帽子。在这样的论述下,等同于只有国民党欣赏、接受的文学,才能是中华文化的正统,而那些关怀底层人物的乡土文学,就成了中华文化的异端。

如此一来,原本只是单纯的左右斗争,一下子变成了国族之争。不认同国民党权贵作风的部分乡土文学作家,在国民党的打压下,转而承认自己不是中华文化的正统,而是台湾草根的代表,主张抛弃大中国,认同台湾土地。

本来在日据时代的台湾大地主及"皇民化"阶级,因为国民党政府来台,抢走了他们原本的权贵地位,因此对国民党早就怀恨在心。他们本来也该受到左派的乡土文学作家批判,却因为国民党打压乡土文学,使得大家都找到了"国民党"这个共同敌人。既然国民党在台湾代表中国,那么反国民党就要反中国,最后就成了"台独"。

讽刺的是,国民党支持的文学,真的就能代表中华文化的正统吗?其实国民党喜欢、赞咏的那些现代文学的作品,根本就是欧美的文风,又或者是迎合国民党权贵的品味,却成为了中华文化的代名词。

白先勇描写国民党贵族在南京、上海风光岁月的游园惊梦,被认为是中华文化正统,那么何以诉说台湾底层的故事,就不是中华文化的正统呢?

某种程度来说,国民党这么做,反而把阶级问题异化为国族问题,原本因为日本殖民遗留下来的"台独意识",正好从这里得到了养分。"中国"二字的话语权,在当时的台湾完全由国民党垄断，无形中也就使得反国民党的力量，很容易就走向"反中"乃至"台独"。

4

最后，你也许会说，可是现在的国民党，好像也不认同自己是中国了？

答案的确如此，但主要的原因，却是因为"中国"的话语权，后来又被另一个国民党自己反对的对象所抢夺，那就是中国共产党。20世纪七八十年代以来，中华人民共和国逐渐在国际社会获得承认，国民党虽然继续坚持自己代表中国，但底气却愈来愈虚。

到了1991年，已经执政的李登辉，宣布结束"动员戡乱"，不再视中共为叛乱团体，也不再和大陆在国际上争夺中国代表权。也就是说既然抢不过你，干脆我就不做"中国"了。

国民党和共产党，刚好在台湾先后代表了"中国"的概念。本来，许多人因为不满国民党的威权与权贵作风，或者因为国民党和自己有利害冲突，因而也不认同国民党代表的中国。后来，则是原本捍卫国民党的忠贞份子，以及多数受国民党教育认同"反共"的民众，在中共逐渐取得国际上的中国代表权后，对中国的认同也开始动摇。

骨子里视日本为祖国的李登辉，始终梦想由日本领导"东亚共荣圈"，妄想中国会崩溃。在他任职期间，巧妙地结合了"反国民党"与"反共产党"两种情结，将这些情绪统统引导成"反中"意识，并配合"去中国化"教育加深对中国的反感，再用似是而非的本土化大旗加以包装，正好使民进党从中得利，在短短的十二年间就打败了国民党。

也就是说，从李登辉到陈水扁，看似只有二十年的"去中国化"，背后其实累积的是"反国民党"与"反共产党"的两大能量。在这样的"去中国化"浪潮下，坚持中华民族大义的新党，便被李登辉结合民进党，联手打成中共同路人。

至于多数原本捍卫国民党的忠贞份子，几乎都选择向"去中国化"浪潮屈服，他们认为既然"中国"已经被中共抢走了，那就也没必要再强调自己是"中国人"，不必再那么认同中国了。尤其这批国民党的忠贞份子，很多是冥顽不灵的"图腾派"，他们说不清楚自己追随的理念是什么，只知道效忠关于国民党的图腾。

在他们心里，"中华民国"远高于"中国"，"反共"还比"民族大义"更重要。因此，他们甚至会说自己是"中华民国"，不是"中国人"。对他们而言，宁可永远偏安，也要死守早已被"台独"偷梁换柱的图腾，聊以自慰。

总结来说，讨厌国民党的人讨厌"中国"，因为认为国民党代表"中国"；而反共的一群人也讨厌"中国"，因为他们觉得"中国"被中共代表了。"中国"这两个字在台湾，就这样无端地被近乎所有人讨厌。

还有一种情况，则是被西方帝国主义奴役久了，产生严重的民族自卑感，最后就表现在对中国的歧视，认为中国是落后的、不文明的。

最早在鸦片战争以后，中国便出现了一批帮着洋人欺压自己同胞的二毛子，他们自认为受到了洋人的文明教化，反过来歧视其他同胞。台湾在日本殖民五十年后，也出现一批以做日本人为荣的"皇民化"分子，认为自己接受了日本现代化的文明训练，看不起连自来水都没见过的国民党低阶士兵。然而，当时绝大多数的台湾人其实也都非常贫穷，鞋子都没得穿，在以宋美龄为代表的国民党权贵眼里，这些台湾人也都没有文明。等到20世纪80年代末台湾普遍都富起来了，再又一起嘲笑大陆人没有教养、就算有钱也不懂礼貌。这些一个又一个自认为贵族的群体，其实不过都是被西方资本主义物化的产物，都是被西方价值观驯养的大奴才而已！

曾经有一位女老师，还是1949年从大陆来台的外省人二代，在谈起国族认同及两岸关系时，竟然这样对我说："等到"他们中国"和美国一样文明了，再来叫我做中国人！不然我们台湾比他们还文明，谁要跟他们统一？"我当时就想，这完全就是谬论，正所谓子不嫌母丑，狗不嫌家贫，当年那些革命志士所处的中国，绝对比今天更贫穷、更破败，但他们反而更加爱国，更加认同自己是中国人，为了祖国抛头颅、洒热血！对于台湾现在普遍的这种论调，我只能说，要切割中国可以有一百种理由，但就是不能说服我。

因为我有坚定的信仰，我知道我们中华民族是伟大的，我们不靠霸权侵略弱小，我们有和而不同的中华文化，这才是真正的文明！

今天要破除台湾人的认同迷障，只有从历史的高度展开论述，认清中国正处于现代化的转型阶段，仍在追寻一条最适合中国人的发展模式，包括中国人定义的文明。过去走过的道路已经证明，绝不能直接将西方的模式照搬照抄。其中，国共内战的纷扰，正是中华民族在追寻复兴的道路上，对于救国道路的不同见解，只是后来逐渐迷失，成为了全然的权力争夺。

台湾人不应为此自绝于中国，我们反而应该去思考如何解决这个问题，那就是和大陆的中国人一起为中华民族的复兴努力，在过程中互相发挥正面的影响，同时也可彼此借鉴，创造出我们中国人的中国模式。这才是台湾人真正该走的一条路，一条拥有无限发展空间的统一之路。

自信走出未来

我完成《自信走出未来》这篇文章,是在 2009 年 8 月,当时我人正身处上海。还记得那时我刚从台大毕业,已经考上了政大研究所,要到 9 月中旬才开学。因缘际会下,先是跟随政大隋杜卿教授率领的参访团,在江南一带游历,然后又一个人在大陆待了近两个月,拜访了上海、南京、广州三个与民国历史关系密切的城市,并且与多个大陆网友见面。这两个月的旅行,成为我一生难以抹灭的青春记忆,也是我第一次深度地接触大陆的市井小民。

当时,正值马英九上台执政不久,两岸刚刚实现三通的时候,正是台湾和大陆之间春暖花开的蜜月期。同时大陆也才在一年前举办过奥运,整个社会呈现了一片欣欣向荣的气息。那时台湾怀抱中华民族情感的知识分子,几乎也都对未来极为乐观。

文中提及的杨日青教授,便认为统一自能水到渠成,然而如今再回首这句话,似乎低估了许多仍须跨越的艰难险阻。两岸之间最深层的认同问题,仍然必须解决,政治上的意识形态同样无可回避,必须正面与"台独"论战,提出反独促统的完整论述。我当时以为,可以借由文化的交流,便能化解两岸多年的历史恩怨，看来也是过于天真了。

我至今仍忘不了那两个月在大陆的时光，尤其是我第一次在大陆搭乘长途火车，从上海一路到广州，远远超过台湾从南到北的距离。那是我第一次在火车上睡卧铺，一边读着唐德刚写的中国近代史，忽然觉得自己就在见证一个时代。

七年后的今天，大陆人民似乎比当时更加自信，而台湾人却愈来愈没有信心，只能以不可理喻的自大，来掩饰无可救药的自卑。台湾岛内的气氛，从马英九上台时的大陆热，演变成如今"天然独"的天下。

犹记2014年11月29日，台湾地方大选落幕，那是我人生第一次竞选议员，开票结果未能当选。竞选总部里，我的助选人员不仅因为我的落选而伤心，更因为蓝营惨败如丧考妣。我当时就告诉他们，其实不必这么难过，因为这只是国民党政权在台湾气数将尽，但我们的中华民族却是一天比一天壮大。

2008年马英九当选，不代表"台独"势力就此终结，反之，如今"台独"气焰嚣张，也可能只是回光返照。这条中华民族的复兴之路，本来就是与霸权主义的长期抗战，愈接近黎明的最后阶段，往往也就是最黑暗的时候。

2010年世博会就要在上海拉开帷幕。一百六十年前，挟带船坚炮利强向中国扣关的大不列颠，曾以水晶宫向人类炫耀工业革命的丰硕成就；一百六十年后，曾为帝国主义列强盘踞的中国上海，也要向世界展现繁盛的现在与未来。

上海——这颗20世纪初最闪亮的东方明珠，20世纪30年代令文人又爱又恨的欲望场，中国共产党的诞生地，抗战时期沦陷的孤岛，以一座横跨大江两岸的黄浦大桥迎接我们这群来自台湾的大学生。坐在大巴上，听着向导说起那年邓小平来沪、行经大桥时，眼见当时上海残败破烂的景象，不禁感叹：我们对不起上海人民。并做出指示：希望上海一年一个样，三年大变样。

这句话，奠定了上海建设往上翻的基础。

在紧要的关头，邓小平大刀阔斧，锐意改革，足可见其果断与决心。

听一位大陆教授说，刚刚开放外资的时候，反对声浪如洪水滔天，就是到了推动中国加入WTO的节骨眼，负面意见仍不绝于耳。中国人对待外国企业，首先想到的是过去一百余年帝国主义的殖民侵略。这种受害者的心理，像愈合不全的伤口，偶尔仍要隐隐作痛。

然而，自从北京奥运以来，我们逐渐看到：中国大陆，从民间到官方，还是渐渐走出了这种情绪。尽管在处理社会群体事件时，中共高层仍戒慎恐惧，但整体而言，大陆上下弥漫的是一股坦荡向前的自信气氛。

相对来说，台湾近来则显得自卑，丧失了往昔那种气概，从而无端地以自大来掩饰畏惧的心灵。

同行的同学告诉我：这样的交流感觉真好，不会特别在意谁是台湾学生、谁是上海学生，于此当下，就只是一群在校园里求学的学生，一同哼着周杰伦、陶喆歌曲的年轻人。

音乐的力量是无远弗届的，那种震撼，足以穿透时间与空间，超越政治与文化的藩篱。记得在参访南京总统府时，我穿过一道小门，逐步朝蒋介石办公室所在的大楼前进。瞬间，邓丽君的歌声竟就这么传来，毫无预警地，在我的耳边飘荡。我们身处的地方，曾是大清两江总督府、太平天国天王府、中华民国临时政府、国民政府、总统府,并一度在1949年后作为江苏省政府的所在地。如今,她又恢复了国民党迁台前的名字——总统府。这样一幢见证近代中国历史恩怨的建筑,在邓丽君温婉细腻的嗓音中,此间的朝代兴衰、政权更替,都变得愈加五味杂陈了。

开幕晚宴上,一位当年在"二二八"后移居上海的台湾人后代,给我留下了极其深刻的印象。他自我介绍说:"我叫钟国屿,名字是爷爷取的,意思就是中国美丽的岛屿——台湾。"这个名叫钟国屿、暑假后准备升读大二的男生,人极热情,与台湾学生很快打成一片,却对近代海峡两岸的政治、历史纠葛一无所知。他对我"学长、学长"地叫,特爱唱流行歌,跑来跟我合唱《千里之外》,又与我同房的台湾同学在闭幕会上搭档表演。

两岸之间若能多些人像他这样抛却政治意识,多些文化、情感上的沟通与交流,该是多么令人向往!

初下飞机的几个小时间,我们一行乘着磁浮列车进入上海市中心,四时许,未见暮色,便首先安排到了上海石库门建筑群改造的新天地。晚间,缘于我用餐时与几个上海同学的邂逅,我们这组便跟随他们的向导一路由陕西南路再度逛街来到新天地。大伙拎着大包小包的战利品来到新天地一家主打老歌演唱的酒吧,正契合我这个酷爱怀旧氛围的青年。我拿起笔在纸上点了几首20世纪80年代流行的歌曲,眼前一位优雅的小姐正伫立台上深情地演绎着。

此次交流行程的安排,上海待得最久,南京及扬州、苏州的江南名园则都只待上一天,来匆匆、去也匆匆。尽管如此,南京作为曾经民国首都,还是对我这个来自台湾的青年学生别具意义。上海同学讲:"南京总有股化不开的阴气。"我当时答道:"日军侵华在此就屠杀了至少三十万中国人,怎能不阴?"其实,南京自六朝便饱经战乱,历代建都者皆国祚不长,清末太平天国之乱更是元气大伤。人们说,是秦始皇偶然发现了金陵城暗藏王气,派人断了南京的龙脉,从此便出不了真命天子,一路走上了悲惨的命运。我虽不晓风水,但回头再望总统府,真有种多少楼台烟雨中的慨叹!

南京城的王气却仍是可感受到的。当你搭乘游艇在浦江上进行游览时,你所见到的是如同香港维多利亚港、带着浓重资本主义气味的万国建筑博览会;而当你伫立在中山陵顶端,由钟山俯瞰大地,一股威风凛凛的王者之风便油然而生。行前,导游阿浦哥不断地提醒要蓄备体力、补充水分,使我以为爬中山陵将是一场多么艰难的任务;真正与钟国屿一同登上顶端后,觉得也就这么回事了。循着当年连方瑀穿着高跟鞋一级一级踏过的台阶,我来到中山墓穴前鞠躬,仰望屋顶上青天白日满地红的雕刻。

青天白日满地红,在大陆,只有一些特定的地点能够看到。中山陵是一处,总统府也是一处。门外旗杆上目前是空无一物了,六十年前的渡江战争,解放军就是从这换了旗。蒋介石办公室楼上,昔日的会议厅中,则仍保持了当年的摆设。

当我们要进入蒋介石办公室前,中庭的穿堂两侧,左右各摆放了一幅油画。左边的画是孙中山站在中央,周围簇拥着无数追随革命的志士,背后是一幅带着青天白日满地红的秋海棠国土。这幅画在台北中山纪念馆、政大国发所办公室都有相同的版本。同一个地方,右边的画绘的则是1949年解放军易帜的历史现场。同一个场域,不同的符号,撞击出现代中国在20世纪最水火不容的两大意识形态。

我时常在想，两岸是否能抛开政治的符号，本着中华民族的大胸襟，如同此次活动名称所指——"华夏情，文化行"，重新看待诸多今日困扰我们的问题？

来到大陆，讲起两岸，难免又要陷入统独的混战。杨日青教授在闭幕晚宴上说得好："海峡两岸都是中国人，最后终归一统，但如今要统一，时机还不成熟，不如留予历史，待日后水到渠成。"台湾与大陆分隔分治一甲子，政治制度不同，生活习惯不同，互相几乎不了解，近年来又因政客炒作误会日深。唯有从民间交流做起，化解歧见，增进认识，如此则降低战争机率，促进海峡和平。由此看来，则杨日青、隋杜卿两位带团老师，可谓积大功德矣。

我们的足迹，最后又回到了上海。几天前，在浦江旁的餐厅用餐时，有幸与隋老师同桌，听着老师侃侃而谈全球化时代人们应具备的格局与雄心。台湾对开放大陆学生来台留学一事，至今政策模糊摇摆，充分显示了对于对岸挑战的恐惧，更遑论以优秀的教学品质、自由的风气去影响大陆年轻一代了。

夜深了。中共一大会址的建筑，依然伫立着；因世博会整建而封锁的外滩上空，依然萦绕不已的，是一个民族亟欲在世界舞台上复起的壮志豪情！

        2009年8月12日，凌晨二时，写于上海

统一不是水到渠成

1

2009年暑假,我参加了一场名为"华夏情,文化行"的沪台大学生夏令营,在闭幕晚宴上,担任夏令营团长的政治大学杨日青教授讲到,尽管时机还不成熟,但两岸之间人民来来往往,增进认识,累积条件,等到未来条件成熟了,自然就可以统一,所以统一自会水到渠成。

杨日青教授讲了"统一水到渠成"这句话后不到五年,"太阳花"风波就爆发了。"太阳花"后,再也没人敢说统一会是水到渠成,更多人说,台湾的年轻一代是"天然独",再怎么样下去,"台湾人就是独"。

短短不到五年内,两岸关系竟发生这么大的转变,到底是谁的责任?首先,似乎应该先检讨马英九。很多人说,马英九在2008年声势最高、支持度最高的时候,竟然没有做拨乱反正的工作。过去从李登辉到陈水扁,长达二十年的"去中国化"教育,当然应该要立即修正过来,但马英九却错失了刚上台的第一时机,反而幻想要做蓝绿都爱的"共主"。

我们也看到,马英九确实谨守本分,遵照"九二共识",推动两岸和平发展。可是马英九并没有做好群众教育,并没有教导民众"九二共识"的内涵是什么,也没有教导民众"两岸同属一中"的概念是什么,甚至自己也避谈"同属一中"的措辞,仅以"九二共识"含混宣示。可以说,马英九更多只是喊口号而已。

马英九把"九二共识"当成一个和大陆谈的口号,却没有用心向台湾民众谈"九二共识"到底是什么,不像"独派"透过教科书、网络图文、短片、漫画等各种形式,几乎天天向一般民众灌输"一中一台""一边一国"的"台独"意识。反之,马英九仅是高举"一中各表""一中就是中华民国"的口号,却也没有谈清楚"中华民国"的真正内涵到底是什么,甚至经常为了迎合"独派",把"中华民国"与"台湾"的概念划上等号。

马英九口中的"九二共识""一中各表""中华民国",都只是图腾、标语,他并没有利用自己手中的党政资源、行政资源,真正做好群众教育,教导群众认同"两岸同属一中"这个核心概念。

那么,想必很多人会问,马英九为何不教导民众呢?其实有一个根本的原因,就是马英九对"两岸同属一中"根本没有真心的认同。我们只要仔细观察马英九的成长背景及言论,不难发现马英九更认同的,是美国所谓民主、自由的价值观。马英九认为,只要他可以和大陆、美国、日本都保持等距的关系,就是他的成功,他并经常以此"亲美、友日、和中"的外交政策引以为傲。

大陆朋友应该了解,马英九本人就是一个混合老国民党"反共"观念与美国民主自由价值的产物,所以马英九从来没有一个强烈的中国认同观,自然也不会积极去做重建中国认同的教育工作。

说到这里,大家会说,马英九不做,大陆总应该要对台湾同胞做教育工作，总会是认同中国应该要统一的吧？但是，过去大陆高举和平发展的旗帜，主要承办的是商人间的经济交流，以及年轻人的两岸交流营队。

2

就在大陆高举和平发展旗帜的同时，反华势力也借此找到空间，表面声称推动和平发展，实则展开对年轻人洗脑的和平演变。美国人创办一个"海峡寻新"，民进党搞出对大陆学生洗脑的"陆生民主营"。这不禁让我想起，过去毛泽东说过的"革命不是请客吃饭"，但是两岸之间的交流营，过去就只是在请客吃饭。

或许有人会说，如今已非战争与革命的年代，两岸之间已不需要革命。但是，台湾从日据时代就已经留下了"皇民化"的遗毒，后来又加上国民党的"反共"教育与李扁时期的"去中国化"，如此积累了长达百年的"反中"能量，要把局势导正过来，不正需要一场思想上的大革命吗？

我们来看看美国人办的"海峡寻新"在做什么。所谓的"海峡寻新"，是2005年由一位美籍华人学生（1949年后移民美国的中国大陆人后代），在布朗大学发起的一个论坛，这个论坛每年都会招募来自大陆与港澳台的精英学生，这些学生还要自行负担一半的开销才能参加。至于论坛的内容，则是个长达八天七夜的闭门会议，主要探讨两岸之间冲突的根源是什么。

主办方会邀请一位引言人带领大家讨论，这位"引言人"就是极为关键的"带风向"的角色。我在2011年时，曾经参加过第一届在香港大学举办的"海峡寻新"，当时的引言人是一位自称在20世纪90年代初期对大陆政局失望、因而移居美国的大陆学者，他非常刻意地把两岸之间的冲突根源引导到中国共产党身上，认定是中国大陆不民主所造成的，并且不断地暗示大陆将来也应该发生"颜色革命"。

由于我在台湾已有多次与分裂主义分子斗争的经验，我很敏感地发觉，主办方正一步一步地分化大陆与港澳台的青年人。当时这位引言人称，要来自台湾、香港、大陆的学生各自讨论："什么是台湾，台湾人是谁？"、"什么是香港，香港人是谁？"、"什么是中国，中国人是谁？"。我立即质问他："这么做不是排除台湾人、香港人也都是中国人吗？"

如此一来，他便开始盯上了我，私下对其他学生传播耳语，说我所属的台湾新党是中共同路人，又对大陆学生说："那个台湾来的王炳忠，是想牺牲台湾人民的利益，通过主张'一国两制'在大陆飞黄腾达的。'一国两制'违反广大台湾人民和香港人民的利益，你们千万不要站到人民的对立面……"

后来我才知道，"海峡寻新"根本就是由美国人操纵的活动，这个论坛的主要赞助者，就是美国在里根总统时期成立、由美国国会直接拨款支持的和平研究院(Institute of Peace)机构，专门负责对其他国家进行和平演变。在他们八天七夜的工作下，本来不具强烈政治意识的台湾学生，被主办方鼓励应该多说一点和"台湾独立"有关的内容，让大陆同学听到"平常听不到的声音"。最后，在这样的煽动下，台湾代表便一个个跳了出来，说大陆不民主不自由，说就算大陆自由了、文明了，台湾也不要和大陆统一。

这就是在两岸经贸日益热络的今天，反华势力打出的人权牌、民主牌，企图以此继续拉抬台湾岛内的"台独"意识。民进党也利用这样的论述，幻想能一方面表现支持两岸交流的开放态度，一方面又不放弃"台独"，达成它们自以为的"和平独立"的目标。

这实际上就是许多民进党内被称为"亲中"的开明派，他们内心真实的想法。

在过去八年的和平发展时期，民进党在台湾也举办了各种各样所谓的"陆生民主营"，对在台湾的大陆学生积极洗脑，一些陆生因此对"台独"产生同情，后来甚至参加"太阳花学运"。

反华势力做了这么多的思想工作，而大陆办的两岸青年交流营队，大多却还只是停留在吃吃喝喝的阶段，这令我们这些台湾统派，不得不感到焦急。

3

再来要和大家分享的，是我们在2014年"太阳花"之后，该如何理解台湾的政治光谱。我自己独创了一个分类法，将台湾的统独政治光谱，大致分成"独派3.0"、"绿吱吱"、中间摇摆的"西瓜派"、"温和蓝"、"战斗蓝"以及"统派"，以下是我个人对这些群体的定义。

"独派3.0"：2008年以后，开始出现一批用民主、人权作为包装的"新台独"，取代了陈水扁时代的"独派2.0"。他们不像"老台独"给人粗鲁、草根的印象，也不像"老台独"总是用闽南语发言，他们更多说着普通话或英语，有着高学历，用西方政治理论、价值观去建构"台独"的思想。我将这类人称之为"独派3.0"，他们也是"太阳花学运"的核心领导班子。

"绿吱吱"：一批盲目"反中"、"仇中"的人，认为台湾所有的痛苦都是"中国"造成的，他们未必有强烈的理论基础，只是一味地讨厌中国（包括对岸的大陆，台湾的国民党，以及所有和中国有关的事物）。

"西瓜派"：平常对政治不表达意见，看到哪边成为主流就投靠哪边，认为这样比较流行。比如"太阳花学运"期间，就有不少人觉得"太阳花"感觉起来比较高级，所以就跟风去"反服贸"（所谓"西瓜派"的说法，取自闽南语"西瓜偎大边"这句俗谚，意指一个西瓜切成两半，但没有办法切得很平均，如果可以选择的话，一般人会选比较大的那一半，后来引申为"趋炎附势，投靠有权势的一边"的意思）。

"温和蓝"：情感上厌恶民进党及"独派"过于粗暴，但却不愿、不敢挺身而出对抗民进党及"独派"，也就是所谓的"沉默的多数"。然而一直继续沉默下去，在舆论呈现上，他们就是少数。

"战斗蓝"：敢于挺身而出对抗民进党及"独派"，但并不认为自己就是支持统一，只是觉得"台独"不好，而敢于和"台独"拼命，对于统一没有明确的主张。

"统派"：可以说是在台湾几乎被完全忽略的群体。台湾的老统派纯粹是靠历史情感支撑，当中还区分左统与右统。左统是过去支持社会主义，追求两岸结束内战、和平统一，因而在"戒严"时期被国民党迫害的白色恐怖受难者。右统则是像新党这样被认为是"深蓝"、"正蓝"，在台湾政治情势及两岸关系变化后的今天，仍然坚持两岸应该和平统一的力量。

可以说，过去左统与右统在"戒严"时期还互为敌人，如今则放下国共恩怨，一致追求和平统一。然而，他们并没有提出一套完整的反独促统理论，主要只是靠民族情感、民族大义作号召，并且多数人已垂垂老矣，又因为过去历史的因素，也不能完全团结，整合力量。

相对于"台独"阵营已经形成理论与行动兼具的"独派3.0"，台湾岛内却连"统派2.0"都看不到，因此我自许有责任去开创"统派3.0"，因为在台湾要真正能与"独派"抗衡，一定要先建立起一个思路非常清晰的"统派3.0"。我不能完全将希望寄托在大陆或是外界的改变，我只有先做好自己能做的，就是发展出一套包含情感面、法理道德面与利益面的反独促统论述，并且要认真研究在台湾支持"台独"与抗拒统一者提出的理由。只有做好思想准备，才能使统派真正崛起。

最后我要说，"太阳花学运"以后，包含台湾的统派及坚定主张统一的大陆朋友，出现了两种在思想上很危险的论调。一种人认为，台湾社会渐渐出现一群接受两岸共同体的人，他们忧心台湾发展困局，相信台湾必须融入大中国才有出路，成为反独促统的社会中坚。台湾几大报中，唯一支持和平统一的《中国时报》就持这个论调，并且称呼这群人就是"新统派"。

然而，我必须诚实地指出，固然在我周边，也常碰到不少察觉台湾困境的人，支持两岸走得更近，但由于缺乏明确思想引导，无能也无胆和"独派"正面交锋，当爆发"反服贸"、"反课纲"之时，他们就只能是沉默的大多数。这当中有不少直接离开台湾，到大陆就业就学；又或者默默做自己的事，不理台湾政治。最后，这种坐等统一的态度，其实就是坐视"台独"。

另一种论调，则常见于大陆网友之间的讨论。很多大陆朋友认为，既然"天然独"已经形成，和平统一看似很困难，但也没有关系，反正只要通过经济封锁或是武力威胁，台湾迟早还是要被统一。此话说的是事实，我也并不反对，但我们不要忘了，真正的统一不只是表面上的政治统一，更必须是心灵契合的统一。如果我们不能在思想上、意识形态上的斗争中战胜"台独"，那么就算台湾最后被武力解放，或是在逼迫下被统一，还是祸患无穷。

台湾从早年嫌大陆经济落后，到后来又说是民主制度、文明程度不同，拒统理由百百种，却从未提出主动统一的主张，也不愿宣示以统一为目标。所谓的"统派 3.0"或"新统派"，如果只是建立在对被统一趋势的顺应，其运动性及号召力自然受限。我希望唤起的，是有志气的台湾"解严后"一代，应体会到我们和大陆改革开放后的八零后一样，都出生在变革的年代，没有内战的包袱，可以合作创造统一的新中国。

统一问题的本质，仍是美日霸权对中华民族实现复兴的压制。当国际上众多进步学者接连重视中国模式，台湾青年更须解放思想，反省我们从小不加思索、全盘接收的西方所谓的普世价值。在大陆都已接受两岸领导人平等会晤之后，与其再拿大陆作借口，不如认清美日霸权弱肉强食的现实，从中定位台湾的角色，如此才能理顺统派思路，关键犹在台湾自己。

两次见到习总书记

1

第一次见到习近平总书记，是在 2014 年 9 月，在中共中央台办的邀请下，随台湾和平统一团体联合参访团访问大陆。

当时，台湾和平统一团体联合参访团由新党、新同盟会、劳动党、中国统一联盟、中华统一促进党等二十多个岛内支持两岸和平统一的团体组成，由新同盟会会长、高龄九十四岁的陆军退役上将许历农老先生（岛内统派的精神领袖）以及新党主席郁慕明先生共同领队。

这些团体由于历史的因素，虽然同样主张和平统一，但在意识形态上仍有左右光谱的差异。然而，在台湾刚刚发生"太阳花"不久，我们这些岛内的统派团体，也愈发感受自己责任的重大以及团结的重要。

我所代表的"抗独史阵线"，则是参访团中最年轻的团体。2014 年 1 月，马英九在执政六年后，终于宣布将对陈水扁时代遗留的"台独"课纲进行微调，但即便只是根据"宪法"、修正陈水扁时代将两岸写成"一中一台"的措辞，以及还原日本殖民统治的历史真相,"台独"团体仍然以排山倒海之势,发动包围"教育部"的行动。

因此,我和几位支持马英九修正课纲的同学,紧急讨论该如何反应。我们有人只是高中生,有人已经在大学就读,还有年纪更大的研究生或社会青年,为了团结各界反对"台独"史观的力量,便联合起来称为"抗独史阵线"。当"台独"团体完全掌握了对课纲的话语权之际,我们及时挺身而出,到"教育部"前高喊"拨乱反正,绝不妥协",引起新闻一面倒地报道。

如今,"抗独史阵线"作为一个新兴的青年统派团体,和其他历史悠久的统派团体一起,拜见习近平总书记。

9月26日上午,习近平总书记在人民大会堂会见了我们,他首先亲切地与所有团员握手,接着发表开场讲话,然后由新同盟会会长许历农以参访团团长的身份致词。大批媒体离开后,习总书记再次发表谈话,许历农也意犹未尽地又说了几句话,他尤其强调"统一急不得,但也拖不得"令人印象深刻。

许历农发言完毕后,"新党"郁慕明主席及劳动党吴荣元主席发言,最后由我这位最年轻的代表发言。

我表示,还记得2008年两岸三通实现,北京奥运也成功举行,当时我和无数海内外的中华儿女一样,都觉得中华民族复兴在望。然而正因为如此,反华势力更加要压制中国,日本右翼与美国鹰派在东海与南海不断制造事端,台湾岛内的"台独"团体也加紧制造各种事件。台湾问题看似比东海、南海小,但处理起来却远比东海、南海复杂,因为东海、南海讲到底就是实力的较量,但台湾问题却纠结了中华民族内部历史矛盾,反华势力正好利用这些矛盾来分化中国,因此更需要用智慧去化解。

由于几个月前才刚发生"太阳花学运",我也向习总书记表达,我观察到的很多台湾学生,很多都是跟风去参加所谓的学运,其实自己并不清楚自己到底在做什么、要什么。台湾年轻人受到"去中国化"教育的影响,对未来比较迷惘,我希望让愈来愈多的台湾青年认识到,台湾人本来就是中华民族的一分子,推进中华民族复兴是我们的责任,也是我们共享的荣耀,在这中华民族走向复兴的最后阶段,我愿意承接这样的时代使命。

我发言以后,让我深感意外的是,习总书记并没有按照事先拟好的讲稿接着讲话,而是首先回应了我的发言。习总书记说,同意刚刚台湾年轻人所说的,在今年台湾发生的政治风波中,许多人并不清楚自己在做什么,我们应该注意到,年轻人的特点是求真、求是,我们应该努力的,是让年轻人了解我们才是真理,才是历史正确的方向。

我没有想到习总书记会回应我的话,更没想到他会对"太阳花"的问题看得如此深入、透彻。在台湾,国民党看待"太阳花"的态度,要么干脆屈服、投降,要么就是将"太阳花"的年轻人直接认定为不懂事、造反。没想到,习总书记却是对台湾的局势掌握得如此清楚,而且看得如此深入,他点出年轻人喜欢求真、求是的特点,更启发了我看待"太阳花"的新视角。

回应了我的发言后,习总书记仍然脱稿,即席和我们分享了他20世纪90年代初在福建任职时的经验。他说,当时他曾问当地的台商:"'台独'问题到底严不严重?"当时台商告诉他,"'台独'是不可能的,因为台湾人拜的妈祖、关公原来都是中国人。"接着,习总书记话锋一转,对我们说:"现在看来,台湾教科书如果继续维持'去中国化'下去,孔夫子、关老爷都成外国人了!"

习总书记对台湾情况的认识,可以说非常深刻。其实,更准确地说,台湾经过日本五十年殖民统治,后来又因国共内战和大陆长期分离，中国意识本来就相当薄弱。近二十年的"去中国化"教育，更加深了台湾年轻一代对中国的疏离，"独派"更进而在历史教育中否定台湾光复，炮制出所谓的"同心圆史观"，认为过去曾经统治台湾者，统统都是外来政权，台湾人需要自己的"国家"。

然而，在这套外来政权论底下，"独派"又对日本殖民有特殊的眷恋情怀，他们通过历史教科书的论述，把原本"日据时期"的用词改为"日治时期"，并强调因为日本人的建设，才奠下台湾现代化的基础，进而将建设"嘉南大圳"的八田与一捧成台湾先贤，却忽略他是为日本殖民者服务，以方便剥削台湾人的资源。"独派"借由这套论述，实际灌输给学生的是"媚日仇中"的观念，日本殖民者变得光明美好，中国人光复台湾却成了来劫收的"外来政权"。

由此史观再延伸下去，"独派"甚至开始说"台湾人不应庆祝抗战胜利，而是悼念中国人和美国人空袭台北造成的伤亡"、"台湾人在二次大战中是战败者，因为台湾人的祖国是日本"，这些似是而非的论调，并以此作为"认同台湾"的标准。可以说，这种肯定日本殖民的史观，不仅站到了中华儿女的对立面，更站到了世界反法西斯的对立面。

习总书记最后提到，年轻人将是中华民族伟大复兴的中坚骨干。我深深以为，我们何其有幸，生在这样一个特殊的时代！战争与革命虽已离我们很远，但在如今这个和平与发展的年代，反华势力仍对我们不断发动思想的斗争，这无疑就是一场没有硝烟的战争，而台湾就是重要的战场。也正因为如此，我们这些台湾的年轻统派，更要肩负引导台湾青年的重责大任，带领他们认识到两岸命运共同体的关系，在中华民族复兴的道路上，发展个人宽广的前途。

2

第二次见到习总书记，则是在2015年9月1日，正好是我二十八岁的生日。那次会见，主要是为了两天后的九三阅兵，习总书记接见来北京观礼的台湾人士代表。整个会见的过程，相比上次较为行礼如仪，主要由习总书记和连战先生分别发言，时间也较简短。

然而，这次会见在台湾岛内引起的震荡，却远远超出上一次。8月30日我刚办完登机手续，走进桃园机场检查行李的区域，却忽然听到外头的大厅一阵喧闹，等到上飞机后，才知道连战先生也搭乘同一时间另一个航空公司的航班，稍早听到的吵闹声，正是"台联党"的青年军来抗议连战，并堵住连战办公室的张荣恭先生，还用抗议布条盖住张先生的头，现场一度气氛火爆。

9月1日上午，我们进入人民大会堂会场，整个会面仅有习总书记和连战先生发言。连战先生提到，蒋介石领导的国民党在正面战场，毛泽东领导的共产党在敌后战场，都对抗战做出贡献，也都是抗战的胜利者。抗战是两岸同胞共同奋斗的历史记忆，两岸应该要同记历史、共写史书，由此开始建立政治共识，化解仇恨与歧异。

与我上一次见到习总书记的会面相比，这次会面时间较短，我也没有发言，却因为是九三阅兵，引起台湾更多关注。当天台湾代表和习总书记一一握手，而我是当中最年轻的，轮到我和习总书记握手时，台湾媒体纷纷从各种角度捕捉画面，我和习总书记握手的一幕，当天下午便在全台湾广为流传、众所周知。

当时，全台湾的新闻舆论，几乎一面倒地批判台湾人参加九三阅兵，连战尤其成为被攻击的标靶。更不可思议的是，攻击连战的声音，主要还来自马英九当局。从最初连战受邀出席阅兵典礼,就被劝阻不宜参加,国民党前高官甚至辱骂连战"不是东西、丢人现眼、自贬身价"。

在全台湾没人愿意替连战说话的情况下，台湾的媒体找上了我，当天晚上，东森新闻驻北京的记者便和我联络，约了隔天下午来采访我。第二天一早，我还先去了趟卢沟桥，凭吊当年七七事变的现场，然后搭出租车回到我住宿的北京饭店。结果才到饭店旁的王府井大街下车，台湾几大媒体一拥而上，劈头就问我对台湾舆论批判我们这些人来观礼阅兵的看法。台湾主要的电视台记者全都到齐，不少大陆民众也来围观，好奇这么多架摄影机，究竟是出了什么事。

我就这样站在王府井大街和长安大街的路口，对台湾记者侃侃而谈。我说,现在台湾攻击连战参加九三阅兵的,主要有两种人，第一种人根本不认同自己是中国人，这类人实在非常可笑，因为他们既然认为台湾是二战的"战败者"、甚至视日本为祖国，那又有什么资格管中国人怎么庆祝抗战，怎么诠释我们中国人抗战的历史呢？

另外一种人则是走不出内战思维的"老国民党"，他们坚持说只有国民党是抗日战争的领导者，共产党对抗战没有贡献。我可以理解他们有这样的情结，但共产党在敌后战场出力也是事实，不应该否认；而且大陆已经承认国民党领导正面战场，并没有说共产党是领导者，而是最早倡议抗战、坚持抗战的中流砥柱。

我反而要问的是，如果今天不是北京举办阅兵，台湾还有谁讨论抗战？台湾连一座抗战纪念馆、甚至讲述台湾人自甲午战争后抗日历史的纪念馆都没有。国民党如果要强调自己对抗战的贡献，那为何又不大肆庆祝抗战胜利，也不重视台湾光复节呢？

9月3日上午，我在天安门旁的观礼台，全程观看了九三阅兵典礼。亲民党因不堪台湾舆论的攻击，宋楚瑜一度要求代表他到北京的秘书长秦金生，在见过习总书记后就提早返台，后来又上演了临阵开溜的戏码，对台湾媒体宣称没有出席九三阅兵，在台湾竟成了一场"罗生门"。

然而，同样出席九三阅兵的其他台湾贵宾看不下去，向媒体还原了事实：原来当天上午，秦金生和他们几个贵宾一起登上了天安门城楼，也在主办单位安排的观礼席坐了下来，但在阅兵式正式开始前，却忽然声称身体不适，离开观礼席，到城楼上另外一处休息区看大屏幕，等到最后典礼结束，又跟大家一起下楼。这位台湾贵宾问媒体："这样算不算出席九三阅兵呢？"

当天下午，我回到饭店休息，便接到"正晶限时批"节目来电，要用电话连线在节目里访问我。我早就清楚，这就是想利用我不在现场，无法立即做出反驳的空子，制造出众名嘴公审我的样子。所以我断然回绝，表示这种具有历史深度的问题，必须要当面才能谈得清楚。

后来，我回到台湾后隔天，就连上了"正晶限时批"和"新闻面对面"两个节目。只能说，台湾名嘴水平之差，还是超出我的预期。在"正晶限时批"节目，同台的名嘴连台湾光复都不承认，那还管我们中国人纪念抗战、庆祝光复干嘛？到了"新闻面对面"，民进党"立委"结合名嘴，企图偷换概念将"九三"讲成"十一"，也被我当场拆穿。

阅兵完的当天晚上，台湾的《联合晚报》就报道，国民党有高层指出，原本国民党和新党共同推荐我在台南参选立委一事，因为我高调参加阅兵，引起社会观感不佳将生变。有记者事后告诉我，所谓的高层很可能就是马英九方面的意思，但我至今仍无法查证。

我虽不晓得所谓的国民党高层是谁，但我很清楚这些政客、媒体操作的所谓舆论，与民间真实的观感有很大差距。我爸爸许多市井小民的朋友，包括在台南老家碰到的一般民众，都兴奋地向我打探我见到的习大大是什么样子。一位政治立场偏绿的玉石店老板，因为和爸爸熟识，曾经送我一块象征喜上眉梢的玉，在我和习总书记握手的照片传开后，笑着对我说他的玉应验了。还有过去我常去的便当店老板的儿子，一看到我就问我习大大的事，还说很认同我所讲的要跳脱内战情结，希望我有机会能带他一起去大陆走走看看。

甚至过去把我当作丑角消遣的名嘴，如今再提起我时，口吻、态度也都变得看重了许多。网络上还流传起许多分析"王炳忠见习近平现象"的文章，说因为我敢于做少数派，所以反而能够突出、得到礼遇，甚至还有人创造了"王炳忠行销学"的名词。

但他们不了解的是，我对行销学其实完全没有概念，我既没有刻意去推销自己或经营人脉，更没有他们所讲的那样复杂的权谋算计。一路走来，我就是我，我以身为堂堂正正的中国人为荣，始终没有改变。但这些年来，很多人都变了。

从2005年连战访问大陆的"破冰之旅"，2008年北京成功举办奥运会，再到2015年的"九三阅兵"及"马习会"，我所处的这个时代，两岸关系已经发生太多历史性的突破。我不知道以后还会有多少大事发生，但我知道这将是中华民族复兴的重要阶段，而我有幸见证这段历史，同时也在创造历史。

我要冲破"新戒严"

1

我创造"新戒严"这样一个概念，主要来自李登辉2016年出版新书《余生》给我的灵感。李登辉说，"余生"指的是他用最后的生命，来提出他对台湾的主张、指引台湾的未来。我立即想起，先前蔡英文才说过，马英九已经是即将卸任的领导人，却在人民事先不知情的情况下，和大陆领导人习近平见面，呼吁马英九"不能框限台湾的未来"。

然而，李登辉所谓的"余生"，不也正在用他的路线来框限台湾的未来？事实上，李登辉虽然卸任多年，但他的路线一直继续操控台湾政治最核心的统独议题。试问：一个九旬老人的余生，凭什么封锁我们这些年轻人的出路？台湾青年必须奋起，挣脱这个老人给台湾安上的桎梏！

李登辉在台湾翻云覆雨，做了整整十二年的领导人，他一路拔擢的徒子徒孙、党羽早已遍布台湾产官学各界，牢牢掌控台湾的思想、历史、政治、经济、新闻等方方面面的话语权。因此，李登辉时代看似早在2000年就结束，其实仍在延续。

陈水扁上台后，李登辉随即在2001年便出手，刻意扶植、成立"台湾团结联盟"，利用"极独"路线掣肘、框住陈水扁。"台联党"是一个以李登辉为精神领袖的政党，以"一边一国"、"台湾本土化"、"台湾国家正常化"为诉求，完全继承李登辉路线的政治主张，在两岸政策上坚持李登辉提出的"两国论"，对大陆市场主张"戒急用忍"，反对大陆成为台湾经济的出路。"台联党"的出现，使得陈水扁不敢采取中间路线，为了争取选票，陈水扁只能继续在"极独"的道路上越走越远。

新一任台湾的执政者蔡英文，宣称即将卸任的马英九"不能框限台湾未来"，然而继承李登辉路线、继续框限台湾未来的，正是蔡英文自己。回顾李登辉执政末期，提出两岸是所谓"特殊国与国关系"的"两国论"，就是由时任"国安会咨询委员"的蔡英文，奉李登辉之命领取"国安局"专款补助撰写的。当时蔡英文同时担任政治大学教授，在1999年8月16日，写了一封信给当时的"国安局局长"丁渝洲，称需要台币262万元（约人民币52万元）来研究"特殊国与国关系"，丁渝洲隔天就拨款，此事被称为"816专案"。

李登辉的路线是什么？他的阴谋已在新书《余生》当中全盘托出，那就是要彻底利用"中华民国"的壳来实现"台独"。所以李登辉宣称，不需要真正的"台独"，他也从未主张过"台独"，他要的是"中华民国台湾化"。他声称台湾实质已经"独立"，和中国是海峡两岸两个"主权国家"，这套论述就是不折不扣的"两国论"，就是"台独"。所谓"中华民国台湾化"，实际上就是"去中国化"，就是"台独"分裂的换句说法。

这就是李登辉的本质，也就是所谓的李登辉路线。从1996年到1999年，李登辉就一直不断地把他的李登辉路线提到台面上。

早在1996年李登辉当选后,便接受美国CNN专访,主张所谓的一个中国,必须是未来统一之后才会出现,目前的中国是分裂的,在台湾就叫作"中华民国",这是历史上遗留下来的,本来就有的。

李登辉的此番言论,很巧妙地将两岸"分治"偷换成了"分裂",再用"中华民国"作挡箭牌,掩护其"台独"的本质,为之后他在1999年提出"两国论"做铺垫。三年后,李登辉借由接受"德国之声"专访的场合,提出两岸是"特殊国与国关系"的"两国论",之后再通过陆委会正式宣布,宣称台湾的两岸政策从此进入新的阶段。

"两国论"提出后,当时国民党的人几乎都在替李登辉打圆场,包括连战、胡志强、苏起这些国民党大人物,当时都在帮李登辉的"两国论"圆场。但大陆非常清楚,"两国论"就是将两岸指为分裂,分裂就等于"台独",不管用什么名称、什么形式来包装,宣称两岸分裂为两个国家,那就等同于"台独"。

2

李登辉路线的核心是,他相信台湾可以利用国际强权之间的角力完成独立。李登辉路线看似缜密,却有一个他无法保证的前提,那就是他自认为的中国必然会崩溃。许多反华学者,都自称多少年前就看出中国将会崩溃的影子,结果多少年过去了,中国不但没有崩溃,而且快速崛起,但李登辉却还是对中国崩溃论深信不疑,又或者是不愿意承认现实,并且用尽手段不让台湾人认清现实。

早在20世纪90年代中期,许多台商便看到了中国崛起的机遇,准备进入大陆市场,但李登辉却提出"戒急用忍",警告台商说中国会崩溃,并对两岸经贸发展做出种种限制,断送台湾一代人的发展契机。

然而中国不但没有崩溃,而且正以前所未见的速度崛起。而当年没有听李登辉的话,仍然勇敢进驻大陆市场的郭台铭与蔡衍明,今天都是台湾首富级的人物。

李登辉无法回答"中国会不会崩溃"这件事,执行李登辉路线的一干党羽也无法回应中国崛起的事实,所以只好用尽方法蒙骗台湾人,想尽办法蒙蔽、丑化一切关于中国的资讯。当全世界都争相与中国崛起的潮流接轨,认真研究中国模式的内涵,台湾却被圈养在无知的同温层,像极了当年的"戒严"时代,台湾当局拼命阻挡人民看见外头真实的世界,以维持统治的稳定。

我们这些台湾的年轻人,自以为成长在"解严后",孰不知是活在无形的"新戒严"里。曾经,这种把台湾封锁起来的"新戒严"结构,在2005年连战访问大陆后被撼动,并一直到2008年马英九开放"三通"后,才成功打破了这个结构。然而,从"太阳花反服贸"开始,这个结构又重新死灰复燃。散布在产经学各界、李登辉所拔擢的徒子徒孙们,继续通过有意挑选过的教育及新闻,不让台湾人了解中国崛起的真相。

李登辉心里很明白,现实世界中,"台独"只能说不能做,"做不到就是做不到",所以他才坚称自己不是"台独",仍要死抱"中华民国"的招牌,认为借此就能逃避中国大陆的压制,并维持包括美国在内的国际上的支持。

他始终不敢走完他口中"台湾国家正常化"的最后一里路,实现2004年他曾高喊的"公投制宪、正名建国",却又不肯认同"九二共识""两岸同属一中",宁可让台湾永无止境地在"不正常"中浮沉,宣称附属于台湾的钓鱼岛属于日本,争取日本右翼的支持，等待遥遥无期的"中国崩溃"之日，断送一代又一代台湾人的未来。

难怪他在任时就急着用行政资源推行"去中国化"教育，把年轻人都教育成"台独"分子。造成的结果，是我们这一代在"解严"后出生、成长的台湾青年，从国家观到世界观，统统都为李登辉路线所框限，就如同我们说"戒严"时代成长的父母辈，人人心里都有一个"小警总"，那么我们这代的台湾人，甚至比我们更小的学弟妹，心里也都有一个"小李登辉"。

身为中华民族的一分子，台湾人民理所当然有权利分享中国崛起的机遇，但现在却被李登辉路线制造的"反中"、"仇中"民粹所压迫，封锁了台湾人民的出路。台湾因此只能继续恶斗内耗，政客们忙着分赃，分的还是台湾所剩不多的老本，再将发展停滞、民生凋蔽的祸源都指向"中国"。

如今，李登辉用他所剩不多的政治生命，将这条路线交给了蔡英文，如同该隐的封印，重现他经常自比的摩西与约书亚的传承。自命台湾新世代的"太阳花"领袖，像是黄国昌、林飞帆等人，在选后也一一接受李登辉当面授记，成为"新戒严"体制的接班人。

难道台湾的命运，就只能跟随李登辉的余生，一步一步走向毁灭吗？我不甘心、并且有决心冲破这样的"新戒严"！这将是一场台湾人民的自救运动，没有人能阻挡我们的意志，关键只在我们自己对信念的坚持。

附录

台大座谈会纪实：王炳忠 VS 独派快问快答

2014年11月19日，我受台湾大学研究生协会邀请，以新北市议员候选人身份，到台大主讲青年从政的甘苦，约二百名学生及民众参与。

台湾大学研究生协会，即代表台大全体研究生的学生自治团体，由台大研究生选举出的代表担任干部。多年来，"独派"团体一直在台大各学生团体中着力甚深，通过台大各学生团体培植从政人才，如"太阳花"运动的学生领袖林飞帆，就曾担任台湾大学研究生协会的会长。

当天的座谈会开放听众对我提问，内容却几乎都围绕在统独议题。由于大家都知道我是大统派，当天几乎是"独派"学生总动员来挑战我，形成了我与"独派"的一场快问快答。

以下即根据当天讲座的录影，节录出我与提问者之间的问答内容。

问（年轻学生）："台湾独立"的议题，讲了二十几年还是没有结果；但从1949年后到现在六十几年，统一也是没有结果。不知相比之下，您对于独立、统一之间的比较利益和机会成本，有何看法？

回答：

机会成本上，对台湾下一代最有利的选项，是追求终极统一。请听清楚我这句话，"维持现状"和"追求终极统一"，其实差别只在一线间，但是前者是不负责任地回避问题，后者则给予人民明确的方向。

也许你会说，那为何不讲"追求终极独立"？但现况是，讲到"独立"会遇到很多阻碍。"独立"可以是很多人的理想，但在可行性上，如果我们硬要"独立"，会遇到以下几种情况：

一是战争，如果被打败，便是生灵涂炭，就像大家看到过去国共内战那样家破人亡。又或是拖上很长时间，如八年抗战那样，大家俱损，一直这样耗下去，东亚大乱。当然也有可能，台湾打赢了，"台湾独立"真的成功了，那你还是要面对，如何与"中国"这个最大的邻国相处问题？他与你变世仇，那将是历史难解的恩怨。

所以接续你的问题，估算机会成本，权衡现实和理想之间的考量，"追求终极统一"对台湾人民才是最有利的。台湾人不须放弃对中国大陆的话语权。看看历史，台湾承载了自日本殖民来的恩怨情仇，包括国共内战的悲欢离合，这都是中国近两百年来被帝国主义压迫后的产物，在台湾具体而微被表现出来。

台湾人应该多下工夫的是，我在现实权力上和大陆斗争斗不赢，那我可以在话语权和你争，争话语权最有利的方法，就是大声主张我也是中国人，我也要中国崛起的红利，包括对未来中国发展的蓝图，我也有表达意见的权利。对台湾最有利的利器，便是中华文化的正统。

我祖先跟着郑成功军队来台，当年本来要"反清复明"，可后来反清复明不成，就留在台湾，等时间久了，再反过来讲别人是外省人，我们是台湾人。

今天对台湾最好的道路，就是不要放弃"我是中国人"，不要放弃我们对"中国"的话语权。事实上，中国崛起的趋势，各种数据都很清楚，从宏观的角度来讲，统独不只是两岸问题，更是国际强权的变动。美国主导的弱肉强食的西方价值观，能否继续领导下一个世纪？或者应该会有新兴的力量出现？我们应该把自己看得更大，站在中华民族这股新兴的力量上，而不是像可怜的小媳妇一般。

主持人（台大研究生协会干部）：对于统独立场，炳忠认为"台独"会面临战争，而跟"中国"统一的话，炳忠认为台湾的历史定位是什么？

回答：先更正一下，不是"跟中国统一"，两岸同属中国，应该说是两岸追求统一、创造新的中国。今天我们在话语的表达上，本身就充满了很多问题，比如"跟中国统一"、"被中国统一"这种说法，都是我们把自己当小媳妇的怨怼或自卑心理。事实上，大陆和台湾都是中国的一部份，中国是个更大的概念，很多人说大陆财大气粗，不满他来代表中国，那你为何又要自己放弃呢？

主持人（台大研究生协会干部）：所以炳忠的意思是，在中国崛起的这个时刻，台湾不能放弃对中国的诠释权，否则会丧失台湾人本身的利益。

问（年轻学生）：我们有一个女儿叫"台湾"，隔壁有一个很有钱的恶霸叫"中国"，"中国"一直想要侵犯台湾，但我们这老爸管得好，房门一直不给他开。结果后来换了爸爸，这个新爸爸就说，你嫁给他也不错啊，可以从里面分化他们、分他们的财产。但为什么一定要嫁呢？

所以我想，刚刚你提到"会不会战争"等，这绝对是一种恐吓的意味，因为以经济层面和政治层面来讲，我都不认为"台湾独立"是会战争的。第二个部分，你说我们跟他们在一起了，我们可以争取到更高的话语权和利益，但我认为更多人想要掌握的是，我们家就是我们家，我们不用跟别人交往。很明显地，你今天不知道那恶霸背景就算了，那今天我们到"中国"能用脸书吗？（注：2015年11月，大陆部分地区开始能上脸书，大批大陆网友到蔡英文脸书留言表达不同立场，竟又引起支持"台独"的台湾青年要求管制。）

回答：

刚刚你用女儿和恶霸来诠释我刚刚的话，刚好让我有机会，和大家分享我对两岸关系的另一种比喻。本来中共跟国民党是兄弟，国民党是大哥，中共是小弟，而母亲是中国。或者可以说，中国就像"鼎泰丰"老字号（台北卖小笼包的名店），本来这老字号是传给大哥的祖产，但后来小弟把大哥给赶走了，然后大哥跑到台北来继续开他的鼎泰丰，牌子也坚持没有换，所以我们还是坚持自己是中国，两蒋时代还坚持自己是正统，相信我们的小笼包比中共的更好吃，因为我们才是原汁原味的中华文化。

可随着时间慢慢过去，对岸越做越大、越做越好、客人也慢慢变多，都改跑去吃北京小弟开的"鼎泰丰"。面对这种情势，原来台北的"鼎泰丰"开始分裂，这分裂就是二十年来的统独争辩，有人说我们干脆不要叫"鼎泰丰"了，也不要卖小笼包了，开始臭豆腐也卖、蚵仔煎也卖，结果人家更不吃了。

本来人家还因为你小笼包好吃挺你，现在你连小笼包也不好好卖，到最后甚至搞出"正名运动"，说我们换个名字说不定能更好，结果却是更惨，没有人要承认这新招牌。所以我的比喻是这样，本来是两个兄弟争家产，是兄弟内斗，但现在心态转成我是可怜的小媳妇，变成刚刚提问的朋友说的"要嫁不嫁"。

在这种心理下，就是既不敢说我就永远不嫁，又不愿意现在就嫁过去，甚至不给承诺。大陆说，那我和你先协议签个婚约，台湾也不愿意，还经常跟美国、日本暗通款曲。过去台湾嫌大陆太穷，现在大陆富了，又嫌人家不文明，但同时又要对方让利，这就是今天台湾的窘况。

刚刚提问的先生说，我提到战争是恐吓、是下流的说法，那是刚才有同学要我计算统独的机会成本，所以我必须衡量现实条件。

要说恶霸，美国才是全世界最大的恶霸，但美国都不敢说不理中国。既然要谈现实利益的机会成本计算，那我就客观地做衡量，"台独"必然存在战争的风险。这不是我一个人讲的，而是《反分裂国家法》摆在那，要"台独"的人，应该先要兵推看会不会赢！

问（中年男子）：我在"中国"待过很长的时间，在上海、厦门、深圳都有，我为什么回到台湾，因为那不是个法治的社会，而是人治的社会，如果你真正对"中国"了解的话！所以回到我的问题，我想请问你刚才的一个论述，就是你说"台湾人也是中国人"，这是你自己想像，还是台湾人授权给你讲的？我就不屑当中国人有什么不对吗？

回答：

首先，请你也证明，那又是谁授权你来问这个问题？好，那你们就代表你们自己，我也代表我自己，你们讲你们的，我也可以讲我的，对不对？

刚刚我说我自己的主张，我认为对台湾最有利的道路，是台湾人不要放弃对"中国"的话语权，这是我的意见、我的主张，你要听便听，不听便罢，不用授权，没那么复杂！如果要谈授权，就立即"统独公投"，立刻摊牌，这是最简单的授权，不需要喊、也不需要冲，大家直接用投票，最后结果若是不当中国人要"台湾独立"，那要走的走，要留的留，打仗了也要自己承担。

你们又说，我谈打仗是恐吓，那我刚刚也讲，说不定台湾打赢了、"独立"了也是有可能啊，可就算打赢了还是要跟邻国"中国"交往。所以不用那么情绪化，不用那么紧张说谁"授权"，谢谢！

主持人：我相信各位对台湾的历史脉络和国际现实的理解可能有相当大的落差，那这方面我们可以再补充，还有问题吗？

问（年轻学生）：首先我想先谢谢炳忠愿意支持"统独公投"，因为"统独公投"是势在必行，不论结果如何。再来我要跟炳忠说的是，你刚刚讲的话有点不对，你刚刚试图用客观的分析来包装大中国，陈述的内容大概是：第一，为什么我们不能"台独"，因为"台独"有战争；第二，为什么要统一，因为我们要抢大中国的话语权。

但这事实上是有很严重的谬误。为什么呢？因为你虽然用很客观的现实来讲"台独"会发生战况，但却忽略我们其实没有办法和共产党去抢到"中国"的话语权。炳忠完全忽略了这一点，天真地认为我们可以用现在"中华民国在台湾"这样一个边疆地区的特殊情况，跟中国大陆争法统、争正统权，我认为是不切实际的。

炳忠一方面天真地认为，争正统能赢得共产党，但是对于"台独"方面又变得很实际，说一定会打仗。所以我认为你对利益的分析并不客观，其实是非常主观的，所以我想请炳忠对于这块再多加思考。

回答：

首先先表达一下我的感想，其实今天我们座谈会的主题，应该是青年参政碰到的困境，而不是统独辩论，但是我觉得大家讨论统独也不错，因为这本来就是现在台湾的核心问题。

对于他刚刚说我的分析其实非常主观，我从来都不回避，我是主观你也是主观嘛！就像之前问"谁授权你说台湾人也是中国人"的老先生也是主观，还有很多问题都是主观啊！这也没什么不对，我思故我在，一个人没有主观，像柯文哲那样变来变去、摇摇摆摆，才是假的啊！

柯文哲你是"台独"就讲是，就认同你自己的理念，不应该闪躲。主观很好，大家都应勇敢讲出自己的理念。刚刚提问的朋友说，我好像是用一个现实的分析去包装一个大中国的理念，其实大中国理念也没什么对错，"台独"也无对错，关键要面对现实，对我来说不用包装。

关于"统独公投"，我已经在各电视台发声多次，还帮各位去问民进党板桥议员候选人黄俊哲，问他愿不愿意支持"统独公投"，他却说这不是主题，不愿意正面回答。大家要算帐就找他，自己在板桥选又挂民进党中央职务，不敢面对"统独公投"也不敢面对年轻人的声音，请大家找他算帐去！我已经很多次帮"统独公投"发声了。

主持人：如炳忠所说，今天是青年参政论坛，虽然说青年参选人的理念很重要，但还是希望大家能够聚焦在市政问题！

问：我对于你刚刚讲的"鼎泰丰"比喻很有兴趣，试图帮你补充两个脉络，看你同不同意。一是被赶走的大哥跑去台北开店的时候，那个店址本来就有人在卖东西了，有人在卖少数民族风味餐，有人在卖日本拉面，大哥开那个店只标榜卖小笼包，对大家说我们要用原汁原味的小笼包抢回我们对"鼎泰丰"的正统招牌，那原本在卖少数民族风味餐和日本拉面的也很好吃啊，为什么变成只有卖原汁原味的小笼包？二是台北店有老顾客，老顾客原本觉得就只有台北店好吃，后来也想去对面小弟开的那一家试试看，结果就被关起来或是被杀掉了，请问你同意这个现象吗？

回答：

你刚才讲，有人开日本拉面、有人开少数民族风味餐，当初我的祖先跟郑成功来台湾，也没问少数民族要不要继续卖风味餐，就卖起"妈祖婆"、"王爷公"、"初一十五要拜拜"这些文化，而这些文化现在已经变成台湾主体文化。就像所谓"台语"，不也是我们祖先过来，占的人口多了，就硬说我们讲的闽南语就是"台语"啦？

再怎么说多元文化，一个地方还是有主体文化，那就是由民间长时间以来组成的主体脉络。这文化脉络，不可讳言还是以闽南人为主的岁时节庆，变成今天大家说的台湾人的风俗，这风俗也是汉人从大陆带过来的啊！所以要讲这东西是讲不完的。

就像我说，今天大家认为要以台湾为中心来论历史，但台湾是个没有生命的岛屿，那到底是谁在创造台湾文化，让我们有历史可以写？不还是这些人啊！整个台湾形成共同的政治、经济、社会体系，仍是奠基于中华文化的典章制度，由此产生后来对抗日本殖民侵略的"台湾认同"、"祖国认同"。在此之前的台湾少数民族，只是分散各地的部落社会，遑论形成今天"独派"爱扯的"台湾主体"。

跟各位报告，荷兰人来台就三、四十年，仅局限在几个地方建立据点，能代表什么台湾人呢？说是台湾原本还有"卖日本拉面的"，但在日本统治五十年期间，除了少数阶层、一些媚日的"三脚仔"能够跻身"皇民化"阶层以外,多数台湾人还是过着原来闽、粤二省传来的风俗习惯没有变,出身最台南乡下的我怎么可能不清楚呢?

我阿嬷走过日据时代,她说日本人硬要拿王爷的神像去烧,台湾人都是要把神像藏起来的啊!大家都说看到日本警察很恐怖,都还得要跪在地上。金美龄和李登辉这些"皇民化"分子,把日据时代说成是他们美好的"跳舞时代",那是因为他们是权贵阶级的人,所谓的"高级本省人"啊!我阿嬷这些人没权没势,所以所谓本土的话语权就被"皇民化"分子垄断了。

主持人:感谢炳忠刚刚为我们做的回答,这是最后一轮提问,请各位聚焦在市议员要处理的市政上。

问(中年男子):我本人从事统独问题研究多年。炳忠是希望我们,选择统一能和中国大陆争话语权;很多人不同意,认为"台湾独立"才能成为一个国家。那我想请问炳忠,你身为议员候选人,对于统独的实际计划和配套措施?因为我们知道,统独都会面对很多不确定性的风险,例如说统一后可能抢不过共产党的话语权,"独立"我们可能害怕战争、会有很多不确定性,那这些东西你可不可以告诉我实例,谢谢!

回答:

我想这问题是大哉问,因为这是所有"总统"参选人现在都要回避的问题,那我王炳忠何德何能呢?但我尽量不回避啦!我就以我的浅薄知识,及我二十七年浅薄的人生资历,加上我家族背景给我的一些观念,来和大家聊聊。

我思前想后,对于台湾最好的道路,就是"追求终极统一"这个答案,才是对台湾最有利。这句话,我希望在座的朋友,你们用心好好去想想,我说的"追求终极统一"这个目标。我不是急统派，真的要马上统一，事实上也统不了，大陆也不知道怎么跟你统哩！但我们把它当成是终极目标，这是对台湾最有利的。

至于配套措施与否，那真的是非常复杂的大哉问。我的建议是，台湾内部赶快先凝聚共识。说起来，每个参选人都喜欢讲共识，蔡英文也提了"台湾共识"，但过了两年，也没讲那到底是什么。如果她的"台湾共识"，就只是聆听每个人的意见，那这叫作不负责任。因为选你干嘛？选你就是要你帮我们总结啊！你总要先告诉我们，你的所谓共识是什么，我才晓得我们之间的共识一不一样，才能决定投不投你嘛！

但是现在的候选人都在闪躲，都说我聆听、我尊重，那到底是主张什么？我们仍然不知道！现在我只是先选一个小小的民意代表，要我讲配套措施，我所能讲的就是以上这些，就是建议大家追求终极统一，尽可能凝聚内部，大家对于国家民族认同有一个共同的认知，那就是按照"宪法"，两岸同属一个中国，分治但不分裂；按照历史文化的道统，台湾人是中国人，不放弃对于中国的话语权。这是我的解答，有了共识尽早跟对岸谈，越早谈筹码越多，越晚谈筹码越少，则可能情况越不利。这是我的解读，谢谢！

问（政治大学日文系教授，中年女性）：我是政大黄老师，是做日本文化研究的，你刚刚讲到"小笼包"又讲到"话语权"，你认为的所谓"中国的一统"，它本身在现代资本主义社会中，也在不断地变化，不断地商品化、不断地大众化和全球化。你说要忠于原汁原味，但我们台湾其实就是"混种杂交"，尤其经过日本殖民时代。

而事实上，中国大陆也正在大大地融和，搞不好真的统一以后，你连原本"鼎泰丰"的口味都找不到了！所以我想要说，请炳忠对于你刚刚提到的"话语权"、"原汁原味"这些词注意一下，因为近一百年以来，尤其是在消费社会的文化流动以来，要找所谓的原味，我认为在中国已经没有了。

至于你又认为，台湾保留了正统的文化，你又把它说成是话语权，话语权和文化的源流是不一样的。所以我认为，炳忠你对于历史的传承、以及阶级所造成主体性的要求是错误的。所以我请教你，你认为原汁原味在中国还有吗？

还有就是所谓的话语权，应该就是每一个人都是平等的，就像刚才我问东你可以答西、他问南你可以答北，这就是话语权，话语权就是尊重每个人现在想要表达的，这是我对于你刚刚历史话语权的反驳，请你解释，谢谢！

回答：

黄老师用了很多她的专业用语，又讲到话语权，又讲到文化源流。其实我刚刚讲的"原汁原味"没那么复杂，一直细究哪家卖的小笼包，那是脱离主题。我其实就是单纯从我的专业，从国际关系的角度，探讨所谓的"国家承认"及"政府承认"问题，只是用"鼎泰丰"及小笼包的例子，方便大家理解台湾及大陆两岸分别主张代表中国这个国家的问题。

至于谈到话语权，我从没认为谁的意见比较伟大，统派、"独派"都是理想，当然都可以讲话，所以我都非常正面地回答每个人的问题。刚刚黄老师说，"原汁原味"可能找不到了，因为有近百年的"杂交"过程，那么我要说，中国已经杂交两三千年了，但是中华文化从不是讲血统种族，而是在大脉络底下，两千年来有一套共同观念传下来的文化，那就是以仁义礼智取代弱肉强食，以王道取代霸道的"天下秩序"，只要认同这套价值观，就是中国人，就传承了中华文化。

简单讲，过去我们在台湾，都说我们是中国人，我们是中华文化的传承者，而这样的定位在近二十年产生不同的见解，内部发生了些矛盾跟不同的讨论，而这个讨论在我看来，拖垮了台湾整体的竞争力，如果我们可以团结一致，和大陆共享这个话语权，今天也许我们能跟对岸谈判的筹码更多，这是我的意见。

大家也许认为，也不一定是我看的这样，但我只想提醒各位一句，我们学国际政治的，知道现实是必须要去面对的。国际政治最讲究现实大环境，而这确实是每个人都逃不掉的权力结构。不管是主张统一还是独立，都不能偏离国际权力结构。当然，每个人对这个权力结构的诠释可能都不一样，至于谁的判断精准，最后只有让历史来检验。

我是台湾同胞,我在阅兵现场

2015年9月3日早上我参加了纪念抗战胜利70周年阅兵式,阅兵式结束后,当天下午回到了酒店休息,不久网络新闻媒体观察者网采访了我,询问我对于阅兵以及两岸关系的看法,他们是阅兵式结束后访问我的第一家媒体,以下是观察者网与我访谈的报道内容。

习总书记对台湾的情况很清楚

观察者网:炳忠,你好,一早上辛苦了。先来跟我们讲讲你现场观看阅兵式的感受吧。

我:你好。确实很激动,一个最大的感受就是体会到今天我们都是胜利者。最后在放和平鸽与气球的时候,跟我同行的台湾年轻朋友也讲了类似的话。回想七十年前,我们真的是一个战胜国,这是这次活动带给我们的荣耀感。这种荣耀感不仅属于中华儿女,也属于一些国际友人。在我前面坐着的是美国飞虎队老兵,我们都是二战时站在世界正义的一方,都是反对用侵略的方式去压迫别人。所以今天我印象很深刻的是，习总书记在讲话的时候特别提到，中国不管发展到什么地步，都不会用强权来强压弱小，不会把我们曾经有过的悲惨经验再加诸到别人身上。

之前很多西方媒体在报道阅兵时都说这是在炫耀，但我想今天习总书记表达得已经很清楚了，阅兵不是炫耀，是想说明我们有足够的力量捍卫真理、捍卫正义，不是用武力来胁迫弱小民族，夺取他们的土地和权利。今天习总书记提到未来会裁军30万，我想也是出于这样的立场考虑。

观察者网：其实我们知道，你们这次来大陆参加抗战纪念活动，受到了很多争议和阻挠。那么这次来大陆，在心情上和以往有什么不同？

我：其实我受邀参加抗战阅兵的时候就想到，以台湾这种民粹的环境肯定会有批判的声浪，但坦白来说，这次的反应确实超乎我的预期，比我原本想的还要激烈。

在北京接受媒体采访

这次对连战的很多批评其实来自台湾当局，因为它要强调国府国军的贡献，这个立场无可厚非，但不能扭曲成来参加阅兵就是"卖台"，甚至说"任何人都不宜去"，这个未免太狭隘了。

实际上来讲，两岸从过去完全的政治对立走到今天，不也是要靠双方不断的互动和尝试累积互信？这当中包括官方，更多的是从民间先开始踏出第一步。台湾在1991年就已经宣布结束"动员戡乱时期"，与大陆进行各种接触、协商、谈判。现在反倒还像活在"汉贼不两立"的过去，民进党"立委"甚至要求当局情报单位提供这一次来大陆人员的情资，这是白色恐怖复辟了吗？

如果今天有人去参加美国的什么纪念活动，大家一定会说哎呀这是台湾之光。但如果来大陆参加纪念活动，就完全是另外一种待遇。这和国民党的内战情结有关，他们始终觉得中共对国军的历史贡献讲得不够，但面对"台独"份子在台湾把"国军"羞辱、抹煞得一文不值，国民党又根本无力招架。为了迎合"台独"份子"去中国化""本土化"的论述，国民党多年来也一直淡化在大陆的历史。这次阅兵就像照妖镜一样，把所有政坛人物统统检视了一遍，每一个人对这次阅兵的态度都会留下历史记录。

阅兵前我受到习总书记接见

观察者网：在阅兵前，你见到了习总书记，现场他有和你说什么吗？

我：这是我第二次见到习总书记，上次是去年9月我们有一个台湾和平统一政治团体参访团，由退役上将许历农老先生带队，那是我第一次见到习总书记。这一次是由连战先生领军的台湾各界代表团，我们就是很简单问候，我说"习总书记您好"，他说"你好"。

两次见面，我对他的印象都很深刻，他态度非常从容，脱稿能力非常强，不用看稿子讲话，非常流畅。他是属于条理很分明，情感也很充沛的人。我们今天看他在阅兵式上讲话比较严肃，但和我们会见的时候讲话很轻松，感觉他其实是个蛮能说的人，看得出来属于豪放派。

去年9月我们见面时，我代表统派青年发言。我发言完之后他接着说，我同意刚刚年轻人讲的，然后他就开始讲话，也没有准备稿子。当时他还跟我们分享了一个故事，说他20世纪90年代初在福建时接触了一些台商，他就问这些台商"台独"有可能严重吗？"。台商就说："不可能，台湾人拜的关公、妈祖都来自大陆，"台独"怎么可能严重呢？"但上次他就说，"现在看来不一定了，教科书继续改的话，孔老夫子、关公、妈祖都是外国人了"。他对台湾情况认识得很清楚，也很掌握。这次阅兵，台湾一直讲连战心中要有一把尺，我看大陆对这次台湾各党各派的反应，心中也有一把尺。

如果不是大陆纪念，台湾谁还记得抗战？

观察者网：这次大陆举行抗战胜利70周年阅兵，对台湾的搅动确实很大，台媒也一直在炒作这个话题。你怎么看台湾媒体的反应？

我：台湾现在反应确实很激烈，我刚一回来就接到壹电视政经评论节目"正晶限时批"的电话连线，但被我拒绝了。不是说我好像要闪躲台湾媒体的挑战，而是我觉得今天的阅兵典礼是一个很有历史高度的活动，应该站在中华民族抗战和世界人民反法西斯的高度来看，不是台湾这种很肤浅的政论节目口水战就能讲清楚的，尤其透过电话连线，你一言我一语，到时候又找几个名嘴断章取义，会完全歪曲我的意思。要讨论也是等我回到台湾以后，和我们几位来参加纪念活动的新党朋友一起上节目，而不是说让你们这样围剿欺负、断章取义。

刚好借由观察者网采访，我也想表达一个观点，台湾媒体一直在用很短线、很浅层的手段在操作这样一个活动，不断把它政治化。那么我想请问：台湾渔民在东海、南海也被欺负，为什么你们不说这些武器可以共同防卫中华民族的领海，可以共同抵御日本、菲律宾的侵扰呢？两岸都是中国人的土地，可以共同防卫，你怎么不从这个角度讲？何况抗战的立意就是这样，当年国共共赴国难、共御外侮，就是为了保卫我们共同的家园。今天很多台湾媒体都在问，连先生、郁主席他们到底坐在天安门城楼上哪个地区呀，如果他们坐在港澳台区，台湾是不是又被矮化了之类的。可见他们站不到这样的高度，只会想着又可以拿这个来批判谁抹红谁。

我和新党成员在阅兵现场

观察者网：你身边的年轻朋友怎么看待这次阅兵？因为我们知道前段时间青年学生团体组织了"反课纲"运动，一个很大的争议点就是如何看待日本和台湾的关系问题。

我：其实本来年轻人不应该有这个情结，可是因为台湾相对封闭的环境，看似新闻很自由，各个台都在报道，但实际上观点非常狭隘、非常单一化。这次台湾基本上分成两种人在批判连战来大陆参加阅兵式，一种是根本不认同自己是中国人，这类人我觉得非常可笑，我也几乎不想回应，既然你们说日本才是祖国，那干嘛还要来评论中国怎么纪念抗战？你有什么资格来插嘴中国自己的抗战史？

另外一群人就是老国民党，他们走不出内战思维，觉得一定要区分国民党和共产党，一定要讲国民党才是抗战领导者。我可以理解他们有这样的情结，但我必须问一句，今天如果不是北京办阅兵，台湾还会有谁讨论抗战？这四五年来，每年的7月7日，我们这些新党的青年人都会到当年台湾光复的历史现场中山堂献花，我们也一直呼唤马英九要建立抗战纪念馆。如果你觉得国军在抗战中发挥的作用比较大，要特别表达台湾人的主体性，为什么台湾连一座抗战纪念馆都没有？包括彰显国军抗战的，或者讲台湾人自甲午战争后抗日历史的纪念馆都没有。"二二八"纪念馆倒是很多，光一个台北市就有两座。

这次连战主席来大陆题词"一十四年血泪史"，台湾都有很多人在抗议，说14年是中共的史观，我们是8年。如果按照这

我和新党成员在阅兵现场

种逻辑，我觉得14年也不对，以台湾人的观点应该是120年的抗日史，从"牡丹社事件"到1895年乙未割台，台湾一直是日本侵华战争的第一站，这总应该是台湾人的记忆了吧？为什么又不去纪念了呢？

我觉得年轻人本来应该是比较容易走出这些历史枷锁的，比较能够展望未来。可是今天的台湾年轻人反而被挡死了，没有办法走出去。我想这可能是台湾的年轻人看待两岸关系的视野太狭窄了，他没有想到70年前和70年后的连接，没有想到这可能会影响我未来的发展。其实人生充满了关联性，我们从70年前的历史可以看到，台湾和大陆始终是一个中华民族的共同体，台湾的命运和整个中华民族的命运是绑在一起的。如果看到这一层，我们就会对抗战胜利七十年后的纪念活动有更深的体悟，而不只是打口水仗。

观察者网：从这次的"反课纲"事件中我们也可以看到，像你这样持统一立场的年轻人，在台湾岛内似乎是少数。你怎么看和大多数台湾年轻人在两岸立场上的分歧？

我：我承认我们人数比较少，但我们的中心思想最明确，我们的团体最团结。反过来，很多台湾年轻人其实根本没有意见、没有立场，看哪里声音大就往哪里倒，没有认真思考过历史和未来，属于随风摆动的骑墙派。所以我们很有信心，因为我们这些年轻人都是有论述能力的，我们都是思前想后，相信我们这套信仰，而且这套信仰是有历史根据的。

再怎么讲，台湾今天有一件事情是没法改变的，你想要投靠日本、美国，但你做不了日本人、美国人，而我们今天不用说是去靠中国，我们本来就是中国人。何况美国抛弃台湾不是一次两次了，但普天之下的中华儿女永远不会抛弃台湾。今天很多台湾青年说没有发展空间,可是大陆有大好河山、有这么广阔的天地,为什么不来闯一闯?我们既可以分享中国崛起的荣耀,在台湾的中华儿女更有使命和责任,为中国崛起做出贡献。

抗战是两岸的连接点,所有中国人都是胜利者

观察者网:你前面提到,这次抗战纪念活动中,中国共产党和国民党一个很大分歧就是正面战场和敌后战场的贡献问题。这些年大陆也在逐步承认国军的抗战功绩,今天在阅兵现场也有国军老兵,你怎么看这种变化?

我:我觉得台湾人应该有点包容心,互动是两方善意的一起成长,而不是永远要求对方按照你的思路来讲。你刚才提到了大陆对国军抗战历史功绩认识的变化,其实我们过去在课本里也没有听说过东北抗日联军,没有听说过赵一曼,也不晓得从1931年"九一八事变"东北沦陷后中共在东北各地的一些活动,我们对这段历史的认知就是共产党根本没有抗日。

但显然历史事实不是这样。我记得曾经看过一个故事,有一位叫吉鸿昌的抗日将领,是共产党员,他的侄儿就是后来在卢沟桥打响全民族抗战第一枪的吉星文。他在"九一八事变"后一直跟日军周旋,最后却被国民党处决了,罪名是违反国策。他的侄儿吉星文也是著名对日抗战将领,1949年到台湾,最后死于1958年的金门炮战。他们叔侄的故事,就是国共对立下的内斗悲剧,要继续细数这些恩怨,算得完吗?

这个故事让我联想到台湾也有很多到大陆来参加抗日的有骨气的台湾人,他们在日据时代来参加抗战,台湾光复以后本来应

该得到国民政府的肯定和荣耀，可是却因为卷入国共内战，最后被当成左倾分子枪毙，这当中包括台湾义勇军的李友邦将军、抗日名将林正亨、台湾早期共产党人吴思汉等等这些台湾爱国人士。

包括这次一起来参加阅兵的陈明忠先生，他是当年台湾本省的知识青年，他的太太同样是台湾本省人，他们回忆，当时台湾光复后，来自上海的老师来台湾教书，学生都觉得大陆来的老师比以前日本老师好多了，会讲很多进步思想，从三民主义到社会主义，还讨论中国在抗战胜利以后未来的发展方向，强化了它们这些台湾人的中华民族意识。结果像这样的老师，被国民党视为左倾抓走，陈明忠和他的太太，后来也都被国民党抓走，成为白色恐怖的受难者，陈明忠更一度被判决死刑。2005年2月，陈明忠在时任国民党主席连战的邀请下，第一次走进国民党中央党部演讲，并当面建议连战访问大陆，后来连战和平之旅在4月成行，这就是化解恩怨，国共一笑泯恩仇。

今天参加阅兵的还有一位黑貓中队的张立义先生。黑貓中队当时被国民党派到大陆做情搜任务，把大陆情报给美国，后来张立义被大陆俘虏，过了这么多年，还能来参加抗战胜利阅兵式，并接受媒体访问，强调不忘历史包容仇恨，期盼两岸和平统一。所以说两岸还是要走出内战情结，很多恩怨是算不完的。

观察者网：那这么多年来，台湾对岛内民众在宣传大陆方面有没有这样的变化？

我：台湾刚好倒过来了，以前我们"光复节"还会放假，现在连光复也不讲了。民进党时期把"光复"改成"接收"，前段时间"去中国化"的课纲修订要改回来，结果遭到了抗议。所以说，台湾的变化就是自己在否定国民党，现在年轻的一代可以说"'中华民国'是外来政权、殖民体制，日本才是祖国"。所谓"台湾主体性"就是承认台湾是"战败国",要检验你够不够认同台湾,就先从你认为台湾是"战败国"还是"战胜国"开始。如果你认为台湾是二战的"战胜国",你就是大中国的殖民思维;认为是"战败国"就表示你是认同台湾的,这个才够本土。够荒谬了吧?

所以我们不断强调,当年"中华民国"是代表中国,是战胜国,所以光复台湾。李登辉今天在这里唧唧歪歪,当年他是日军少尉,当他效忠的天皇投降了,他根本也就是战俘。他之所以没有被当作战俘处理,是他认定台湾同胞是被迫效忠日本的,念在大家都是中华儿女,才让他在台湾窝藏内心真实的"皇民化"思想这么多年,还当了台湾领导人。所以在台湾,历史完全被颠倒了。

台湾现在一直说中共不够凸显国民党的贡献,中共在表达上都只说他们自己的抗战贡献,不说国民党的,问题是今天在大陆,共产党还在讲八路军、新四军,还在讲东北抗联,但是台湾呢?台湾不只平常根本不重视国军的抗战贡献,甚至都否定抗战、否定台湾光复了。何况中共也没有说他领导了抗战的全面胜利,很多台湾人批评中共讲自己领导了抗战,问题是中共没这样说,至少胡锦涛以后就都逐渐修正了。中共官方只是说分成正面战场和敌后战场,中共在敌后建立根据地,最多说中共是最早倡议要民族团结抗战的,说自己在抗战中发挥了中流砥柱的作用。台湾人觉得这个说法太过了,当然你可以去表达,可是你不能说中共没有抗战,这也不是事实。

今天受阅老兵里也包括国民党老兵,这说明中共也表达了善意,承认国民党的贡献。我觉得我们要求大陆如何如何,但也不能说完全按照自己的看法,连战和习近平倡议"共享史料、共写史书"就是很好的态度。两岸关系需要用智慧去包容及突破,我们最后也不希望演变到硬碰硬用实力解决问题。而抗战是我们共同的记忆,是两岸关系的一个连接点,所有中国人都是抗战胜利者。

台湾"本土化"论述没有历史根基

观察者网:我们刚才提到了"本土化",提到了学生"反课纲",你怎么看台湾这一波"去中国化"潮流?

我:就像我前面讲的,如果不是大陆今年纪念抗战,台湾有谁还会记得?现在这些人根本不是反共,而是反中,是要"去中国化",他们觉得"中华民国"和中国有牵连,现在就是要搞"台湾独立",要和中国切断关系,至于现在他们突然好像讲起了抗战,也只是为了要反对我们这些人,反对我们这些主张两岸终极统一的台湾人。

但我从一开始就讲,如果你连是中国人都不承认,还要和我争论,是不是很好笑?其实这是历史留下的一个没有及时铲除的祸根,当年日本在台湾实行"皇民化"运动,留下了一批在思想上已经"皇民化"的人,这一批人多半是日本时代类似地主、权贵这样的上流人士,国民党来台湾以后实行土地改革,这些人觉得自己被剥夺了,心有未甘,最典型的就是李登辉。这些人今天就变成了"台独"的老祖宗、精神领袖,是他们在背后支持"台独"运动。

所以今天的台湾很可悲,"反课纲"学生根本不承认"光复节",这不仅是站在中华民族的对立面,也是站在世界反法西斯的对立面。所以我才说今天根本不要谈中国人认同了,这个问题已经是一个世界文明的问题。

这一波"去中国化"潮流确实很严重。这里我想和你分享下,我们这些青年军在台湾有一个感触，台湾其实还没有光复，70年前的战争还没完全打完。

观察者网：现在等于是在打一场思想上的战役。

我：没错，当年是拿著大刀向鬼子头上砍去，现在没有大刀了，是"文攻"。十年前连战来大陆的时候，还有很多人在机场大闹，十年后就变成了发动舆论攻击，当年日本鬼子的刺刀变成了这些天天造谣生非的媒体。

所以今天我们还在台湾继续和这些人对抗。前一阵子"反课纲"，我带领一群年轻的小朋友去"教育部"门前陈情。结果我们很快就被赶了出来，他们说这边是台湾，哪有什么"爱国"。那个时候我就有一个感受，当年淞沪会战四百壮士死守四行仓库，现在倒过来了，我们就跟当年孤军奋守一样，只是我们现在连根据地都没有了。

观察者网：如果让你对今天的台湾同龄人说句话，你最想说什么？

我：那些批评中共抗战史观的人，想想自己真的那么重视抗战吗？想想我们在台湾，真的还记得抗战吗？当李登辉说台湾没有人抗战时，你有站出来声讨他吗？你们知道台湾人也参与过抗战吗？我看很多台湾人连这个都不晓得，所以他们才会认为台湾人抗战是笑话一场。我有一次做电视节目，主持人就拿这个在笑，说"新课纲召集人王晓波说课纲没有矮化台湾，反而是在美化台湾，因为加入了台湾人抗战的故事，好好笑哦"。我就问主持人有什么好笑的？他说我就是觉得很好笑啊。在场的其他来宾也说"台湾是殖民地，怎么会参加抗战？笑死人了"。他们根本不晓得当年确实有这么一批台湾人不愿意做殖民奴隶而参与了抗战，包括连战的爸爸连震东先生，所以连战来参加大陆的抗战纪念活动是天经地义。

台湾一直在指责大陆歪曲历史，但大陆不会否定光复，不会说南京大屠杀没有那么严重，不会说慰安妇是自愿，你自己在台湾先把历史搞好吧。

为何我出身本省家庭却从小认同中国

这篇报道是 2015 年凤凰网历史频道为纪念抗日战争胜利 70 周年《观世变》特别策划。在这次策划中，凤凰网采访了台湾的统派人士，除了淡江大学经济系的林金源教授与中国文化大学政治学系石佳音教授之外，更采访了 70 后、80 后、90 后出生的台湾本省统派青年，包括和我一样是新党青年委员会委员的林明正，以及另一位 80 后的台湾女生张玮珊。

其中，张玮珊因为受到老师启发，认识到中国思想文化的博大精深，而从原先支持"台独"，转变成认同自己是中国人的统派，因而被家人指为"思想有问题"，与她产生严重冲突。

在关于她的专访上线后，更被"独派"青年人肉搜索，发现她在"行政院"工作，绿营"立委"因此对她进行政治迫害，甚至要求马政府将她斩立决，而理由仅仅是她说自己"认同中国文化的根"、"珍惜自己家里（中国）有无尽的财宝"、"希望生生世世都是一个中国人"。由此可以看出，"独派"对于本省统派青年的出现是多么恐惧，因此立刻要发动舆论攻势，制造绿色恐怖恫吓所有"中国人"的声音。

以下是凤凰网历史频道与我对话的文字实录。

我出身世居台南的本省家庭从小认同中国

凤凰历史：你为什么从小就认同自己是中国人呢？

我：很多人说我出身于外省人家庭，其实我家是世居台南的本省人。我祖先当年跟著郑成功的军队到台南来屯垦，就是第一代准备"反攻大陆"的人，那时候是反清复明。后来反清复明没成功，就在台湾落地生根，久了之后变成台湾人，然后很多台湾人却笑人家是外省人。

我从小认同中国，很大原因是我特别喜欢中国的历史文化。那时候台湾的三个电视台在礼拜天都会播国剧选粹，我从幼稚园起就喜欢看。国剧也就是京剧，儿童节时我还登台演过。我还喜欢看历史剧，我看的第一部八点档连续剧是台视的《唐太宗李世民》，我从小就很自然地觉得唐太宗是我国人啊，他不是外国人。

爸妈发现我喜欢看历史和语文类的东西，就到图书馆去借书。我妈妈是很普通的劳动阶层，她到图书馆就懂得按册数来借书，于是我就看《陈姐姐讲中国历史》，从第一册夸父追日、盘古开天、女娲补天造人一直读到清朝灭亡、中华民国建立，所以我的世界观是从中国神话里来的。我听朋友介绍说央视春晚有首歌叫《中华好儿孙》，里面唱"女娲把天补，夸父走千里"，我很自然地觉得这就是我的根。

到初中以后，当时政党轮替，开始听到"台独"、"去中国化"等说法。当时李敖代表新党选总统，在电视上主持一个节目，我跟我爸看这个电视节目，还会辩论，这是我的政治启蒙。我像触电一样的突然明白了台湾政治最核心的"统独蓝绿"，我认识到"国统纲领"就是因应国家统一前的需要而产生，大陆地区跟台湾地区同属于一个中国，终极目标是国家统一。意识形态各有不同，可要讲是非总要回归到法律本身。要支持"台独"，你也要面对台湾还没独立的现状；要是想统一，也要面对两岸分治的现状。当时我在作业本上写：很多人讲台湾是"主权独立的国家"，我说不，按照法律，台湾只是中国的一个地区，大陆是另外一个地区，台湾并没有主权独立，然后老师就给我画线打了个大问号。

凤凰历史：老师不认同这句话？

我：老师不认同。我当时在台北的万华区读书，万华就是艋舺，是台北最本土的地方，也是清朝末年台北最繁华的一带。那正是2000年到2003年，是台湾"文革"的发轫期，在台北，像万华这样草根的地方，"文革"号角吹得最快。

2000年台湾大选投票前，语文老师在上课时突然说："各位同学觉得如果阿扁当选'总统'，台海会发生战争吗？炳忠你好

像很喜欢政治，你来评论评论。"当时我12岁，初中一年级，我就说，"阿扁如果敢宣布'台湾独立'一定会爆发战争，但是他不敢，他没有这个胆。"老师的回答也很有趣，他说："我们现在有李登辉'总统'给大家最新的教科书，叫做《认识台湾》，过去国民党都没有教，现在李登辉教了，大家认识了台湾就知道台湾很重要，美国日本一定会保护我们，所以大家不要怕，台湾人一定可以当家作主。"这还是一位教孔曰孟云的老师，讲的却是这一套。

当时在学校就感受到"文革"的发轫，公民老师教学生"公投"改朝换代，语文老师告诉学生美日会撑腰，还有老师说阿扁当选"总统"，我们就可以"公投"使"台语"变成"国语"，当时这种气氛就弥漫在校园中。

公开说自己是中国人被骂"滚回去"

凤凰历史：在台湾现在这样的环境下，如果公开喊出自己是中国人，会得到周围人什么样的反应？

我：我是一向都很明确讲，我是堂堂正正的中国人，我是在台湾的中国人。很多人就讲，那你就滚回中国去。讲得更难听的就是所谓"中国猪"这种词。这个词其实不是从这两年才出现的，我在政治上很早熟，2000年读初中一年级的时候就开始关心台湾的政治，那时我在很多网络论坛上去发文，我发现怎么那么多人动不动就一句"中国猪滚回去"。

所以这样的一种"仇中"情绪一直不断地在台湾社会酝酿，它的最高峰是2004年。2004年陈水扁搞"一边一国"，搞"公投制宪"，为了要冲高他的"总统"选情，那个时候还搞了一个"228

手牵手"。过去我们讲台湾有省籍情结，我们口头上说"我们台湾人"对应的是"他们外省人"，可是到了陈水扁时代，他把本省、外省进一步上升，变成"台湾 VS 中国"，变成台湾跟中国是对立的。

我们这一代刚好是在陈水扁时代长大的，整个中学时代就是陈水扁统治时期，所以像我这样20、30岁的人，他们现在觉得中国那就是敌人啊。就算有一些朋友对大陆的同胞也蛮关心，也愿意跟大陆同胞交流，但他们觉得我们是在关心外国人，我们是在跟外国的朋友做交流。比起仇中的人来讲，他们已经算友善的，可是他还是"去中"，我觉得这是一个很悲哀的事情。

国民党推行的大中国教育无法打动台湾本省人

凤凰历史：你身边认同自己是中国人的年轻人，你感觉数量是越来越多还是越来越少？

我：当然我们很客观的说是越来越少。大陆的很多官方报告或者是新闻报道，会提到从2008年以来，两岸和平发展、三通直航好像越来越密切，可是在我的观察来看，却没有增进台湾人对中国的认同，反而很多人说越交流越感觉到彼此不一样，所谓异己关系的感觉是越来越强。为什么会产生这样的一个情况，从我粗浅认知来看，最重要的还是教科书跟媒体的作用。因为多数人害怕做少数，所以即便他的家庭环境或者他内心当中也有著中国人的认同，可是长期在"仇中"的主流政治氛围宰治之下，他也不敢说出来。

如果讲更深层的原因，那就是历史造成的了。很多人觉得从

1988年李登辉上任以后，台湾才开始对中国人的疏离，这个话当然讲起来也对，但是我们必须要去认知到，即使在李登辉之前，国民党在台湾推行的大中国教育当中，挂帅的其实是反共教育。在反共挂帅的前提下，对于中国的认同可能被窄化成是一种乡愁。上一代人，尤其是外省的老兵，他们当然有很重的乡愁，但是台湾70%以上是明清两代就到台湾的本省人，所以我们光是用乡愁来强调台湾人是中国的还不够，这个基础太薄弱。

另外，国民党反共挂帅的教育，也令台湾人对于大陆有一种疏离甚至仇视。当然过去国民党的教育是把大陆政权跟大陆同胞分开的，所以理论上大陆还是我们的同胞，人民是无辜的，可是这种概念并不是每一个人都听得懂。当反共教育透过各种各样的方式去强调的时候它就会变质，到最后就变成反共跟反华、反中分不清。

而台湾过去在日本的殖民统治下搞过"皇民化"运动，李登辉就带有日本"皇民化"的史观。他觉得台湾人去做日本人的鹰犬来发动侵略战争，不但不丢脸，反而是一种荣耀。所以有这样的"皇民化"史观的人做台湾的领导人长达12年，思想就一步一步变得混乱。

我认同中国是因为太爱台湾

凤凰历史：你认同中国，会不会被人说成是不爱台湾？

我：我是本土出身的小孩，过去我不晓得别人怎么看我。毕业后又回到初中，支持"台独"的语文老师听到我讲了一句闽南语，他突然发愣的对我说："王炳忠原来你是台湾人。"我当时一愣，难道有人不是台湾人吗？后来他解释说，看我参加演讲比赛、作文比赛以为我是外省人。后来我就深思这句话背后的意义。课本讲本省、外省、客家原住民都是台湾人，这句话其实是假的，他们内心觉得讲闽南语的才是台湾人，外省人不是台湾人。我又想，是不是台湾人为什么变得那么重要，如果我是第二代外省人，我认同我是湖南人或者四川人，然后我在台湾住了很久，我也是台湾人，可是我为什么不能说我是湖南人呢？好像我如果不是台湾人我就失去了国民资格，讲话就矮一截。

2004年阿扁开始搞两岸对抗，我一些外省三代的朋友跑来跟我说他们觉得这是很大的进步。他们觉得我们这些外省人过去有原罪，现在只要愿意认同台湾，就可以摆脱外省人这个包袱。我说NO，谁决定你认不认同台湾？只有他们的嘴巴来决定，他们的笔来决定，所以像我这样一个闽南语流利、"国语"也很标准的台湾本省人，从郑成功来到这不知道已经定居了多少代，但因为我不合乎"台独"意识形态，在他们眼里就属于不认同台湾的人，因为话语权在他们的手上。

很多人说我不认同台湾，我从来不认为认同台湾的诠释权可以被某种特定意识形态的人来垄断。若你读透真正的台湾历史，你会了解，台湾所谓一二百年的悲情是整个中华民族不幸历史的一个缩影，殖民与偏安这种错乱一直在台湾发生，台湾刚好是整个中华民族在面对帝国主义入侵时很重要的前哨站，日本侵华的第一站就是台湾的"牡丹社事件"。台湾对整个中国来讲很小，可是整个中国最错乱、最矛盾的事件却统统都纠结在台湾的历史里。

到了我们这一代，如果没有好好的引导，那自然就觉得我跟中国就没有关系，就切割中国，但是这在我看来是非常悲哀的一件事情。因为如果你真的要替台湾找出一条出路，那你只有回归到中华民族一份子这条路上来。如果你真的觉得要超越台湾的悲情,就要在中华复兴的这条路上来找到台湾命运的存在。所以我是爱台湾爱得不得了,我是爱台湾爱到对台湾历史中错综复杂的感情有非常深的体会,才会对中国产生认同感。

在2004年左右,阿扁不断操作台湾跟中国大陆的对抗,连我这样从2000年起就被扣上"大中国主义者"帽子的人也曾经迟疑:我是不是真的对不起台湾这块土地?尤其是我阿公阿嬷在那个时候过世,他们都是几乎不识字的台南贫农。突然间我也有过这样的迟疑:所谓"本土派"是不是有道理?黄河长江我也没看过,为什么我不去关心浊水溪、淡水河?但是我听到"台湾意识不等于'台独'意识"这句话后一下子豁然开朗。台湾意识本来是台湾人在错乱的历史当中对帝国主义侵略做出的反抗,是一种来自中国最底层的、中国最本土的爱乡爱土情怀,台湾意识后来之所以变得高度政治化是由于日本的殖民统治导致台湾产生了与中国大陆不同的政治经验。我突然就明白了,不是说出生在长江黄河边上我们才是中国人,中国人是对于中华文化的认同,对于中华民族历史命运的一种体会。到今天为止台湾人尤其本省人保持敬天法祖的习俗,像我阿公阿嬷虽然没有读过什么书,可是一到初一十五、逢年过节该祭拜什么比我们还清楚,这就是最传统的中国人所做的事情。

有人说过去老国民党抹杀台湾历史,对台湾本土文化不重视,因此大中国主义是不对的,我们背叛了台湾本土。这样的说法其实是很偏狭的,拿老国民党等同于大中国主义。在台湾,代表中国的政治符号好像不是国民党就是共产党,这导致政治上的恩怨情仇影响到了台湾人对中国人的认同感。其实中国这个符号是属于所有愿意认同中华民族的炎黄子孙,不能因为对政党有意见就否认自己是中国人。

我支持两岸统一是希望中华文化复兴

凤凰历史：你支持两岸统一是基于什么的原因？

我：两岸统一这个梦是从我初中时期就发轫。那时碰上孙中山逝世纪念日，我在日记中画了一个新中国构想图。画这张图是因为无意中看到的电影《宋家王朝》，片尾宋家三姐妹互相问对方，当年爸爸要我们找的新中国我们可曾找到，这句话在我心中留下很深的烙印。我觉得中国人斗了半天，但好几代中国仁人志士所追求的繁荣、富强、复兴的新中国，到今天仍然没有实现。大陆方面说1949年新中国诞生，但在我来看，两岸没有统一新中国怎么能诞生？不统一的结果就是让人家见缝插针，所以我支持两岸统一有一个更大的目标，希望中华文化复兴。

到高中以后，发现统一已经变成不能说的话。2004年我高一时，李登辉说我们最大的成功就是2004年以后让台湾"本土化"的路线成为蓝绿都必须接受的"政治正确"，李登辉讲得没有错，2004年阿扁当选"总统"以后，这条路线越走越没有回头路，所以今天年轻一代几乎都支持"台独"。

在那种情况下，我也曾淡化政治立场，就是还说我是中国人、中华文化复兴，但是"统一"两个字不要太强调。直到马英九上台后我突然发现，我们所期待的那个拨乱反正的马英九当"总统"之后，"中国人"三个字从来不说出口，从元旦到"双十"的一系列文稿讲话从来不提中国人，最多提中华民族、华人。我就很震撼，如果"统一"这两个字大家觉得怪怪不要提，难道连"中国人"三个字也不能提吗？我们爸爸妈妈那一代，课本上写著"做个活活泼泼的好学生，做个堂堂正正的中国人"，很多人说老掉牙，但这些不对吗?

所以我突然惊醒,我就觉得不能退。这是一个意识形态的斗争,这是敌我的斗争,很多人说有这么严重吗?如果没有这么严重,为什么今天支持统一、认为自己是中国人的人,在他们的眼里你就是背叛,他们已经表示这是敌我的对决。今天我对"统一"退一步,明天我对"中国人"退一步,后天你要到哪里去?你只有退到"台独"了,那这会是民主的社会吗?

在台大宣传"两岸一家亲"被左右夹攻

凤凰历史:在宣传"两岸是一家"这个理念的过程中,有没有让你印象最深刻的故事?

我:我讲一个2015年4月份的例子。台湾大学每年有一个杜鹃花节,类似校园博览会,摆摊介绍各个社团。我有朋友在台大成立了一个唯一的统派社团,叫台大"中华复兴社",今年是第一年摆摊,于是我也去帮忙。我们当时想,摆摊总要布置,布置什么呢?有人说布置"两岸一中、中国统一"或"两岸一中、民族复兴",我们自己觉得可能太刺眼了一点,因为毕竟是社团,不要那么政治化,所以我们就改成"两岸一家亲",很生活化。结果发现我们被安排的展览位置左右两边都是政治色彩非常浓的社团,于是我们就被左右夹攻。

一开始还没事,我们就卖"两岸一家亲"的徽章,突然旁边开始喊口号,喊"台湾中国,一边一国"。本来我还想,贴"统一"的标语太刺眼,人家又是"台湾独立",又是"国民党不倒,台湾不会好"。他们越喊越大声,最后我说不行,输人不输阵。所以我们也喊,我说不能再喊"两岸一家亲"了,人家都"一边一国"

了你还在"一家亲",所以我们喊"台湾大陆、两岸一中"。

当时除了两面叫阵,更让我印象深刻的是对方喊"台湾中国、一边一国"的是个很年轻的女孩,后来听说只是高中生来帮忙台大社团活动。她一边激烈地喊,一边又在笑,我就看不懂这个同学,觉得她一会儿在革命,一下子又是在演戏。他们为了"一边一国"愿意做出怎样的牺牲,还是他们觉得这只是一场戏?最后还搞了一个日文的标语挂在身上,我也看不懂,我说你是日本人吗,怎么还搞出日文标语?我们回去查了才知道,这是"台独"派最新的文创产品,那个日语拼音念出来就是闽南语的脏话"国民党干你娘"。现在用这种很粗暴的东西来作为文宣手段,好玩还是好笑?还是他们真的要革命,我看不懂。

我觉得在2004年前后,台湾"统独"很对立,但至少还是讲道理的。我在建中读书,班上几乎全部是绿营,那时人家还要辩论,要拿出佐证资料,现在小孩连这个都不用了,他直接骂干你娘。蔡英文讲得很贴切,"台独"已经成为天然成份,深入骨髓了,那就不用辩论。这件事还上过电视新闻,媒体做的标题叫做《好可怕,敏感的"统独"议题竟在校园里闹起来》。我看现场他们喊得很自然,也不觉得有什么可怕,反而是我们势单力孤、孤掌难鸣。

"反旺中运动"时被"独派"骂没资格讲台湾话

凤凰历史:还有没有别的印象深刻的故事呢?

我:前几天一些刚升入大学的小朋友给"反课纲运动"的人发送旗帜,这些同学高中的时候就成立"捍卫国史同盟",他们嫌马英九做得不够,认为教育要拨乱反正。

结果在现场找不到年轻同学,从"教育部"门口进去,走了好长一段路,都是一些中老年的"独派",这些"独派""看到小朋友就骂"滚回去"。所以有些小同学心情比较低落,我就给他们拍拍背鼓气,其实知道这确实是一个敌我的斗争。

这种场面我已经很习惯,我2004年参加"319枪击案"之后的抗争,被"独派"围起来骂我投共,我也一笑了之。前年"独派"搞一个"反旺中运动",他们美其名曰"反媒体垄断",组织了一万多人的大游行。大概只有几百个学生打头阵,后面全是"独派"团体:"李登辉之友会"、"台独"、"台联党"统统来了。而我们只有15个人,拉一个小标语"反对民粹"。他们就是因为"旺中"支持两岸的和平发展所以反对,根本不是反对媒体垄断,这不是真正的民主自由。结果我们被围剿,要我们滚回去。甚至我用闽南语跟他对话,他都说我没资格讲台湾话,说我是中国福建派来的匪谍。

这些我已经习惯了,因为这条路还很长。台湾这是从甲午战争累积下来到现在120年的问题,本来应该由政治人物拨乱反正,但没有人敢去力挽狂澜,最后就轮到我们这些年轻人来做。

"台独"为迎合日本欺负阿嬷?两岸统一台湾才有尊严

凤凰历史:你周围哈日的人多吗,具体有些什么表现?

我:哈日的人当然多,我初中的时候哈日就是主流,最早从《流星花园》开始,里面模仿了很多日本的桥段,把日本的流行文化都引进来了。我觉得哈日是流行文化的喜好,比较强势、精致的流行文化当然容易被喜欢,多数人喜欢看表面的东西。日本发展得比我们强，当然他制造出来的东西惹人喜欢。可是现在不止是哈日，还"媚日"，已经发展到如果你不认为台湾是二次大战战败的一方，你就不认同台湾。过去再怎么搞"台独"也不会讲这个话，但现在网络上的留言都是这样讲，如果你认为台湾不是战败国你就是中国的奴隶、走狗，这已经违反人类文明了。

最近"反课纲"的同学竟然脱口而出：慰安妇也不见得就是被迫啊。用这种话来刺痛台湾人的阿嬷，不关心就算了你还来刺痛，怎么会媚日到这程度？李登辉就更鼓励了，他说钓鱼岛都是日本的。以前这些话还不会堂而皇之登上主流舆论，现在都给登上了。我周遭还有朋友讲，光复有什么好，如果台湾没有光复，我们去日本就是走国内线。现在不止哈日，已经变成"媚日"，喜欢流行文化跟已经卷进去站在对方的立场想事情那不一样的。

初中时我在电视上看到民进党"台独"理论大师林浊水替日本辩护，他说慰安妇也不见得是被迫的，我吓一跳，"台独"理论大师连这种事情都要站在日本的立场来践踏自己的阿嬷，难道就是因为台湾要"独立"得要靠日本撑腰吗，所以他们对日本必须轻轻放下？我彻底看破"台独"的谎言，为了台湾"独立"却要迎合日本欺负自己的阿嬷，两岸统一才真的还我们尊严。当我们站在中华民族的舞台上，台湾人就有很大的发言权，台湾就不是世界的角落而是历史的中心。

无论中国败坏还是富强我都是中国人

凤凰历史：中国大陆现在处于经济快速发展的时期，但也有一些社会问题，比如腐败、强拆、环境污染等，这些社会问题会不会影响你对大陆、对政府的好感，乃至于动摇你对中国的认同？

我：首先我对中国人的认同与对政府的好感没有关系。一些台湾朋友很喜欢讲，大陆水准那么差，哪天大陆跟美国一样你再来叫我们做中国人，不然谁要做。这种话我听了也感觉心痛。我曾经看过一部大陆改革开放时拍的电影《牧马人》，电影中朱时茂演的角色和丛姗演的女主角在对话中提到：狗不嫌家贫，子不嫌母丑。中国它败坏也好，富强也好，那就是我的国家，我就是中国人。如果现在国家是衰败的、不幸的，我们就想办法把它救起来，国家如果现在在上升，我们就共襄盛举，这才是正确的观念。

黄花岗的烈士们当时所处的中国比现在破败、贫穷、落后。可是他们从来没有说我不是中国人。现在中国大陆处于两百年来最好的时代，当然它有很多不足，可是不能因此就说我不是中国人，而且我们要了解，大陆的问题不是落后造成的，是发展了才不可避免地要面对这些问题。台湾也一样，80年代经济开始发展，也出现了公共利益跟私人利益的拉扯，也有环境污染，只是台湾人口系数比较低，整体规模没有大陆这么大。我的意思是，不是要用"反华"的帽子来压制所有不同的批评意见，但还是要警惕别有用心的人把这些问题变成"反华"的言论，我们不能上当。

西方在发展过程当中也碰到同样的问题，伦敦以前不是雾都吗，当年他们怎么解决这个问题？他们靠对外侵略，市场不够了就去抢人家的资源，货品比不过别人就贸易保护。今天的中国如果这么做，世界会允许吗？中华民族也不是靠这来强大自己，所以我们要找另外一条路，这条路可能在世界上都没有过，很有可能是中国人21世纪对世界文明的一个创举。

两岸年轻人应多做思想上的交流

凤凰历史：对于台湾年轻人"绿化"的氛围，你认为大陆应该做些什么来支持统派呢？

我：我觉得大陆的两岸交流政策不能没有目标、没有规划。在民进党执政时期，两岸接触都很少，一般的交流也很重要。可现在两岸关系风声水起，做生意赚钱的人比比皆是，交流都是表面上吃喝玩乐，没有在思想上做交流。毛泽东说"革命不是请客吃饭"，现在虽然不是革命，但是台湾历史沉淀下来的问题想要拨乱反正，需要的力道不亚于革命，怎么可能请客吃饭就能解决呢？

应该做更多思想上的交流，让大陆的年轻一代、台湾的年轻一代，还有爱国的学者，学者不一定非要在政权上拥护谁，可是一定要有中华民族的感情、能够体会中华民族历史命运。大家一起做个八天七夜、十天九夜的闭门或公开的论坛，可以在大陆的高校举行，也可以轮流到台湾高校举行。这种事情"独派"做了一大堆，国际上的"反华派"也做了一大堆，都打着"两岸和平"的旗号，招来两岸的年轻同学，结果闭门谈两岸冲突的根源，谈大陆政府多不好，国民党也不好，中国人的文明就是落后，西方民主自由至上……越谈越差，那怎么会有中国认同？问题在于大陆没有类似的活动让大家可以听一听大陆是什么看法。

我因为做论文需要所以研究，我才发现原来大陆这么多学者早就已经去解释了中国模式跟西方的互动问题。台湾却一点都不了解，台湾停留在什么阶段？还停留在共产国际的年代，媒体教台湾年轻人说中共当年怎么搞苏维埃很可怕，那都多少年以前的事了。我觉得以后要多做思想的交流，不要怕，很多大陆人怕如果这么快的把一些思想论述告诉台湾人，会不会有点挑衅，应该要彼此尊重包容，我们同意包容，可是不能包容到根本没立场。应该负责任的告诉台湾人大陆的论述是什么，大家直接做思想上的交流，而且不要是学术会议式，是要沙龙式的，让台湾学生，大陆学生参加思想辩论，不要整天吃喝玩乐，吃五星级饭店那都没有用，反而还让台湾人笑大陆人腐败，应该脚踏实地，可以吃高校食堂，让台湾人体会大陆同学怎么生活，大家彼此聊聊各自家环境怎么样。这个比较实在，比那些负面的吃喝玩乐有用。

对两岸统一有信心但忧心统一的过程

凤凰历史：你对将来两岸统一，以及台湾年轻人中国观的拨乱反正，有没有信心？

我：在物质的层面、在历史发展层面我有信心，两岸一定会统一，我忧心的是心理认同跟物质现实的巨大矛盾。两岸之间的经济整合包括力量悬殊对比，只要中国大陆决心没有散掉，统一是迟早的事。所以我们苦口婆心的说台湾应该去抢统一的主导权，而不是坐等被统一，现在台湾政客很不负责任，独也独不了，统一也不谈，就是吃饱等死。

其实统一不是大家想的那样可怕的一件事，我们是缓统派，不是急统派，我们觉得应该去谈一个真的两岸都能接受的统一。我们都是中国人，这个要先确定，然而恰恰就是"中国人"这件事在台湾被急遽妖魔化，乃至于好好谈统一的空间也没有了，这是我最大的忧心。当现实的发展跟心理的认同产生大的矛盾，历史的经验告诉我们就会发生战争。像我爸是普通台湾本省人，他都看得很透了，他说如果这样下去，台湾的中国观不能正过来，大陆又不放弃统一，最后只有胁迫下才会统一。

很多人说，大陆经济发展以后，台湾人想要有更大的舞台，就会开始觉醒。我觉得不一定，不要低估了"台独"对年轻人一代的影响力，他们真有可能像当年支持阿扁的铁杆"独派"一样，肚子扁扁也要投阿扁。就算他觉得台湾真的在经济上需要更大的舞台，也不见得支持跟大陆统一，最后变成只有胁迫才可以逼台湾上谈判桌，讲起来非常毛骨悚然，我们不希望走到那一步，还是用和平方式来解决问题，可是如果中国观不能正过来，很有可能最后就会这样两败俱伤。

在这当中我最忧心的是这个统一的过程乃至统一的结果。我的私心是更关心台湾人，本来台湾人可以掌握很多话语权，可以有很大发展的空间，我担心最后台湾人在统一中因失去时机反被边缘化，而作为一个中国人，我也很忧心如果因为这样造成两岸兵戎摩擦，也会延缓了中华民族复兴的进程。

・后记

风掣红旗冻不翻

2015年2月20日,正值农历乙未年大年初二,刚经历人生第一次参选的我,终于在结束选战后抽得空来,和父亲一起借着返乡过年的机会,走了趟离台南老家不远的沤汪文衡殿。

"沤汪"本是平埔语,乃是台南市将军区的旧地名,文衡殿则是当地主祀关圣帝君的庙宇。文衡殿的关圣帝君,最早可追溯到明朝末年,由追随郑成功的部将携奉来台。至于将军乡的地名,则是因为施琅将军协助清廷攻克台湾,此地被朝廷封赏给施琅族人开垦,因而得名。

我和父亲特别拜访沤汪文衡殿,乃是因为从小就听说沤汪儒侠林昆冈的故事。一百二十年前的乙未年,日军登陆台湾,当地文武双全的秀才林昆冈,便在文衡殿前向关圣帝君起誓,表明自己决心带领乡勇义军,和日军决一死战;但假使天命真要台湾沦于日本,就让他中头门铳而死,以免多杀同胞。

后来林昆冈带领千名壮丁,在学甲竹篙山与装备精良的日军苦战,最终果然身中头门铳,壮烈牺牲。我和父亲走进文衡殿,便见到昔日林昆冈辟建的育英书院遗址,他在这里开设私塾,给乡人子弟传授孔孟之道。我看着大殿里香烟袅袅,恍惚也听见当年朗朗的读书声,同时让我想起了,谢晋导演的电影《鸦片战争》中的一幕——林则徐走过学堂,望着里头念着论语的学子,即便西风东渐,中华文化仍是一代又一代,香火延绵。

我在庙门口伫立良久,反覆地问自己:像林昆冈这样的台湾人,为什么不见了?当媒体总是问我:"你身为台湾年轻人,又是本省籍的台南人,为什么会认同自己是中国人?"我不禁纳闷:"我不过就是继承了台南先祖林昆冈敬天法祖的精神,还原了传统台湾人本来的面貌,不是吗?"

当年的林昆冈,见有人在文衡殿前竖起"大日本帝国顺良民"的字旗,便大怒将之拔起,并誓死抗日到底;而如今代表所谓本土台湾人的,却是颂扬日本殖民、污蔑台湾慰安妇的李登辉、金美龄之流,这些人称得上是台湾人吗?

我指导成立的台大学生社团台大中华复兴社,曾经请到抗日先贤丘逢甲的后人丘秀芷老师给我们演讲。当时,她娓娓向我们道出她家中的长辈,在经历日本殖民五十年后,仍用客家话继续给他们教弟子规、三字经,闲暇时即吟唱起唐诗宋词,就在那一字一句中,坚持传承了中华文化的道统。就像我台南老家闽南人的庙里,那些雕梁画栋的主题,说的也都是传统中国忠孝节义的故事,何曾有过将荷兰、西班牙、日本当成我们的文化?"台独"为了"去中国化",硬要把"同心圆"、"多元文化"这套史观搬过来,最后反而断了自己的根。

在研读台湾抗日史的过程中,我读到了屏东萧家,包括在乙未年和日军血战的萧光明,及后来又到大陆参加抗战的第二代萧道应,而台湾竟几乎没人提起。还有寻找祖国三千里的吴思汉、台湾义勇队领袖李友邦、雾峰林家后人林正亨,他们都是英勇参加抗战的台湾人,却在光复后不幸卷入国共内战下的白色恐怖,魂断马场町刑场。林正亨死时才三十五岁，在牢里留下了绝命诗，最后一句是"吾志未酬身被困，满腹馀恨夜阑珊"。这些英勇抗日的台湾人，过去被国民党认为左倾，后来民进党搞"台独"也不提，落得台湾光复七十年的今天，竟只剩下八田与一及"独派"自我作贱成"战败国"的论调，甚至还把"台湾人参加抗战"当成笑话。这般情景，又岂只"馀恨"二字了得！

我出版这本书，就是要让大家知道，还有我这样的台湾人在这里，除了为历史作见证，更希望启发对未来道路的思索。记得最早是在两年多前，我在整理房间时翻出了中学时代的联络簿及作文，后来和身边的朋友及长辈分享，大家一致鼓励我应该出书，使我决定将这些资料好好整理出版。

然而，从整理这些手稿开始，到我再从现在的角度为当时的日记写批注，前后竟拖了两年时间。其中因为2014年"独派"发动"太阳花"之乱，我挺身与"独派"正面斗争，意外受到了媒体关注，一方面增加了我对公众发言的机会，一方面却也拖延了我这本书的写作进度。尤其后来我投入选举，直到选后才终于可以认真推动出书计划，等到2015年12月此书正式在台湾出版时，我又代表新党投入了"不分区立委"的选战。

2015年1月台湾大选结束后，我趁选后这段稍微较空闲的日子，到大陆拜访了几位交情甚笃的朋友，并以这本书的台湾版作为新年的礼物。结果几位大陆朋友，都一致建议我要将这本书在大陆出版，尤其在民进党就要执政的此刻，让大陆同胞知道台湾还有年轻的统派存在，并告诉他们所谓的"天然独"是怎么形成的。

因此，我在过完春节后，便紧锣密鼓地展开大陆版的修订工作。当然，原有的书稿都还存在，但面对不同背景的读者群，我仍用心地在每一篇文章中加入应有的背景介绍，让大陆读者更容易了解文中所说的台湾政治事件。此外，我还加入了多篇对于国族认同及统独问题的见解，虽然不像学术文章那样严谨，却是我多年以来亲身体会，并经过多次思考才得出来的结果。

未来我们这些统派在台湾面对的情势，可以用一句话来形容，那就是"道路是曲折的，前途是光明的"。许多大陆网友心疼我，常劝我：如果觉得累，就到大陆来吧！但我绝不会离开台湾，因为这里是与"台独"斗争的最前线，而反华势力正是想从其中找到分化中华民族的着力点，在这样的情况下，台湾就是中华民族实现复兴的前沿战场。作为一个战士，我不能够弃守我的战场。

我也希望真正追求中华民族复兴的朋友，不要只是等待大陆实力的提高，认为到时候两岸就自然统一，"台独"就会解决。我必须再一次严正地呼吁："坐等统一就是坐视'台独'"，因为所谓"统一自会水到渠成"的论调，看上去像是自信满满，其实是逃避眼前真实存在的问题，低估形势的严峻。大家应该更重视对"台独"的思想斗争，让更多在台湾认同统一的人敢于挺身说话，逐渐形成台湾舆论中的一个坚实的群体，哪怕人数可能并不太多，但思想清晰、明确、坚定，自然就有力量！

想想清朝末年，全中国真正意识到革命的人，无疑是凤毛麟角，但就是这些认识到时代主题的少数人，推动了历史的进程。唐代诗人岑参的一首诗里，有"风掣红旗冻不翻"这样的诗句，一直是我特别喜欢的句子。这七字不仅描写了塞外严冬的凛冽景象，更象征了战士的意志坚定不移，任凭风怎么掣曳，都已经冻到不再飘动。我以这句话自我勉励，也希望广大的中华儿女，能够体会我的心境。

最后，谨以这本书献给海峡两岸所有怀抱中国梦的中国人。这百余年来，在中华民族走向复兴的道路上，已经有太多太多的人流血牺牲，当中除了抵御外侮，还有中国人之间彼此为不同政治主张而起的争斗。今天我们好不容易走到了和平发展的年代，更必须对分裂主义抱持警惕，莫再让反华势力见缝插针，为的不是制造战端，而是避免又一个历史的悲剧。

王炳忠

2016年3月27日凌晨三时，台北

大事记

年份	年龄	台湾大事	作者大事
1987		7月15日，台湾当局领导人蒋经国宣布"解严"，结束台湾地区自1949年起长达38年的"戒严"时代。伴随"戒严令"解除，台湾地区随后解除党禁、报禁，并开放民众赴大陆探亲，老兵终于能返回大陆家乡，结束天伦阻绝、骨肉分离的悲剧。	"解严"后一个月又十六天，出生于台湾一个平凡的本省劳工家庭。
1988	1	1月13日，蒋经国去世，李登辉以副领导人身份，依法继任领导人之位，台湾从此进入长达12年的李登辉时代。	一周岁。
1989	2	台北股市首次上万点，台湾经济发展达到最高峰，民众以"台湾钱淹脚目"形容当时经济狂飙的繁荣景况。	贫困的台南老家，终于有能力建起属于自己的一幢楼房。

1990	3	3月,台北发生"野百合学运",学生聚集在"中正纪念堂",要求台湾当局启动政治改革。	从电视上看到台湾第一部到大陆取景拍摄的电视剧:改编自琼瑶小说的《婉君》。
1991	4	李登辉宣布结束"动员戡乱时期",以"为因应国家统一前之需要"为由,另定"宪法增修条文",废除"国民大会"及"立法院"里的大陆代表席次。 开放"戒严"时代被列为"黑名单"的海外"台独"分子回台,但因信仰共产主义投奔大陆者仍被限制回台。 宣布不再视中共为"叛乱集团",不再与中共争夺中国代表权。同时制定"国家统一纲领",宣示三阶段与大陆完成国家统一,但没有时间表。 民进党通过"台独党纲",宣示将"建立主权独立自主的台湾共和国"作为党的目标。	进入幼稚园,被妈妈及老师发现有写作及表演兴趣,尤其热爱每周六中视播出的"国剧选粹",在儿童节庆祝会上表演"平剧"(即京剧)。

1992	5	10月,台湾"海基会"与大陆"海协会",首次于香港进行会谈。双方虽皆称共同谋求国家统一,坚持"一个中国"原则,但台湾方面表示两岸对"一个中国"的涵义"认知有所不同"。后经两岸双方书信往返,确认双方皆认同两岸同属一个中国,搁置对"一个中国"涵义的争议,由此产生"九二共识",成为此后两岸政治互信的基础。	生平第一次到大陆,在大陆待了近半个月,随祖父、父母游历桂林、杭州、苏州、上海、北京,在北京第一次看到雪。
1993	6	4月,台湾海基会董事长辜振甫与大陆海协会会长汪道涵,在新加坡举行第一次辜汪会谈,开启1949年以来两岸第一次"准官方"会晤。8月,国民党内次级团体"新国民党连线"成员,不满国民党主席李登辉走"台独"路线,宣布脱离国民党,成立"新党"。	从幼稚园毕业,进入小学就读一年级,被老师认为是全班"国语"(普通话)最标准的学生,特别指定教其他同学说标准"国语"。

1994	7	台北市长选举,民进党的陈水扁和新党的赵少康对决,统独意识在这场选举严重激化,陈水扁最终当选台北市长。 宋楚瑜当选台湾省长。	完整看完《唐太宗李世民》及《新白娘子传奇》两部台湾电视剧,很自然地认为中国的故事,就是我国的故事。 妈妈开始到图书馆,按册数借讲述中国历史的《陈姐姐讲历史故事》给我看。
1995	8	一代歌后邓丽君过世。 李登辉访问美国康乃尔大学,逐步酝酿"两个中国"的分裂主义论述,引发台海危机。 关于"1995闰八月"中共将武力攻打台湾的传言四起,人心惶惶。	第一次从电视上认识到邓丽君,全程收看邓丽君葬礼特别报道。 舅舅忙着换美金、黄金,说是为了中共可能对台动武预作准备,但爸爸、妈妈则不为所动,顺其自然。
1996	9	台湾地区举行第一次领导人直选,李登辉当选。	小学四年级。

1997	10	艺人白冰冰女儿白晓燕被绑架杀害案，震惊台湾社会。	小学五年级，参加校内写作、演说比赛夺得第一名，并代表学校参加台北市语文竞赛。
1998	11	陈水扁连任台北市长失利，马英九当选台北市长，李登辉选前出现在马英九在造势会场，授予马英九"新台湾人"印记。 在李登辉主导下，完成将台湾省政府虚级化的"冻省"，宋楚瑜成为最后一任台湾省长，李宋开始交恶。 辜汪第二次会谈，在上海会面。	小学六年级，见证"阿扁旋风"，学校老师更一度拿陈水扁竞选的商品"扁帽"，作为嘉勉学生成绩好的礼物。

1999	12	李登辉抛出"两国论",声称1991年台湾当局宣布结束"动员戡乱时期"后,两岸之间就是"特殊的国与国关系"。大陆随即定调此为"台独"分裂主义,取消汪道涵原本预计访台的计划,两岸协商机制中断。 宋楚瑜宣布参选台湾当局领导人,遭到国民党开除党籍,选战形成连战、宋楚瑜、陈水扁三强争霸的局面。 台湾发生"九二一"大地震,二千余名民众罹难。	小学毕业,进入龙山初中就读。时逢台湾当局领导人选举,和父亲一起看李敖节目评论政治,忽然一下子对台湾的统独蓝绿"开了窍",从此开始关心、评论政治。 发现台湾民视开始在新闻中称大陆为"中国",特别打电话到民视新闻部抗议。
2000	13	陈水扁当选台湾当局领导人,台湾第一次政党轮替,民进党执政。 蓝营群众包围国民党中央党部,逼迫李登辉辞去党主席,由连战接任。 国民党、新党、亲民党组成在野联盟,团结制衡民进党。	9月3日,成立个人网站"卜正的秘密别墅",从此每周固定发表时事评论、文学创作及历史研究,并经由网站第一次与大陆同胞及海外华侨交流。 　　开始每天在学校联络簿日记中评论台湾"去中国化"乱象。

2001	14	日本右翼漫画家小林善纪出版漫画《台湾论》一书，引述李登辉及许文龙之语，污蔑台湾"慰安妇"阿嬷是自愿的，引发"慰安妇"阿嬷出面控诉。"台湾团结联盟"成立，以李登辉为精神领袖，扮演极独角色。从此台湾媒体将国民党、新党、亲民党称为"泛蓝"，民进党、台联称为"泛绿"，蓝绿对峙局面出现。	经由《台湾论》事件，第一次意识到"台独"的"媚日"本质，不惜出卖自己台湾同胞的尊严，根本不是真正的"独立"。在作文里写下自己的志愿，希望中国尽速统一，成为世界强国之最。
2002	15	继李登辉的"两国论"，陈水扁发表两岸关系是"一边一国"的言论。	台南老家的祖父、祖母相继过世，忽然一下子陷入思想迷茫，怀疑自己的"大中国"认同是否与"台湾认同"冲突。初中全校第一名毕业，考上台北市首屈一指的男子高中建国中学。

2003	16	泛蓝联盟共推连战、宋楚瑜组成"连宋配",宣布角逐翌年台湾当局领导人选举。陈水扁宣布"公投制宪"时间表,诉诸极独路线,对抗泛蓝阵营。	高中二年级,担任具有悠久传统的"建中青年社"社长,负责编辑校刊。台湾许多媒体界、文化界、政治界人士皆出身于此,包括晚作者三届的学弟、2014年"太阳花"学生领袖陈为廷。
2004	17	选举倒数一个月,民进党发动"二二八手牵手"全岛造势活动,利用"二二八"事件煽动"台独"意识,"台湾VS中国"的二元对立升到最高点。 台湾当局领导人选举前夕,发生震惊全岛的3.19枪击案,陈水扁及吕秀莲惊传中弹,至今真相未明。 大选开票结果,陈水扁最终以约0.2%的些微差距,打败原先声势较被看好的连宋配,50万群众上街抗争,要求全面验票,更质疑枪击案是陈水扁自导自演,刻意用诈术赢得选举。	参加质疑枪击案真相的群众抗争,一直坚持到七月,第一次站上街头,更是第一次在群众运动中演讲。

2005	18	大陆通过《反分裂国家法》，宣示尽最大努力以和平方式实现国家统一，但也同时表达一旦发生重大事变或和平统一的可能性完全丧失，将采取非和平方式及其他必要措施，捍卫国家主权和领土完整。连战开启破冰之旅，国民党、亲民党、新党三党领袖先后访问大陆。	自建国中学毕业，进入台湾大学外文系就读。在日本战败六十周年纪念日，陪同"慰安妇"阿嬷前往日本交流协会抗议，要求日本政府认罪赔偿。
2006	19	陈水扁家族贪腐案爆发，前民进党主席施明德发起倒扁运动，百万人民站上街头高喊阿扁下台，打破台湾群众运动历史纪录。	暑假带领班上同学自助旅行到大陆。9月9日，在滂沱大雨中见证红衫军倒扁运动开始，9月15日"围城之夜"，10月10日"天下围攻"皆全程参与。

2007	20	民进党当局发动"正名运动",将"中华邮政"、"中国石油"等公营企业"去中国化",改名为"台湾邮政"、"台湾中油",并推动"以台湾名义加入联合国"公投,修改历史教科书,将中国史与台湾史彻底分开,将"我国"、"大陆"、"本国"等词皆改称"中国",并发布5000个不当用词表,严格规范不得将"中国"视为"我国",范围扩及语文、历史、地理、音乐、美术、自然科学等各领域课本。	大学三年级,第一次为台湾的政党助选,担任台湾岛内坚定反对"台独"、追求统一的"新党"的助选义工,站上宣传车沿路助讲,在大小活动里散发传单,带动群众气氛。

2008	21	马英九以压倒性多数当选台湾地区领导人，国民党重返执政。马英九就职演说，宣誓以"不统、不独、不武"作为两岸政策，避谈国家统一与中国人认同。大陆海协会会长陈云林访问台湾，遭到民进党发动暴民包围，发生多起流血事件。两会恢复中断长达九年的协商机制，"两岸"三通终于实现。	赴美国费城参加中国文化研究会议，第一次接触到大陆的大学生。大陆学生开始出现在台湾校园，过去从来无法想像，印象深刻。赴北京参加奥运交流活动，在现场观看奥运比赛，返台后写下"从北京行看台湾青年学子"一文，受到大陆网友热传。
2009	22	《告台湾同胞书》发表三十周年，时任中共中央总书记胡锦涛发表重要谈话，界定海峡两岸是国家尚未统一、但主权领土从未分裂的关系，呼吁双方通过政治协商，正式结束敌对状态，建立军事互信。	从台湾大学毕业，考上政治大学外交系硕士班，攻读国际关系。暑假，只身一人在大陆旅游近两个月，游遍上海、南京、黄山、广州，参访国共历史重要景点，展开对国共恩怨、两岸统一、民族复兴的深层思考，体悟台湾曲折的命运，正是中华民族不幸历史的缩影。

2010	23	台湾地方行政区划改制,台北、新北、台中、台南、高雄并列五大"直辖市",县市合并后的"大台南"、"大高雄"成为民进党的执政地盘。	硕士二年级 赴大陆泉州参加海峡两岸电视主持新人大赛,获得三等奖。
2011	24	海峡两岸纪念辛亥革命一百周年,台湾当局举办各项庆祝与纪念活动,但又淡化与中国的连结。 开放大陆学生来台正式攻读学位。 开放大陆部分地区人民来台"自由行"。 民进党推出蔡英文参选台湾地区领导人,蔡英文提出以"台湾共识"处理两岸关系,但对"台湾共识"的内容语焉不详。	1月1日加入新党,开始在新党中央党部正式工作。

2012	25	马英九连任台湾地区领导人,一般认为认同"九二共识"是胜选的关键原因。民进党检讨败选,认为两岸政策是主因,开始检讨一系列两岸论述的"华山会议"。	郁慕明主席开办第一届"中华儿女文史体验营",陪同学员参访承德、赤峰、内蒙古、沈阳等地,担任随团辅导,带领青年学子感受大陆锦绣河山,体验祖先留给我们的宝贵文化遗产。
2013	26	独派学生以"反媒体垄断"名义,发动民粹批斗支持两岸和平的旺旺中时集团,首次完成全岛各地独派学生运动团体串联,后又以"反大埔征收案"、"维护军中人权"等议题不断发动街头抗争、入侵破坏台湾当局各机关,壮大独派声势。	上街反制独派学生运动,第一次与后来"太阳花"的学生领袖正面交锋。

2014	27	台湾当局教育部门通过课纲微调，对陈水扁时代"去中国化"课纲进行部分修正，但随即遭遇独派团体串连反对。 国民党将延宕多时的两岸服务贸易协议法案送交"院会"审议，引发独派学生以"反服贸"名义占领立法机构23天，期间并发生进攻台湾当局最高行政机关的暴动，及后续包围警察局的脱序冲突，被称为"太阳花运动"，开启民粹凌驾法治的恶例。 全岛充斥绿色恐怖，反中仇中情绪弥漫，"台独"意识抬头，国民党在年底地方选举中大败，六都中只保住新北市。	成立抗独史阵线，到台湾当局教育部门前，力挺当局修正课纲，疾呼"拨乱反正，绝不妥协"。 4月1日因上街要求与"太阳花"学生辩论，引发岛内媒体高度关注，受邀上遍各大政论节目，一人力抗多方围剿，在关键时刻站在反独的风头浪尖。 9月随"台湾和平统一团体参访团"访问大陆，第一次受到习近平主席接见，并在会中作为青年代表发言。 代表新党参选新北市议员，人生第一次成为候选人。

2015	28	蔡英文二度代表民进党参选台湾地区领导人，提出以维持现状处理两岸关系，但与上届大选提出"台湾共识"一样，并未说明如何维持现状的具体作法。 国民党无人敢于应战，最后仅有洪秀柱一人自愿出征，角逐台湾地区领导人选举。 洪秀柱通过初选成为国民党候选人，却又因主张"一中同表"与签署和平协议，遭到党内频频放话批判，最终被以"偏离党的长期主张及主流民意"为由撤换，伤透泛蓝群众的心。 8月爆发"反课纲"学运，独派学生占领教育部门，要求撤销课纲微调。 大陆举办"中国人民对日抗战暨世界反法西斯战争胜利"七十周年大阅兵。 11月马英九与习近平在新加坡会面，此为1949年以来两岸最高领导人首次会晤。	受到大陆方面邀请，参加九三阅兵观礼，第二次受到习近平总书记接见。 马英九当局及台湾媒体一致对台湾人参加九三阅兵严厉批判，我再次上遍各大政论节目捍卫立场，强调这是中华民族共同的胜利。 受新党提名为"不分区立委"候选人。 《你不知道的王炳忠，拢乎你看》一书在台湾出版

2016	29	1月16日大选，蔡英文当选台湾地区领导人，国民党大败，民进党掌握立法机构多数席次，首次全面执政。 5月20日蔡英文发表就职演说，回避"九二共识"，两岸协商机制面临中断，两岸关系面临重大挑战。	《我是台湾人 更是中国人》一书在大陆出版。 首次受邀上央视"海峡两岸"节目，成为该节目最年轻的时事评论员。